U0125325

我准备
不发疯

双雪涛　祁　媛　马小淘
魏　烨　顾拜妮　周李立　　著
王莫之　　　　雷　默

海峡出版发行集团
THE STRAITS PUBLISHING & DISTRIBUTING GROUP

鹭江出版社
LUJIANG PUBLISHING HOUSE

2017年·厦门

图书在版编目（CIP）数据

我准备不发疯/祁媛等著 . —厦门：鹭江出版社，2017.8
ISBN 978-7-5459-1364-4

Ⅰ.①我… Ⅱ.①祁… Ⅲ.①短篇小说—小说集—中国—当代
Ⅳ.① I247.7

中国版本图书馆 CIP 数据核字（2017）第 123664 号

出版统筹：雷　戎		**策划编辑**：董曦阳	
责任编辑：董曦阳　王天阳		**营销编辑**：范存榜　赵　娜	
责任印制：孙　明		**排　　版**：九章文化	
封面设计：卢雪儿			

WO ZHUNBEI BU FAFENG

我准备不发疯

双雪涛　祁　媛　马小淘　魏　烨
顾拜妮　周李立　王莫之　雷　默

出版发行：海峡出版发行集团
　　　　　　鹭 江 出 版 社
地　　址：厦门市湖明路 22 号　　　　**邮政编码**：361004
印　　刷：北京市十月印刷有限公司
地　　址：北京市通州区马驹桥北口民族工业园 9 号　　**邮政编码**：101102
开　　本：889mm×1194mm　1/32
插　　页：1
印　　张：10
字　　数：170 千字
版　　次：2017 年 8 月第 1 版　2017 年 8 月第 1 次印刷
书　　号：ISBN 978-7-5459-1364-4
定　　价：42.00 元

如发现印装质量问题，请寄承印厂调换。

目录

我准备不发疯

祁　媛

可是我真的能分得清楚它们吗？在我这短短的有限的生命里，我的痛苦与欢乐，爱与恨都早已相互融合交织。

一

母亲疯了，别人不一定都知道，我知道。

"你还好吧？没有被他们抓走吧……那些隐形人一天到晚跟着我，偷听、窥视，他们知道我还有一个女儿，就决定对你下毒手了，你在哪？怎么不说话啊！"

我已困倦，不免烦躁："妈妈，你没事吧？"话音未落，母亲反而挂掉了电话，十分钟后，电话又响起，这次她的声音更低沉了，略带哭腔："喂，你是我的女儿吗？"

她接着说："我有两个女儿，你是哪一个啊？"我困极，说随便吧，哪个都行。"你能不能帮我去找找你的妹妹啊，刚才她还在我这里吃了水煮毛豆，昨天买的，下雨了，卖不掉，降价，我买了六斤，很新鲜、很好吃的，可转眼她就走丢了，你见到她了吗？你怎么会没见到呢？要是在街上碰见一个跟你一模一样的人，你要过去帮她，她是你妹妹……我知道你妹妹在哪了，她被那些隐身人抓走了，关在一个黑屋里，我耳朵有声音，她在喊救命，你快去救救她呀……"

我有些害怕了，夜深人静，这样的话让我心惊，母亲仍在电话里不住地说着，语调却忽然变了，低沉而平静：

"我其实是个数学家，没人知道我的才能，说出来他们会打死我，可我是数学家，我在裁衣服时心里有一个透亮的太阳，我精打细算，针线一点不多一点不少，我知道每件衣服有多少针眼、多少线头、多少改动，几寸、几厘米、几毫米，没人信的，连你也不相信，可你的数学怎么就没有继承我呢？也怪我，太忙，没时间教，你就荒废了。我也伤心，后来一想，也好，不要做数学家，一件衣服能赚多少钱呢？会有陈景润那样的工资吗？不过陈景润也穷，你看他瘦的，像整天吃不饱饭。"

"……知道现在有一种高科技吗？在你肩膀上拍一下，就会把精气吸走，你会迅速老掉，而对方就变得永远年轻，所以，你出门的时候最好小心一点，当然，最好不要出门。"我说我不能不上班啊，她说："嗯……班还是要上的，但不要出门。"我挂了电话，关了手机，躺下来，望着黑暗里的天花板，流下了眼泪。

二

　　如果不是陈杰，我想自己是很难渡过这个难关的。最近做的梦很乱，而且都是"反的梦"，里面有一个场景：陈杰冷笑着，一句话没说，转身向黑暗里走去。梦醒后，我躺在床上一动不动，越想越不安，于是决定下床梳洗，做早点，以此割裂开那个梦的影子。当我打开 iPad，浏览了一下新闻之后，我又渐渐回到现实来了。

　　我不知道陈杰是否真的爱我，但有一点是清楚的，就是我并不期许那飘忽游弋的爱真的可以持久。初春了，我会在外面偷偷摘下几枝梅花和桃花来，插在玻璃瓶里，端详些许时候，然后缓缓地轻轻地就近闻它们的清香。虽然这是我自小以来的习惯了，或是说成为少女以来的习惯，但我几乎每年的这个时候，都会像新发现似的感到第一次领略了初春花朵的芬芳，那是何等嫩弱又明晰的清香啊，那分明是一种处在孤独状态或孤独空间里面的清香，稍离远点，半尺之遥，香味就闻不到了，花就不再是香的花了。然而，在之后的一个礼拜里，那种嫩香渐次变老、变浊、变重，变得面目皆非。它背叛了几天前的它；或是相反，几天前的它离它而去。我能期待最初的嫩弱的、轻柔的"气质"持久和不变吗？我还不至于那么傻。

　　我们并不经常见面，他的电话也不多，隔几天一个。说来有些好笑，我呢，每次电话响了，一看是他的，便高兴了，觉得生活并非不堪，转瞬间又觉得自己像在旁观自己的"高兴"——我毕竟不再是少女了，虽然依旧羸弱，情感上并非那么"嫩"了。大多数少女的初恋我想都是在幻想中消磨掉的，爱的"清香"多半没有真实对象，也许我想多了，因为我不得不承认陈杰的电话是我唯一的精神寄托。每次他打电话来，不管在干什么，我都会立刻放下，跑出去见他。

然而他每次跟我做爱的时候都要戴套套，即使是在我安全期的时候。我说，不用戴了，今天我是安全的。他看了我一眼，又把套套戴上了。我想他可能是不信任我，怕我骗他，故意说错安全期，然后让自己怀孕，逼他结婚。我真想说他的担心是多余的，我爱他，所以不想占有他，因为占有总是要有个终结的；而那个终结，没有一个是好果子，我怕吞食苦果。可是爱情麻烦就麻烦在让人不断地产生占有的欲望，占有无望，苦果就在那里等着了。

每次见面后，他开车把我送回，头也不回地就走了。望着那逐渐消失的车影，我才发现自己是一直没动地站在那里，我忽然觉得自己孤零零的，甚至是卑微的，就像路边的垃圾桶，它天天立在那里，只有在扔垃圾的时候，人们才会意识到它的短暂存在。

三

母亲住进了精神病院。此后，我每月底都从杭州来西镇看望母亲，给她带一些零食、钱、日用品什么的。这段路不算太长，一小时火车，一小时小巴，再换乘98路公交车，走一段老巷子路，就到了。

西镇原来是个安静的小镇，生活是慢悠悠的，什么都慢。妇女们白天夜晚都穿着睡衣出来嗑瓜子，轧马路。男人搓麻将，喝老酒，路边撒尿；醉了就站在马路上骂人，说脏话。

每家每户都过着一样的日子，人们把大头菜切片晒干，腌着吃。萝卜呢，也是切片晒干腌着吃。此外还腌各种酸菜，做肉粑粑、糖糕和艾草团。我深深感到，食物的多样和精致，必须要有悠闲的时间作为前提，忙匆匆，急乎乎，不行。你看大城市，哪有什么美食呢？麦当劳、肯德基，还有什么呢，哦，还有无耻的比萨。这小镇的女人们用新鲜的菱角蒸饭，甜糯清香。菱角刚买回来时呈嫩绿色，含少许粉晕，如少女的胴体；老菱角则黑粗，两头尖，水牛角一样。时令的菱角是温和的，形态多样而造型暧昧。她们把菱角一只只剥开，奶白色的嫩肉就豁然而无奈地露出来了，一口下去，乳汁溢出嘴角。秋天了，她们蒸河蟹，盐焗虾，将毛豆和自家腌的雪菜掺在一起炒，香味飘出门窗，漫向四邻。

冬季人们会做笋干炖肉，放很多酱油，炖好之后那些肉块显出沉郁黏稠的暗褐色，配上老酒，很快就醉了。

与小镇的慢形成对照的是，年轻人谈对象的速度惊人，通常不出一个月，双方父母就见面、寒暄、吃饭，再过两个月，磕头、婚宴、洞房，娃娃就呱呱落地了。

后来，西镇变了，它被包装成一个旅游胜地，再也不是原来那个安静的小镇了。每到周末，大批的男人开车带着不同的大屁股小屁股女人拥到小镇喝酒吃饭，共度春宵。原先用来洗衣淘米的河面上，泛着那些男女游客完事之后洗澡时冲下来的油腻腻的皮屑和肥皂泡。泡泡们簇拥着河里的垃圾，在水面上轻轻浮游，时缓时急，时而与别的泡沫会合，时而被水流或垃圾阻断而破裂了，像是生命的细胞在不断裂变着。

我睡在西镇母亲的房间里，再次失眠了。隔壁房间的声音又轰然传来，那里已被邻居改成一间旅社——春桃旅社。墙的隔音不好，几乎每晚我都可以听到隔壁房间的各种声音，简直就是现场直播。男人的奋力咳嗽声，咳咳咳，好像要把地板咳塌，把墙咳倒，浓痰成团成团地像是咕咾肉似的粘在他的肺里；打牌时的大声叫骂声，砸椅子腿，放浪的和窃窃的笑声此起彼伏，终于是冲澡的哗啦啦的水声了，这样就接近就寝了，终于可以安静了。

没想到歌声又浪浪起来，什么"桃花盛开的地方……""为我们伟大祖国站岗……""长江，你源自哪里……"。我扯了点纸巾，卷成小团塞入耳中。呼噜声又穿过薄墙和耳中的纸巾，震荡着我的耳膜。梦话的声音、女人的叫床声，这些不同的声音交杂汇聚过来，使我苦不堪言，时而还有点兴奋，越想蒙头睡越是变得清醒无比。隔壁的人声又传来了，夜深人静，我听得真切，都是梦话，奇怪的是那个说梦话的开始是一个人，接着多了一个人，又多了一个人，我贴墙细听，那个"对话"是这样的：

"我跟你说了，我不是你想的那样的人……""你想害我……我是谁，你问问你妈……""你找死呐……""钱要藏好……不能乱说……我的舞姿还是很美的……"

这种梦话每夜都不同，我还怎么睡？！只好爬起来抽烟。有酒吗？我环视了一下，倒是有几个空酒瓶，我拿起来闻闻瓶口，是醋味，可怜的妈妈。父亲死了多年，母亲再婚又离婚，现住在外公外婆家。时间久了，外公开始烦她，觉得嫁出去的女儿老住在家里不像样，彼此分开吃饭，母亲再次落单，几乎是自己在屋里打发掉一天的全部时光。她不幸，我理解的，这些年漫长的日子里，她心里究竟发生了什么呢？

母亲房间杂乱不堪，到处堆满了无用的东西。她什么都不舍得扔、塑料袋、药膏包装盒、一次性饭盒和筷子、牙膏皮、断了许多齿的梳子、空酱油瓶、发霉的蚊香、缸里腐坏发黑的酱菜、油腻的粉饼盒、断裂的从来不用的口红。洗漱池旁挂着十来条脏毛巾，碎了的镜子依旧端正地挂在墙上。打开衣橱，霉味撞来，十几年前已经霉坏的衣服还挂在衣橱里；那件白衬衫上的霉斑赫然入目，尸斑一样，又像会传染的皮肤病。我没想到母亲有这么多双高跟鞋，二三十双吧，但每双都已破败不堪，堆在布满蜘蛛网的黑暗床底。鞋容易让人想到脚，我想到母亲的脚是好看的，小巧白皙，而今都败落了。

四

我至今仍说不出喜欢陈杰的原因。论长相，他乏善可陈，也没什么钱，不过是美术学院的老师。我第一次见他，是在他的一个小画展上。全是美女图，衣着都是那种淑女长裙子，美女们要么在梳头，要么在抛媚眼，要么在小河边洗脚，要么懒在草地上长卧不起，矫揉造作，搔首弄姿，是我讨厌的那种类型画，没怎么看就想拔脚走人。领我来的女友说别急啊，总要和画家搭讪一下吧，况且我喜欢这些画啊。我只好忍下性子，又陪她转了转。角落里有两张风景画，画的是空荡的草原，倒是比那些美女图略顺眼些。

终于瞅准了空子，女友上前对画家说，哎呀，你的人物画得都太好了，像真的似的。他听了便露出标准的礼节性的微笑，这种微笑是专门为这种场合设计的，又经历时间的打磨，所以轻松自如不费劲。我心不在焉，说："我看还是那两张风景画好一些。"然后急着要走，画家听了，问："你也画吗？"我说不画不画，他反倒话多起来，说不对啊，看上去你是懂点画的。我重复了自己对于此道的无知，他说你懂的。

我几乎烦他了，哪有这么自以为是又强加于人的？本想说他两句，还是强忍住了，这回轮到我的脸上挤出他的那种"标准的礼节性的微笑"，我想我的这种微笑一定更造作，难看死了，不过倒也明确地传递了一个信息，就是：好了，好了，我要走了。心里这样想，脸上那样笑，于是也正眼看了他一眼。那一眼，我事后认为，我栽就栽在那一眼上：他的眼神有些不同，居然是诚恳的。

我去了陈杰的工作室，其实也就是他学校里一间废弃的道具室。脏乱不堪，废弃的画框、画架，残破的石膏像、人体雕塑等杂物，比比皆是。那是下午，阳光很好，炙热地穿过玻璃窗，投射在它们身上，使它们有了影子。

他坐在躺椅上，懒洋洋地把脚搁在画架上抽烟，面前摆的几盆植物早已枯死，跟他一样，死相一具。我说你的画和人是分裂的。你画的美女俗气，你人似乎还好，至少你知道自己的画俗气，可以旁观它。他不好意思地笑了。他的窘，让我觉得好玩，一个大男人的窘无疑是他最真实的时刻，我于是对他的好感多了一层。

他问喝咖啡吗，我说不喝，怕晚上睡不着。他说那就喝点柠檬水吧，我有很好的柠檬，我来榨汁给你喝。榨汁机是全新的，随着榨汁机的粗糙的隆隆杂声，清淡微酸的柠檬汁味就轻盈地飘了过来。喝了一口，不错，于是脱口说，真好。

阳光从窗子照进来，沐浴着画室里那些石膏像和石膏头骨，也照在那些我不喜欢的画上，它们似乎有了活力，生动起来，好像有什么不明的生命体在微微地颤动。我盯着那些石膏头骨，心想这是从什么人的头骨上翻制下来的呢？那些人活着的时候，无论如何也想不到自己会待在这里，望着前方，供人揣摩，而且，这些人的妈妈如果知道自己的儿子的命运是这样的话，其心情就不堪设想了；还有晚上，天黑了，我想这些头骨是可怕的，我是不敢把这样的东西放在自己屋里的，哪怕隔壁的邻居屋里有这样的头骨，也不行。

陈杰这时拿出来一些纸上作品给我看。嗯，这是些另类的东西，画日常，画想象，还画一些花卉静物，颜色和造型都很清淡怪异，泪珠晶莹面色阴柔的水仙花，女人嫩寒的玉腿自枯萎的花丛苏醒过来，夜空里逆光的树枝银亮成晕，夜行人的影子蔓延开来之后便向天际伸展而去，暗示着生命的消失。我分明感到了他画里的阴郁和真挚，我说这些画比画展上的好多了，他又那样窘窘地笑了，好像自己的一个冤案被我及时平反。我说为什么不把这些画拿去展呢，他听了，轻声叹了一叹。

我怎么能忘记那个下午呢？他突然说我来画你吧，于是在画板上铺开纸，懒洋洋地看了我一眼，手执炭笔，窸窸窣窣地就画开了。他看我的眼神竟是那样直勾勾的，我的心好像紧张起来。他一边画一边说，你的鼻子真好看，你的眼睛好像掩饰着忧郁，你很骄傲吧。我说你在画我还是给我看相算命啊。

他画完后拿给我看。纸上的我很年轻，微微抬头，典雅而倔强的样子，神态酷似父亲当年在小公园里给我拍的一张照片，那时我不到十五岁吧。我凝视片刻，没说话，把画递还给了他。然后，他忽然亲了我。

就这样，我们开始了来往。某些傍晚，我们坐在一起，看着窗外的雨色，芭蕉湿亮，远林灰蓝，时间宁静而缓慢，我从背后轻轻地抱住他。雨还在下，不知怎的，我伤感了，我知道这是好时候，也知道好时候总会过去的。

陈杰画得开心的时候，会喝点酒，可他酒量真不怎么样。他也会自找借口，说，没有好酒，是不会开怀的，否则就沦为酒徒了。饮酒时他的眼睛亮亮的，性情既显，全不像画那些俗气美女画的人。我就逗他，挖苦他，他说我就喜欢你的直率，可以和你说实话。有一次酒后（他照旧喝得不多），轻掂着我的手，斟酌片刻，还是说了，"不要结婚，不要孩子，不要家庭，"停了一会，他又说，"我知道这样说很残酷，你们女人过不了这一关，但我这是实话。"

那天酒后他跳起舞来，他的舞呀，使我肚子笑痛了很久。哪有人这么跳舞的？毫无乐感不说，舞姿可怕不说，动作粗蠢不说，问题是他还自鸣得意，肆无忌惮，完全瞎跳，一边跳一边喘，一边喘还一边笑，后来还把我拉了过去，双双疯跳起来。我的舞感当然好多了，无奈的是，气场却被他的"疯跳"完全左右，弄得我居然也进入了他的节奏和"乐感"里去，节奏寸断，像初学者一样。我曾为之自豪的资深舞龄因而烟消云散，他见此状更加得意嚣张。我们跳了很久，直到跳得两人都累倒趴下。

五

西镇第七人民医院，简称七院，是西镇人人都知道的精神病院。西镇人骂人，就说："你是七院出来的吧！"自母亲住进七院之后，听到这话，总像是在说我，我即讪讪闪过，有一种秘密被窥视的不安。

小巴上那个肥售票员对每位上来的乘客都厉声嚷嚷："你，你，说你呢，聋啊，坐那边去！""还有你，那不是有空位嘛，还杵着干吗？"这个肥售票员俨然是一个皇后，司机是皇帝，你的坐和站，坐在哪站在哪，似乎都不是自己说了算的。司机喇叭乱摁，车乱停，只要高兴，随便放人上来。当那些出门的农民满头大汗地挑着担子赶着鸡鸭鹅拥上车来的时候，我即刻被夹在中间，燠热、腥臊的气味包围上来，弄得我昏昏欲睡，随之又无奈地变得更加敏感，对那些臭味悉数领受细细分辨，烦恼不堪。皇后仍在呵斥，我坐立不安了，直想变成那些活蹦乱跳的鸡鸭鹅，至少在此时，它们比我要自在得多。

走进七院的病房，多半会碰到那个年轻的、笑眯眯的主治医生，她一身白大褂，马尾辫，真有些白衣天使的味道。据说她在西镇有不少追慕者，而我每次看到她的笑，鸡皮疙瘩都会即刻竖起。记得有一次我给她打电话询问母亲的病情，当她得知我是病人的家属时，立即不耐烦起来，语气尖厉粗暴，电话呱的一声就挂掉了。我当时愣住了，心想母亲住院是经她的手，至今不过数月，怎么就变了脸呢？

那天，她问过母亲病情后，说要马上住院，必须住院，然后指挥着另外两个穿白大褂的女护士走到母亲跟前，一边一个，把母亲像犯人一样从车上拖了下来，架进了住院部的铁门。那两个女护士一脸横肉，怎么看都像两个悍妇，她俩把母亲往床上一摁，手脚一捆，母亲便呈大字状被绑在床上了。白衣天使在旁微笑说，把她的高跟鞋也脱了，于是母亲的高跟鞋迅速被扔到床底下。白衣天使表示满意，继续指指点点，很快，母亲的手表和戒指被卸下递了过来，我赶忙伸手接住，正欲存入包里，眨眼间，母亲红色羽绒服的拉链也给拉了开来，裤带也抽掉了，两个悍妇摸遍母亲全身，好像还在寻找什么东西，这场景使我不由感到不是在医院，而是在看守所。现在，母亲已经像一尾剥了壳的大虾一样躺在床上了，她扭动着，好像知道自己即将被扔进滚烫的冒着烟的煎锅里似的，不停挣扎，嘴里发出啊啊啊的声音。白衣天使呵斥道："喊什么，喊什么，再喊就把你嘴给堵住。"母亲的嘴立刻合拢，消了音，身体却仍在扭动，表情开始痛苦。

外婆在旁老泪纵横，嘴在微微抖动着，不知是在可怜自己的女儿，还是在为自己的女儿遭到粗暴的对待而愤怒，可能两者都有。我则心绪混乱，束手无策，我们家的三个女人，老中青三代，此刻看上去都像蹩脚的哑剧演员，一起咿咿呀呀地，连句完整的句子也说不出。这时白衣天使对母亲说："老实了吧，老实了就好，只要你不闹，待会就松绑。"

十分钟后母亲确实被松绑了。小病房里只剩下我们这一家。母亲看医生护士都走了，骨碌一下从床上爬起，捶胸顿足地喊起来："姆妈呀，你们心狠呐，又把我送到这种地方来呀，这传出去，我还怎么找人家呀，我还是要嫁人的呀，啊啊啊，呜呜呜。"接着又指着我说："你呀，你呀你，你是不是我女儿呀？你不是。我生孩子的时候，感觉到那些护士用钳子在我的子宫里呱嗒了两下，我生了两个，双胞胎。你不是我女儿，你是我女儿的分身，你去把我女儿找回来呀，呜呜呜，啊啊啊。"

看着母亲，我不知道该说些什么好。我成了语言白痴，支吾半天，挤出一句："我给你出去买笼包子吧。"虽然母亲还在伤心，但没忘交代一句："醋要多。"

我飞一样地冲出住院部的铁门，掠过白衣天使的办公室、两个垃圾堆和一条尘土飞扬的马路，一往直前，全神贯注。路人以为发生了什么，其实我不过是要去买一笼包子，但我估计自己的表情过于严肃，速度过快，结果无意中冲散了路边一对正在交合的野狗。它们愤怒异常，在我跑过去之后，狠狠穷追一气，狂吠不止。

当我把包子递到母亲面前的时候，心情有些复杂，我不知道是在讨好她呢还是在打发她，或者别的什么。母亲三下五除二就吃光了包子，然后把筷子往吃过的打包盒上一插，挑起来向床边的垃圾桶一扔，仰卧在床，似乎接受了必须住院的这样一个现实，头无力地歪过来对我们说："那么，你们什么时候来看我？"

六

西镇回来，我没跟陈杰说我母亲的疯，只是说她病了，但我跟他说了另一个疯子。

那天我正低头走路，忽然有人在背后和我打招呼。我回头看，是个老头，他眼睛却不看我，只闻得一身臭味，模样也有些可怕。可此人是谁呢，怎么也想不起来了。当这人疯疯癫癫地从我身边掠过时，我渐渐想了起来。原来是他，是"疯老五"。记忆也怪，要么完全想不起来，要么一下子都想起来了。这个"都想起来了"的里面，还有"时间"，连人带时间一起拽了出来，十几年了，他老成了这样。那时他冬天也光个脚，常常口吐白沫，那是话多而生出的藻沫。他总在我们中学的门口游荡，一放学，就伺机跑上去摸女学生的胸。女生都怕他，讨厌他，躲着他，有时急了我们也捡路边的小石头打他。他被打着了也不生气，也不闹事，好像期待我们扔过来的石子似的，眼光闪闪地迎接和目送石子们飞来、击中、落地，又转过头来渴望着空中飞来的第二批石子，然后又笑嘻嘻乐滋滋地继续跟在我们身后。

有个雨天，他忽然在学校门口讲演起来，口角泛着白沫，已经讲了一会儿了。他讲的什么也听不明白，像是在和谁激烈辩论，马克思、列宁、国家与革命、家庭和私有制的起源、黑格尔怎么说，费尔巴哈怎么说，列宁怎么说，毛主席怎么说，而且还说出一串别的书名。我全忘了，也听不太懂，周围的人时而哄闹，时而取笑，但多半的时间是在呆呆地听着。

"革命不是请客吃饭，不是做文章，但是你们天天吃的是大鱼大肉，所以你们都是坏蛋，是革命的对象，什么？你没吃大鱼大肉，那你吃什么？吃鱼干？鱼干也是大鱼大肉，你才吃屎，你是反动派，列宁说，我们要像冬天那样对敌人冷酷无情，要横扫你们，要全无敌，你知道什么！你读过《国家与革命》吗？你是文盲、假革命，你知道我的名字怎么写？你看你的眼睛，你看过自己的眼睛吗？那是猪的眼睛，但是你不知道猪也是很聪明的……"

疯老五瘦小，每次挨打，都奄奄一息地趴在那里，模样很尻，但也有例外，就是如果别人骂他的粗口有"妈"字，疯老五会突然地目露凶光，挥拳奋力回击，结果他被打得更惨了。我见到过一次疯老五被摁在地上，双手颤抖，嘴里鼻腔流的血模糊了他的脸，此时他的血嘴还兀自念叨着："妈的，骂我妈，我拍死你，我拍死你……"

有天放学时天黑了，冬天很冷，我加快脚步想早点回家，猛见前面屋墙上贴着个黑影，吓了我一跳，凝神看，是疯老五，他正扒着一户人家的窗户专注地往里看。我也好奇，顺着往那窗里望了一眼，黄灿灿的灯光下，一家人吃着晚饭，平常的景象，有什么好看的呢？我转过头来看疯老五，发现他的眼里闪着泪花……他动情了。当时我疑心疯老五没有真疯，是装的吧，然而再碰见时，他又恢复原来的老样子了。

陈杰听了疯老五的故事后，眼睛亮亮的，似乎对疯子很有兴趣，说如果一个城市里的人全是疯子就好玩了，你说呢？

我想起了母亲，什么也没说。

他说："如果一个城市的人全疯了，一个国家的人全疯了，会是什么样儿？一定是很好玩的。最有意思的是：在这个疯人国里是没有疯的概念的，大家都疯，又相安无事，亲密合作，和谐无间。如果有外面的人来旅游探亲，在旁听在旁看，很快就会发现这里的人全是疯子，怎么办？注意，这时绝不能把实情说出来，你得装着什么也没发现，觉得这里一切都好极了，要让疯子感到你们彼此一样，这样你就安全了，否则你很快就会被疯子弄死。"

"事实上呢，疯子国管理得并不坏，特立独行，属于世界先进水平，发达国家。五香牛肉很便宜，比萨饼不仅是烤制的，而且有三层以上的肉馅。广场中心的喷泉其实就是五粮液，喷完了就换茅台，轮流喷，游客伸手一捧，就可以喝够，醉倒趴下后，还有疯子赶来在旁扇扇子，非常体贴。在大街上疯子经常即兴演讲，语言生动，灵感如泉，绝对没有套话、假话、大话、官话，都是很有创意的。房价稳定，KTV 不仅免费，而且还有很容易中奖的点歌抽奖活动，工资也花不完，幸福指数永远'爆表'，等等。"陈杰越讲越起劲，我说："你就是疯子国的总统，终身制，怎么样？"他说好是好，就怕当不上啊，因为人家是直选，我怕不行，主要的硬伤是我自己不是疯子，人家不选我。我说："人家能看出你和他们不是一伙的，就不是疯子了！"陈杰瞪了我一眼，说："人家是疯子，可不是傻子，当然能看出我是异端，我会被追杀的。"

"毕加索、马蒂斯、凡·高、塞尚、培根、小弗洛伊德，这些绘画大师，其实都是濒临疯狂的边缘，所以画得才好，才深谙精髓，各领风骚，独步当代。如果都像我这样，就完了，就是平常人了。"

"真正的创作活动是把双刃剑，一方面产生伟大作品，一方面极度消耗体能，体格差点的就早死，过度消耗又没有及时返回自我的，就疯掉了。话说回来，什么是疯呢？病理上的定义是其一，其二就是人真正自由了，自由地回不到本我了，在这种状态下，出笔不凡，出语也不凡。"说到这，陈杰从旁边的抽屉里拿出几幅画给我看，那是些彩铅和蜡笔素描，下笔狠、落色毒、想象野，确实难得一见，莫非是陈杰近作？问了，陈杰突然把脸凑过来，眼睛盯着我："都是出自疯子之手，精神病医院里面的疯子画的，医院让我去教他们画画，说是艺术疗法，结果反而被他们给疗了！他们才是真正的艺术家。"

我们边喝酒边胡说，不知不觉夜深了。我做了点夜宵，牛奶鸡蛋，然后在他工作室的破沙发上做爱。他一边吻着我，一边贴着我的耳朵说："如果我是个疯子就好了，我几十亿的精子也就是几十亿的疯子，几十亿的天才。"我笑着说："那世界就完蛋了！"

七

现在，该说说我的朋友叶小雅了。

我习惯抽"爱喜"牌女士香烟。这种烟细细长长的，拿在手里好看，烟味却淡，好像女人什么事都喜欢淡淡的，其实不一定，我有时就很想喝高度酒，抽浓烈烟，问题是和谁在一起。我抽烟就是叶小雅教的。

想来也好笑，我们第一次相遇是在浴室，大学附近，城乡接合部简陋甚至有些污秽的公共澡堂。女人入浴出浴，本是男人梦寐以求的美景，而作为女人的我呢，说来"病态"，我也喜欢看美女，喜欢完美无瑕的女人，尽管我几乎没有见到过，但这种心思不死。我不喜欢安格尔的《土耳其浴室》，里面的女人虽然多彩多姿，但显然被过度理想化了，假兮兮的"丰腴"不说，单就肤色的"白皙"，我看其实和石灰的"死白"无异，一点没有女人的生动和性感。毕加索说"美是危险的"，此话深得我心，他说得诚实，而诚实本身犹如裸体一样坦率动人。我对叶小雅的第一印象是她的臀部，一个丰满浑圆的臀部，丰腴、洁白、形美；我从未见过中国女人有这么好的屁股，她们一般都扁平、走形，除了功能性的存在之外，几乎没有审美可言，换句话说，在画家眼里，那类臀部属于"有就跟没有一样"。我本来觉得我的屁股也是很好的，一见到她的，不由看呆了，这是什么屁股，这是什么腰身，这是什么身材，讨厌！我的眼光继续上移，等到她转过身来，我呆了，完了，她的脸也是美的。

不知怎的，我开始为她的安全担忧。这么美，在这么个肮脏污秽的破地方，是危险的，而且很危险。好像环境之所以为环境，就是为了摧毁美好的事物和人物的，我不知怎么会冒出这个念头，但它竟是那么的油然而生。她呢，可能也觉察到有一双眼睛在注意她，真正的美女对这类"眼光环境"是心知肚明又毫不在乎的，那么对这环境的危险感呢，也毫不在乎？她擦干身体，裹上浴巾，走了出去。

我呢，跟着她，一直跟到树林，天色也开始暗了下来。她停下来，回过头望着我，宛然笑了，说："还是你，怎么跟着我啊？"我不知怎么回答，心里想说"你真美"，可嘴里冒出的却是"对不起"。"对不起？""嗯，你忘了什么吧，这是你的香烟。"我把她忘在柜子里的一包烟递给了她，她笑了笑，接了过去，说谢谢。月光下，她美得像天使。

我们成了朋友。我朋友不多，她也是。我孤僻，她美丽，孤僻的美丽，我这样瞎想着，觉得里面好像真有某种内在的关联似的。那天她忽然问我怎么会这么喜欢美女啊，我说不知道，她说可是她不喜欢，我问为什么啊，她说我也不知道。小雅性格阴郁，话少，我阴郁，寡言。我说，国家应考虑建立这样的军队，全是美女，当快要打败的时候，美女大队在前沿阵地一亮，怎么样？停火了！永久性停火协议顺利签订，谁说的"不以兵屈人者，上"？以女退兵者，上上！小雅哈哈笑了，说我可真会扯，但美女们可就惨了。我说不要紧，美女都是身怀绝技的少林高手，专练踢裆。小雅这次乐得从床上滚落地下，笑岔了气，然后翻身打我，说："真讨厌，你嘴里怎么什么都敢说啊……"然后就笑得出不了声了。纯粹出于被小雅的笑"传染"，我也乐了起来。这时小雅仰起了脸，唉，上面全是泪花了，她几乎是用一种哀求的声调对我说："我真喜欢你。"那是我们少有的快乐。

但小雅的阴郁让我常常不解。一个女人，出奇的美貌自是天赐，在商业社会里，占尽先机，享尽优势，阴郁什么呢？小雅没有工作，那是她不想工作、不愿工作？我不得不提到我本想可以回避的事实，就是小雅的思维状态是特别的，她的思想集中力似乎不太好，总是在漫游，什么事都难以引起她的专注。小雅不能算笨，但"漫游"让她显得无神，此外和别的女孩不同之处是，不怕黑。蜈蚣、蛇、蜘蛛，还有血这些一般女孩怕的东西，她也都毫无反应。有一次，她把蜈蚣放在自己手上细

我准备不发疯　　**25**

细把玩，蜈蚣竟也没有咬她。她还在自己的小屋子里养了两条蛇，一条是黑红花斑小蟒蛇，另一条是银环蛇，她给它们起名为"大乖乖"和"小乖乖"，所幸的是在小雅的屋里，那两条蛇真的很乖，全然是"宾至如归"，天哪，我想想都害怕。她常搂着蛇，任意让蛇缠着自己，还买小白鼠喂它们。望着蛇吞食着小白鼠，小雅露出了甜美的微笑。

有天聊晚了，小雅留我过夜。想到那两条蛇，我害怕，小雅便把它们关在一个纸箱子里了。我说你平常睡觉时就把它们放在外面吗，她说是啊，我不怕的，有时它们和我一起睡呢，我听了又开始怕了。小雅猜中了我的心思，说，没事的，它们听我的。

我和衣而卧，小雅几乎全裸，躺在我的身边。我并不习惯如此，更别说和一个光身子的女人了，可我好像很快觉得这是自然的了。黑暗中的香味使我想到了她馨香的肉体，我问她用的什么香水，她说她什么都没用。我的手碰到了小雅的乳房，她的乳头一下子就硬了，她笑盈盈地把我的手推开，也摸了摸我的。我们就这样缠闹着，月亮出来了。

柔软、体香、美丽，还有此时被子里弥漫的体温，似乎含有天然的善意，可又与之无关。美是麻烦的。我在黑暗中想，幸亏小雅没工作，她的美貌不用和"开会"、"应酬"、"拉关系"打交道，那样简直是在辱没美貌，她也不必为"职称"烦神，美是与之无关或是高高在上的。我想我要是男人就好了，这样美的肉体，是唯一的，是应该用来被爱的。小雅忽然轻轻抽泣起来，我抚摸着她的肩，问怎么了，她不说话，依旧抽泣着。在习惯了屋里的黑暗后，我又可以看见身边的小雅了，朦胧中更加真实动人了。这时她忽然说："只有你真的对我好。"

小雅的男友是一个流氓，我见过那个混蛋，一副馋相，连高中都没有毕业，家里有两个小钱，整天游手好闲，喜欢打架，出手狠毒，每出手必欲置人于死地，所以他是派出所的常客，遗憾的是没有一次是出不来的。我劝过小雅和他分手，但我的世故又提醒我劝人分手这种事只能适可而止，果然小雅无法自拔。有时还硬拉着我和他们一起吃饭，对那个混蛋，除了翻白眼，我没什么好说的。

有些男人就是这么贱，越不理他，他越要来惹你，这个混球男人竟然给我频频发短信，打电话，约我出来吃饭。我想着要不要把短信内容告诉小雅，又怕引起她的伤心，所以只字没提。骚扰短信继续发来，内容开始有些变化，渐渐出语不逊了，什么"你拽什么，有什么好拽的""你以为你很了不起啊，你去打听打听。"

打听打听，打听什么？一次，不知怎么遇到这个混蛋，他纠缠不放，我劈口骂道："你这德行，你连小雅的一个指头都不配。"这混球一听我这么骂他，不怒反笑，说："我，就我，我会配不上她？我跟你说，我跟她好，那是同情她，保护她，懂吗！你翻什么白眼，是啊，她这么一个大美女怎么就跟了我呢？我算什么东西；可是你傻啊，我打架，都是为了她，我的肋骨也是为了她断的，懂吗！"

我快要气疯，依他说来，这厮反成了义人！这回轮到他翻我的白眼了，平息了一下自己后，他继续说："你知道她的身世吗？我就知道你啥也不懂，小雅是她妈被轮奸后生下来的，懂吗！"见我呆在那里，他继续说道："叶小雅，要是没有我，从孤儿院出来那会儿，就得去做小姐。我配不上她？妈的，你给我说说看，我哪一点配不上她，你倒是给我说说看，我是她的保护神！你也需要我保护吧。"

从那之后，我就再也没见过小雅了。她的短信说她和男友一起去了别的地方，等安定下来会有电话的，可从那以后就杳无音讯了。我的手机里至今还保留着她以前的电话号码，当我想她的时候，会轻轻地拨打过去，然后我会听见那熟悉而又温柔的女中音："对不起，您拨打的号码是空号，请核对后再拨。"

八

我在一家叫宏达广告有限公司的地方上班，我的工作是广告策划，就是编造"花言巧语"的职业写手。公司每天上班的第一件事就是大家站成一溜，伸着脖子、扯着嗓子大喊口号："宏达宏达，前程远大；远大远大，只有宏达。"五分钟后，还要跳个五分钟的操，近看像傻逼，远看像幼儿园小朋友。公司经理说这是一种舞蹈艺术，和口号是配套的，年轻人要多跳，这样才会朝气蓬勃，跳出利润来。

等做完这些，我的一天就正式开始了。说开始，也就是坐在不足一平方米的格子间里，绞尽脑汁编那些虚头巴脑的美丽辞藻。我的桌上摆着《现代汉语词典》《古汉语字典》《常用典故词典》《牛津英汉八用词典》《美式英语字典》《成语大全》。我不停地写文案，想着怎么给那些产品精心包装，然后隆重推出。就像任何职业都有职业病一样，我的职业病就是：不再相信文字。

这几天，我被一款避孕套广告的用词折磨得苦不堪言，只好四处找参考。有一个广告是这样的：先是出现希特勒虐杀犹太人，斯大林三次党内大清洗……死人无数的画面，然后广告词伴随音乐出现了："如果当年她们选用了我公司的避孕套，这些恶魔便不会存在，历史将会被重新改写。"我想如法炮制，思来想去，觉得难点是如何进行替换，后来我想出来了，就是把春运人潮、高速拥堵、雾霾笼罩的情景拍成画面，轮番闪现，再马赛克式地在一个画面集体亮相，这时广告词出现："如果当年她们选用了我公司的避孕套，这些情况便不会存在，一切将会被重新改写。"这个创意我一度非常得意，可是后来被公司给断然否决了，说我不怀好意，得当心饭碗。

每个周一都是例行的会议，每次首先发言的总是办公室女红人，部门经理的最爱。同事们相传他们上过床，因为她和经理说话时嗲兮兮软绵绵，转脸对别人便是死相，媚脸的转换快得可怕。现在经理又要开始第一点第二点第三点地讲话了，我早已失去耐心，想说脏话，想跳上讲台狂舞，想做一个痛快淋漓的泼妇，将唾沫喷出，将刀子染红。

我素不合群，从小到大处理不好人际关系，难免寂寞，但我更害怕人群，觉得后者对我尤其有害，所以采取了一个折中的办法，比如，我从不参加公司聚会，一到饭点我就迫不及待地先去食堂，那时人会少一些。

我已三十二岁，是单位里唯一没出嫁的女人，前两天有个才结婚的女同事，突然飘来问道："你有戒指吗？"我说："什么？"她接着说："我老公给我买的。"然后把手上戴的硕大的钻戒在我面前晃了晃，又飘走了。

在同事眼里我行为孤僻，语言藏着傲慢。她们总在背后议论我，说我闲话，给我起外号，有人说我会和猫白头到老，死在一起。可是我从没有养过猫，不是不喜欢，而是无心照顾；对于像我这样一个连自己都懒得照顾的人，喂养一只猫无疑是个沉重的负担。也许不用等到衰老的那一天，我就会冲到街上大喊："我的人生充满遗憾。"但这样的话，我是不会对猫说的。

九

我想出去走走，不论哪儿都行，只要不上班就好。我喜欢独自旅游，哪怕是去附近的城市也行；没有目的，只是出行一趟，我也会煞有介事。想想自己戴着棒球帽，背着一个帆布军用旧包，体力充沛地四处游荡，是怎样的惬意啊！我还年轻，为什么不呢？

从杭州到上海，大约一个小时火车。走在城市的广场、街道，走在人群里，做一个隐形人，悠闲自在，什么也不做，哪怕就看成片的后脑勺呢，也不坏，这个城市的人啊，好像真的也只有后脑勺。

我买了一张上海的地图，看看有什么地方至今没有去过，我说的地方当然是我所知道的，也就是一些博物馆和老街，卖古怪玩意儿和女性玩意儿的小铺子了。我最喜欢消磨时光的地方是位于某条老街上的一家小旧货店，店里的物什儿历经时间和人的濡染，含着难以言状的物质，让我凝神发呆。清末民初的老照片里的那些人早已成灰，子孙呢，或者也已湮灭，所谓灰上落灰；或者尚在人世，或者他和她刚刚与我擦肩而过，只是永无相识的可能。旧家具、旧衣服，都被用过，主人死了，遗落于人间，依旧残存着主人的气息，像一个个未亡人，可谁去纪念它们呢？有一件玫瑰红的丝绸上衣，浅银色刺绣还依稀可辨，可以想象那颓败的玫瑰红曾经是怎样的艳美，怎样地被精心照料过，如今平卧于此，不知被多少只陌生的手随便而粗鄙地摆弄过，被无耻地评价和出价。我仿佛可以想象出它以前的主人，一位女人，一位安静的女人，乌发梳理得一丝不苟，在午后的阳光下，在世人永远不知的某个幽深庭院的阳台上，喝着茶，读着书，出着神。想象不出来了，因为我总想再想下去。

不知怎么想到了爷爷，他死后，我曾在他的屋子里待过整整三个星期。没有电视，没有书（爷爷晚年眼睛半盲，书都处理掉了），没有短信，没有电话。也没有旧友。头一个礼拜，我几近焦躁，想快快离开，可转念一想，这恐怕是我最后待在爷爷屋子里的时光了。我走后，这里将被出租，或被卖掉，以后的主人将是别的人，完全陌生的人，甚至，这个屋子会被拆掉，掘土机只需一刻钟，就可以将这个生我养我的地方连根拔掉。我需要待下来，安安静静地待在这里，听着水管的漏水声，听着屋子里"安静的声音"，看着屋里周围的一切，空墙、空柜子、水池上残存的肥皂、垃圾筐，看着阳光照在地上，然后慢慢移到墙上，开始移到左面，接着移到右面，移到爷爷的书桌上、床上，之后逐渐消失了。目前，眼下，它们还"活着"，我还能与之同在，呼吸着屋里的仍然属于爷爷也属于我的氛围。爷爷还在吗？如果真有另一维度的世界，这时爷爷应该看到我独自在屋里的，我不由得轻轻呼唤着爷爷，呼唤着，那声音，连我自己听了都觉得惊悚和陌生。

　　然而，第三个礼拜的时候，我似乎蓦然醒悟了，爷爷真的不在了，他看不见，听不见我了。水管子的漏水声依旧，每日照进来的阳光依旧，书桌、床、门窗依旧，"头七"时那种处处是爷爷的深切感受，慢慢消失殆尽，从何时它们转变成（其实它们历来就是）木然的物质性的了呢？垃圾筐里的东西是我留下的，日光灯也是老样子。日光灯下无新事，是的，没有了。死亡，死亡，请吞没我，因为我不理解你。

　　我在街边的一家小店里吃了一碗排骨米粉，有点辣，我喝了很多水。坐在我对面的是一对高中生情侣，还穿着蓝白相间的校服，搂抱在一起，互相喂食，时时刻刻难舍难分。恋爱的人应该是一体的，像《山海经》里的一些怪兽，两个头，四只脚，到处走。

怎么打发时间呢？我继续研究地图，有个国际艺博会，今天就要结束了，那么就先去那儿看看吧。

我拿艺术历来不当真，就是解闷，那帮艺术家成天神神叨叨地弄什么啊，煞有介事的，也有点疯疯癫癫，但我还是喜欢看。我们这些行尸走肉，不管是什么职业，做到什么份上，其实不都是在煞有介事吗？既然如此，我喜欢认认真真地煞有介事，天天真真地讳莫如深，以不枉此生。

艺博会离我看地图的地方只有两站地铁的路程，不出我所料，展厅里果然没什么人，令人愉快而静谧的时刻。很多来自各国的装置、绘画、摄影，各种材质的雕塑、动画、影视，作品种类风格很多，不太懂，只好看文字介绍。从前大学时，我曾选修过艺术史，以为这个学分容易拿，结果反被弄得一头雾水，可考试又高分通过，所以我估计我和艺术有缘。有一个观点我曾坚持到现在，就是不管你艺术家怎么闹腾都可以，但不好说你在"探求未知世界的本质"，因为，既然有"本质"了，怎么又"未知"了呢？艺术家也别口口声声说要呈现什么事物的"不定性"，你们其实只是呈现自己的"不定性"，而与事物的不定性无关。自设迷局是自恋的，自揭谜底是无聊的。虽然我不大喜欢迷局啊谜底啊之类，但又觉得少不了它们，否则生活就真的无聊了。

杰姆斯·卡斯比亚（James Casebere），这位美国八十年代出道的装置艺术家的代表作居然也在这里，那是些巨幅银版照片，场景是幽闭无比的长长的地下空间，有单间，有病房和会议室，叠落的抽水马桶，横七竖八的病床，浮尘寸厚的教室里的课桌，单间屋里的迷人幽光，这是个系列，题目是《庇护所》。记得在一本当代艺术杂志上初次撞见这些照片的时候，心里一震：怎么如此像我心中的某种"桃花源"呢？记者问他，在哪找的这么个压抑的空间啊？杰姆斯·卡斯比亚说："是我自己造的。"

还有那个墨西哥女画家弗里达的《出生》也在墙上挂着，这可是名作啊。一个蒙头女人躺在铺着白床单的床上，两腿叉开，婴儿的头已经从阴道钻出来，眼帘低垂，血染红了床单。我像熟悉我的化妆品那样熟悉弗里达，我的床头墙上曾贴过她美丽的自画像，注意到她居然有淡淡的胡子。这位悲伤的女人一直在疯癫的临界处创作，她深爱丈夫，也知道他绝不属于她自己一人，她的妹妹也是丈夫的情人之一。后来她在车祸中下肢瘫痪，竟然还在床上画画。她患有严重的抑郁症，病情严重的时候，正是她下一个创作高峰来临的前夜,那夜色多么黑啊!我看着简介里艺术家的眼睛,她也看着我,这位死于六十多年前的画家,好像还活着。

影像艺术不多,其中有一个作品吸引了我的注意。就形式而言,那是很简单的,其实连影像也谈不上,不过是通过投影仪打出的一段文字而已。我走进一间有灯光的屋子,六七秒后,灯忽然熄灭,墙上便出现了那段文字的幻灯。为了保持原作感,我还是把作品的原文摘引如下:

一九〇五年,一位法国的医生做了个试验,他试图与一枚刚被断头台斩下的头颅进行对话。

那头颅刚被斩下时,眼帘和嘴唇紧缩了五六秒,几秒钟后那紧缩停止了,脸上呈现出松弛,眼帘半合,露出些许眼白,正如刚死了的人那样。

就在那时,我对他大喊了一声:"兰奎拉!"我见到他的眼睛慢慢睁开,动作清晰,眼神也不昏茫和空洞,生动地看着我,几秒钟后,徐徐合上。

我又喊了一声,那眼帘又徐徐抬起,没有收缩,更关注地朝我看来,然后,又徐徐合上。我这样向他喊了第三次的时候,就没反应了。整个过程持续了二十五至三十秒。

一般说来，需要二十五至三十秒的时间读完这段文字。

十

深夜两点多，电话里母亲的声音很轻，好像怕别人听见：

"……有什么事情要发生了……我昨天又看见了那个女人，她就站在窗外，一脸骄傲地看着我，想到这，我火就往上蹿！她身上穿的黑色暗花旗袍还是我做的，我在作孽，我承认她长得比我漂亮，可那不就是一张皮吗！我哪天要把那张皮扒下来，撕碎、吃掉、拉出来，拉到蛆窝窝里！我已经选好茅坑了，我寻遍了西镇的茅坑，别忘了我是数学家，我进行了精密计算和排除，最终锁定了水电局后面小巷子里面那个，那个茅坑比较深，几个月也没人打扫，蛆虫长尾巴，嘴也大得什么似的，能把我吃掉，还吃不了一张皮？有个十分钟就差不多吃光了！

"她的肚子好像也被他搞大了，我不愿看到他们那副得意的样子，我不愿和那种烂女人争，我要蛆把她肚子里面的小孽种也一起吃掉，不管怎么样，我有自己的人生观……

"今天早上你妹妹来看过我了，我叫她给你爸爸烧点纸……他们害死了你爸，现在又想来害我，难道我真的看错人了吗，他们在背地搞什么？我不过就是上次见他时笑了一下啊。"

我只好又关机，睡下；次日晨，刚开机，电话又来。

"我跟你说，你不要说出去啊，你舅公早就强奸了我，你不信，小孩子懂什么，他是从照片里走出来把我摁到床上的，我记得很清楚，我正在剥毛豆，他哭着掐着我的脖子，后来又笑了，我想喊又喊不出，完了他就回到照片里去了。我立刻撕那张照片，这样就可以撕死他，可是撕啊撕啊怎么也不烂，我就烧，烧也烧不着，我就哭了……后来我发现窗子上都贴着人的笑脸，你也在那里面吗？我看到你了，认出你了，你也在笑。

"那些女护士也不对头，我看她们肯定被收买了，那些药我喝下去之后就不舒服，现在我再也不喝她们递过来的水了……最近我下身老疼，我闻到内裤上有药味，她们肯定做了手脚，她们有很多分身。那天我在院子里走，一个女人在我耳边说你丈夫死了，你很高兴吧。我吓一跳，心想她怎么会知道。我知道她是他们一伙的了，可能所有的人都有分身，你是不是也是他们安排的，要不为什么不来救我呢？你不是我女儿，你为什么拿着我女儿的手机？你到底是谁？啊，你把我女儿怎么样了，啊？喂，喂喂，你给我回来……"

我有个体验，就是无论你听到的话语有多么离谱，多么荒谬，但是，如果说话的语气真挚、专注、不容置疑的话，你可能就很难不陷入那个被说服的磁性里面。我是软弱的，容易被影响、被笼罩，但我不是少数。我曾经在一个偶然的时候读到过精神病临床诊断的记录，那是一个大学同学不知从哪弄来的，她读得两眼发直，我也抢来读了，也读得两眼发直，几夜没睡好。西班牙画家达利的画以怪诞闻名，可那毕竟是画，明白地预先告诉你"我这是瞎编"，但那本记录则不同了，字字句句，扣人心弦，读完恍然若失，却不知失掉了什么，想来是失掉了阅读前的常态，那个立足点。几天之后我才缓过来，似乎像男人大醉之后的"回神"，或者类似我们女人失恋后的"缓过来"？母亲这些天的电话，又使我重温了那个阅读经验。窗外刮过来的微风有些潮湿和清凉，而我却有点惶惑了。

十一

从曲院风荷的湛碧楼往下看，湖光粼粼，里面有山的倒影、树的倒影、楼的倒影。对面的一个角落，是一座白房子，矮树绕墙扶疏，阳光下显得懒洋洋。我曾多次来这里，坐在窗边望着湖面发呆，我一向迷恋颓废的景观，懒洋洋的事物和人，还有懒洋洋的太阳。

我给陈杰打了个电话，问他什么时候能来，他支支吾吾，匆匆挂了电话。我再打过去时，他的电话就一直是忙音了。

我和陈杰之间的联系一向都是这样，从来是他容易找到我，而我却不易找到他，如同特务之间单线接头，除非上线呼叫你，不然，你唯一能做的就是等待，心平气和地等，顾全大局地等，无日无夜地等，等，只有等，等他忽然想到你的时候，电话就来了。和陈杰交往的这两年，我一直都努力地在等，我不知道自己还能这样等多久。

陈杰住院了，酒醉从楼梯摔下去，右腿胫骨骨折。我从他同事那儿打听到了这个消息。

陈杰躺在病床上，腿已上了石膏被吊了起来。他靠在枕头上睡着了，我把水果放在床头桌上，然后静坐床侧。他现在的样子有些好笑，戴了一副墨镜，嘴还微微张着，怎么会有人睡觉还戴着墨镜啊。阳光穿过眼镜片，使他的眼睛显得一蓝一绿，想到苍蝇的眼睛，我微笑了。想起英文苍蝇的"fly"，也指街头整天胡闹的少年，同时还有"飞"的意思。唉，陈杰啊，你怎么就没飞到楼梯下面呢！

他醒了，见到我，有些意外，说："你怎么来了？""我怎么不能来，住院也不告诉我。""倒霉。"他嘴唇动了动。

"我剥个橘子你吃吧，在医院门口的小店买的，说是很甜的。"

他没说话，我于是开始剥橘子，然后一瓣一瓣地喂他。他倒是老实了，嘴巴一下一下地张开，十分听话。橘汁很多，汁液渗进指甲旁的倒刺里，有些刺痛，我用嘴轻舔着倒刺处，眼神空泛了。旁边的电视机里正在放着一出都市言情剧，哼哼唧唧，吵吵闹闹，一个男的向一个女的求婚，手捧鲜花，扑通下跪，花瓣撒了一地，那女的假装一扭脸，不屑的样子，陈杰说去关了电视吧，我说你不看，别人还看呢。

接连几天，我去医院看他。先后也碰见几个来看望陈杰的同事朋友，他们用那种心知肚明的眼神与我微笑打招呼，好像彼此已经是熟人。然而除了我和他的同事朋友，没有亲人来看陈杰，而同屋别的病床那些病人，亲属则每天不停地来探望。其实卧床病人，像陈杰这样的，需要陪床、伺候起居，亲属是多多益善，朋友少些甚至没有也无妨。而陈杰的"亲属"就我一个。

我往他身下塞尿壶，取出倒掉清洗后再放回原处，有时扶他去洗手间，帮他勤擦勤洗，以防褥疮，效果还是可以的。我从前照顾过住院的爷爷，这些伺候病人的事都是懂的，所以现在我俨然变成经验丰富的"护工"了。早晨医护人员查房之后，那位女护士长过来对我赞叹道，你伺候得比这里最尽职的护工都好，不过如要找护工的话，我倒是可以介绍的，然后说，结婚不久吧，这么年轻！天天伺候，也是够累的。我笑了笑，没说话。

两个月后，陈杰出院了。我送他回去，这还是我第一次去他的住处，以前我们都是在他的工作室里约会的。他的屋子很简单，近四十岁的人，屋子却像二十出头的单身汉的猪窝。脏也就脏了，乱也就乱了，主要是处处可以看出这屋子的主人对生活没有兴趣，到处都是做了一半的事：没关上的抽屉，没叠起来的衣服，没洗的碗和袜子，没吃完的干枯的面包，没倒掉的洗脸水和杯中已经发霉的茶叶。床是一个席梦思垫子，被子也是没叠起来的被子，枕头居然不知哪去了。陈杰躺在垫子上眯着眼，似乎还很疲倦。

我动手开始替他收拾。整整拖了四遍地，桶里的水起先黑得可以写大字，接着可以画水彩，最后水才开始有了一点清的样子，可以洗毛笔和水彩笔了。在将拖把拧干的时候，我发现了缠在上面的细细长长的头发丝，是女人的。我愣了一下，也来不及多想，便继续打扫。我将他那两大盆的脏袜子都拿去洗了，又一对一对拣出来晾好，把房间里的垃圾都拎出去倒掉，不知跑了多少趟才扔完；跑完最后一趟回来时，买了一盆小小的绿萝，放在他的窗台上。等这一切都忙完的时候，天色已经渐渐暗下来了。

其实，作为一个女人，我对家庭生活的琐事兴趣索然。小时候看着父母每天一边吵架拌嘴,一边买菜做饭,心情就郁闷无聊,日子如此日复一日。我讨厌那样的日子,甚至想过离家出走,却不知道自己渴望的生活是什么样的,我也极少想到婚姻,我就觉得"它"离我很远,不属于我,我也不属于它。可在这时,不知道怎么,我很想替陈杰操持这间屋里的日常琐事,很想给他做一顿丰盛的晚饭。

我走进厨房,唉,那也叫厨房!一股呛鼻的味道,切菜板上的蟑螂呼啦地轰散开来,到处是陈年累月的粘灰,还有……不说了。想到陈杰住院时的孤单,没有一个家人来照顾,不知怎么,我忽然走到他跟前,说,要不我们结婚吧。

他睁开了眼,陌生地看着我,良久,什么话也没有说。看得出他不知说什么好,我此时也对自己刚才的想法感到惊讶和意外。又过了一会,陈杰拉起我的手,轻轻地抚摸着,说,莫莫,我爱你,但如果要继续下去的话,我们不能结婚。

天暗了,屋里没有开灯,黑暗中觉得自己流了泪,我很高兴他看不出来。

十二

像大多数女孩一样,我喜欢婚纱裙,喜欢那些相关的美丽的童话。读小学时，班里的女生都有公主裙，白色乔其纱做的，裙摆是一层一层的蕾丝，我也想要这么一条，向母亲求了好几次未果，极度悲伤。母亲是裁缝，后来我想，天下的裁缝都会觉得买衣服就是浪费钱，我母亲也不例外。我那时的衣服，大半是她用客人做衣服剩下来的边角料拼凑做成的，按现在的词叫"混搭"，绿颜色裙子的袖子是一只蓝一只黄，咖啡色的裤子底下又要接两截，我好像从来没穿过一件完整的、全新的衣服。我想我的某种自卑感就是那个时候生长起来的。

我渴望的公主裙，至今没有得到。现在我已三十二岁，我想是永远不会得到它了。我怎么就一下老成三十二岁了呢？十岁的时候，我永远都不会想到有这么一天。我那时坚定地认为女人，至少是我自己，应该在二十五岁以前死掉，死在一场暴风雨里。

下班后在家的空余时间，我和办公室其他女同事一样喜欢逛淘宝，不同的是我只逛不买，而且我只在婚纱这一选项里徘徊转悠。我发现婚纱的款式原来是这么多样的，中式的、西式的，各种颜色和质地，但归根结底，我还是最喜欢白色。我看到一款白色的鱼尾婚纱，没有任何多余的装饰，抹胸掐腰，后摆足有三米长，我把它存入收藏夹，时而点出来看看，心满意足。

公主裙、婚纱裙，两个梦。有的时候，我也想问，为什么这两样几乎每个女孩都能轻易拥有的东西，偏偏在我只是个梦？但我只把这个问题放在心里，因为不知道该去问谁。

后来我自己给了自己一个答案，就是白色。白色的公主裙，白色的婚纱裙，穿上它们，与其说是圆了个梦，不如说是结束了一个梦，就是说，穿上后就必然地要脱下来。白色不是一个颜色，白色是一无所有的意思，白色是"脱下来"后的虚无。

我住的小公寓离单位不远，两站公交车，走路大概十五分钟，通常我都会走着去上班，下班再走回家。从上班到现在，这条路，我走了五年，现在我可以闭着眼睛去那条街上的任何地方，譬如山西面馆、便利店、药店和处在小巷深处皮薄馅多的馄饨小店……

巷子路口的这家婚纱店是两个月前开张的。橱窗中新人们的大彩照，有的甜蜜地搂抱在一起，有的扭头向我望来，我走了进去。穿黑色套装的店员轻快无声地走来，殷勤问道："您好，有什么可以帮您的，拍婚纱还是拍写真？"我指了指穿在模特身上的那件鱼尾婚纱。"哦，拍婚纱照啊，首先恭喜您并请接受我店的祝福，您真有眼光，这款婚纱是我们店最新进来的，是意大利目前最时尚的一款，现在拍的话，还有八八折的优惠。""那么，今天可以拍吗？""当然当然，只是，不好意思啊，婚纱裙是不能试穿的，因为是刚刚从意大利空运过来的。"我看了一眼那婚纱，鱼尾上的水钻晶莹地闪烁。我付了钱。

试衣时，我看到自己的旧内衣了。内裤破了个洞，胸罩左边有一小块不知哪来的锈斑依稀可见。帮我试衣服的店员见了眼睛迅速移开，礼貌地帮我把婚纱往上拉，但拉链卡在了背上，怎么也拉不上去，显然这件婚纱裙小了点。她说吸气，我说吸了，她说再吸，我说吸不动了，她见状非常柔声地说："等着，我去拿两个夹子夹一下，就好了。"

我于是等她，此时感到背后的拉链紧卡着皮肤，我把它往下拉了拉，不料裙子一下落到了我的腰间，裙摆便层层叠叠地堆在我的脚边了，像一座小小的银川。

化妆师开始给我化妆了，我把破旧的内衣带子塞进了衣服里，裙子背后拉链拉不上的地方也用夹子固定住了，不会有人知道我内裤上的破洞；从镜子里看，一切完美无瑕。

镜中的自己，已被抹上了浓重的粉底和口红，漂亮得不像我。这就是婚姻了？走入摄影棚，摄影师已把光调好，将镜头对着我调试了几下，然后停下，没说话，但分明在等什么。过了一会，他望着我，想询问什么，欲言又止，终于开口了："那位呢，新郎呢？"我把裙摆重新理了理，说："没有新郎。"他不解，继续疑惑地看着我，呆在那里，我望了他一眼，微笑地说："我自己同自己结婚。"

拍完照，脱掉婚纱的时候，我觉得我确实经历了婚姻。我结了婚，又离了婚，前后不到一个小时。

十三

医生说，你母亲可以出院了。

我走进病房的时候，母亲正在活动室和众病人一起站着看电视，她全神专注，直勾勾地盯着电视屏幕，沉浸在里面。我轻轻地喊了喊母亲，她没听见，我又以略大些的声音再喊了一遍，她还是没有听见。这时我打量了一下母亲，冬天刚过，南方的春天还是很冷的，母亲在白色蓝条纹病服外面加了一件衣服，也就是刚进院的那件红色羽绒服。她双手插在口袋里，不时掏出一颗花生剥着吃，活动室的其他病人也都站得笔挺，盯着电视，旁若无人。

女护士见了我，走过来，说："你干吗的，干吗，干吗？"她四五十岁的样子，神情紧张，一脸焦虑，紧闭双唇，像被什么压抑住了，每说一字，仿佛都在释放某种积郁。比起房间里其他的病人，她的相貌更忧郁和烦恼，更像一个精神病患者，我甚至怀疑她退休的时候，会不会以病人的身份继续留在这里。

"你到底找谁，找谁啊？"女护士的嗓音干瘪尖刻，继续追着我不放。母亲这时看到我了，微笑着走来，说："莫莫，来啦，早饭吃了吗？外面冷不冷啊？哎，天这么冷，你还穿得这么少！到我屋里来。"母亲思路清晰，显然和电话里的不是同一个人，我略感诧异，然而她的气色是很好的，我还能说什么呢？

回到家，母亲看上去确实是正常了，甚至表示晚上做红烧鱼给我吃。其实，母亲并不怎么会烧鱼，酱油放得太多。她做菜只会红烧，红烧肉、红烧鱼、红烧豆腐、红烧冬瓜，恨不得什么菜都要红烧一下，倒半瓶酱油，她仿佛不知道"红烧"之外还有别的做法。

看着母亲，我想到小时候她总端个大红塑料澡盆，在天井里给我洗澡。她的身上有好闻的雪花膏的气味，每当母亲弯下腰来，我会看到她的乳房，垂胀饱满，像两个水蜜桃。母亲年轻的时候有很好的皮肤，是江南女子常有的那种温润滑腻，看上去如同包粽子前浸泡了一夜的白糯米。夏天的夜里，我总是要搂着母亲的一只胳膊睡觉，她的胳膊清凉柔润，使我的心静了下来。

父亲死后，母亲老得很快，不久就再婚了，可是很不幸，她每天生活在谩骂和争吵中，无休止地责怪那个男人不爱她。

男人渐渐不太回家，即使回来，也冷着脸，一声不吭。母亲变得多疑，总疑心他在外面已有女人，猜疑久了，便开始自言自语，时而咬牙切齿，时而握紧拳头。

有一次，母亲和男人吵完架，突然跑到我那时就读的大学找我，事先连电话也没打，就忽然像天兵天将似的直接杵在了我宿舍门口。我已有半年多没见母亲了，猛一见，没认出来。她已变得苍老憔悴，完全像个村妇了，一只手还拎着一袋米。我觉得她丢人，突然就生气了，向她吼道："来也不打个招呼，还带米，什么年代了，学校有食堂，还用我们生火做饭嘛！"母亲低着头，嗫嚅着，看了看我，又低下了头。

那天晚上，我和母亲住在学校附近的小旅馆里，开房的时候，前台突然交代晚上睡觉要当心，门要反锁，我有点不明白她的意思。走进房间，看到床单上处处的可疑污渍，垃圾筐里的纸巾、水果皮、纸饭盒，我居然还在洗手间里发现一个针头，像是注射毒品的那种针头。我明白前台说的话了。母亲坐在床边，低头看着自己的脚，我们没说话。她就我这么一个女儿，伤心的时候除了找我，她无处可去，而我却让她住在这么一个糟糕的地方。我隐然有些后悔，后悔刚刚吼了她，后悔没有给她开一个好一点的房间。可是我们没有钱。只住了两晚，母亲又拎着那袋米回去了。

我照母亲吩咐去菜场买鱼，路边的树不知什么时候都被刷上了半截白石灰粉，像穿了高领毛衣。地上的落叶也已枯黄，一踩就碎了。走进菜场，菜贩子纷纷同我亲切搭话，好像多年好友，热络不已，让人不自在，感到不买的话就好像严重辜负了对方。我选了一尾大鲤鱼，就逃回来了。

母亲坐在门口吃橘子，橘子皮扔了一地。她低着头，自言自语地嘀咕着什么，好像在数橘子皮，又好像在找什么。她抬头看了我一眼，然后又低头继续寻找着。我发现那眼神还是十几年前的，仿佛我还是个背着书包去上学的小学生，现在放学回来了。

番茄汤熬得很浓稠，鲤鱼用来红烧，肉切片炒青椒，吱啦啦油锅里腾起一阵烟。酱油不够了，母亲说那就多放点盐吧。吃饭时，我注意到母亲还穿着年轻时常穿的那件黑毛衣。灯光下，她的白发已经很明显了，以前她总说人越年轻越应该穿黑色灰色，老了再去穿那些大红大绿，可是母亲还没有熬到穿大红大绿的年纪就已经老了。

饭后我们去散步。沿着一条幽僻的小路走着，墙壁上的丝瓜藤蔓探出了墙外，小丝瓜一个个地散散地挂落在那里，夜色中看上去像一条条扭曲的肥蛇。母亲走在前面，背也驼了，虽穿着高跟鞋，感觉却是矮的。走着走着，她突然回过头来，说："我好了，你不用担心我了，回去上班吧，回去立马就结婚，随便和什么人。"

十四

我和陈杰见面的次数越来越少了。电话里他总是说他很忙。

我想到给他打扫卫生时发现的女人的头发丝。这些头发丝慢慢缠住了我，网住了我，占据了我，左右了我。我开始胡思乱想，毫无办法，唯有嫉妒，什么都嫉妒，嫉妒他的车，嫉妒他画室的椅子，嫉妒他手中的画笔，嫉妒他的邻居，嫉妒他的同事，他们可以经常见到他，而我不可以。

嫉妒终于像一颗种子一样在我心里发了芽，生了根。我看着陈杰画册里的那些美女图，猜测她们的年龄、身世，猜测里面哪一个女人是他以前喜欢的，哪个女人常来他的工作室，穿他的白衬衣，哪个女人是头发丝的主人，我觉得每一个女人都有可能。她们都年轻漂亮，于是我自卑了。

我开始变得沉默，偶尔和陈杰通电话，说话也阴阳怪气。我知道自己的状况越来越糟糕，这样下去，我迟早会失去他。

那天终于见到他了，当时他刚画完了一张美女图，心情似乎很好，一边呷着茶，一边端详着画架上的那幅新作，然后对我说白颜料用完了，要出去买，叫我待在画室里等他。

陈杰不在的画室还是很"陈杰"，颓废而凌乱，到处都是美女油画。我们没见面的这些日子里，他的美女图产量惊人。我不由得翻看着那些美女肖像。角落里有一张画被塑料膜包着，那是一张什么画？包裹得这么好，定是幅特别的画吧，可理智似乎在暗示我，不要去碰它。

五分钟后，我又站在了这张画前。我把包裹着油画的塑料膜小心地一层一层掀开，然后，我就看到了，是她，是小雅！她微笑地看着我，那天使般的微笑，好像在说：没想到吧，我们在这里见面了！

画里的小雅是全裸的，仰卧在玫瑰色的床单上，浅桃色的面颊冉冉微醺，睡眼惺忪婉婉；如玉的酥胸，富于弹性的腰肢，微微叉开的双腿，纤细的脚踝，还有那该死的迷人的颈窝，一切都美极了。我的大脑一片空白，我不得不承认，这张画是他所有美女图里最精美的一幅，虽然陈杰也画过我，但毫无疑问，这幅画，陈杰倾注了他的全部精力和才能，只有对小雅的美非常敏锐，甚至可以说，只有对那种美迷恋之至，才可能画出这样的画来。那么，他们？他们！我感到脑子里嗡嗡的，耳朵里有个声音在喊：把这张画毁了！

不知道什么时候我的手里多了一把美工刀，我拿着刀尖对着画布里小雅的脸，心想，如果一刀下去，她这美丽的脸蛋就毁了。我第一次对她的美貌感到深深的嫉妒，突然觉得胃疼，胃液在肚子里翻了个跟头，涌了上来，这是一种刺激的液体，像硫酸，也许我应该把它一口喷在小雅的脸上，但我没这样做，又咽了回去。我的喉咙一定被烧坏了，热辣辣地被堵住了。我又看了看小雅，她依旧在对着我微笑，她美貌的肉体也在对我微笑，这个微笑是可以征服世界的，我一刀刺了过去。

夜晚的校园被浓重的雾霾包裹住了，看不清路，我突然想到小雅养的那两条蛇，一条黑红花斑蛇，一条银环蛇，我感到它们现在正躲在这黑夜的某个角落里，不知什么时候就会跑出来咬我一口，然后一口一口地吞噬我，把我吃光。

十五

如果没有时针的提示，黑暗中的时间大概是要死的。我已经很久不戴表了，日子却在悄悄地过去，到底过了多久，也一时弄不清了。手机铃声忽然响起，是陈杰？我连忙从包里掏出手机，一看，是母亲，我有点泄气，可还是接起了电话。

"莫莫，你在哪啊，在坏人那里吗？别被坏人带走啊，这年头到处是坏人！我昨天去跳舞了，凭什么她们都能跳我不能跳，她们跳着跳着就跳到广场的另一边去了，一个个对我露出奇怪的微笑，好像我是个怪物。她们笑的声音真大，比哭还难听。我知道这种笑，我数学考十五分时，她们就是这样笑我的，她们不知道我数学其实是很好的，我可以做很多事，做很多她们做不了的事。数学老师把我叫到办公室补习，他就摸我的屁股，摸我的奶，摸完了之后也像她们一样笑我，我真想上去咬他的手，咬出一排排的牙印子，可我不敢。他摸着摸着就开始掐我了，把我往死了掐，还不住地冷飕飕地笑。这些人喜欢看我痛苦，我痛苦他们就高兴，他们从一出生就穿着尿布，然后穿遮羞布，最后盖裹尸布，都睁着眼睛看我的笑话。

"你在哪啊，在坏人那儿吗？我跟你说了不要出门，你又出门，在街上乱跑。你可瞒不住我，我是数学家，不用一道数学题的时间，我就能算出你在哪，还能算出你不开心。莫莫，今天是你的生日，生日快乐。"

挂了电话，才知道原来今天是我的生日。"生日快乐。"我对自己说。

十六

陈杰不再打电话来了，我想，也好，这正好说明你们好上了。开始的几天我还在等他的电话，想象中电话铃响了，是他，他说我喜欢你的嫉妒……不就是一张画吗？毁了就毁了，我还会再画的，我画你……但是这样的电话没有打来。一天天就这样过去了，我终于不再忍耐，砸碎了手机，我是用一块大砖头向手机砸去的，手机瞬间四分五裂，砖头却完整无损。我从残骸中把手机卡取出，剪碎，扔进了抽水马桶，然后按钮放水冲下，那瞬间，我觉得痛快淋漓，报复的快感汹涌澎湃，可是我也知道复仇的对象对此一无所知。望着那空空如也的马桶，我突然后悔了，我想如果他在这个时候打电话来，那枚 SIM 卡可能会在下水管道的某处远远地取笑我吧；或者有什么办法把它找回来，或者我可以找到下水道的出口处，在那里耐心地等待进而成功拦截。可是那毕竟是下水管道，假如顺流而下的还有别的团块物质，我如何下手？或者，万一，如果，那么，必须，不能，我不知怎么办了……于是开始恨那枚小小的 SIM 卡，进而发现"恨"的聚焦点，哪怕是"大恨"的"聚焦点"，常常是很小的，就那么一点点，已足以耿耿于怀，念念不忘，再后来，我开始笑了……

我买了新手机，补办了新的手机卡，电话依然没有来，我知道他的电话永远不会再来了，是的，永远，我这个时候特别想用"永远"这个大词，我知道就算一直到死，他的电话也不会再打来了，永永远远地不会再打来了，这新的 SIM 卡将是一枚永远寂寞的卡。

那么我就去死好了，办公室在九楼，足以将我摔死。从窗子向下望去，人群不显得那么拥挤了，人与人之间有着不大不小的空档，容纳一个我的尸体应是够了。我要挑一块好位置，瞄准，不能落在楼外贴墙的广告台上，那样的话我更可能被电死，或者被什么铁杆戳死，脑袋则可能会完整留存，但我的痛苦的表情会暴露无遗，死相就不好看了，所以，最好还是直接落地，头颅摔它个落花流水的好，由此我便可以面目全非，真正"隐形"了。我喜欢隐形，这符合我一贯为人处世的性格，也与我的世界观完美契合，千万不能坠入斜下方的垃圾堆里，那里太肮脏了，相隔九层楼，我似乎可以看到那里面苍蝇眼睛上翠绿的、闪烁的高光，闻到那里腐烂的气味。哎，那里面什么都有，包装盒、酒瓶、菜汤、破旧衣物，等等，完全是一帮乌合之众，我可不愿与之为伍。窗户正下方的花坛怎么样？不行，不行，那里面的蔷薇花开得正好呢，简直可以说是怒放，远远望去猩红猩红的，它们怎么开得这么好呢？几乎是忘我和骄傲的，还是让它们在那里自在自为，孤芳自赏吧，不能破坏那里的清净，砸坏了它们形体，强制拉它们来给我殉葬。可转念想为什么不呢？死在一片蔷薇花丛中总比死在一堆垃圾里要好，我的热血只会给它们增色而非为马路平添突兀的暗红，那样会吓着小孩，吓趴老人，使有心脏病的路人与我一起上路也未可知。还是对准花坛往下跳吧，让那些蔷薇花的刺扎满我的全身，刺穿我的皮肤、我的喉咙、我的眼睛，让我分享它们的孤独、孤绝、自在的氛围，让它们清润我，陪伴我，簇拥我。此刻，我简直可以想象到我死后的画面，非常具有形式感。我呢，也简直像个滥情的浪漫派的女诗人，旁若无人。死前，这些动容的想象层出不穷，我在提前感受着死。我还没死，已被自己感动了。

我开始精算，就算要死，也要错过上班高峰，不能让同事看见，让她们幸灾乐祸。这么多年来，她们凭什么一直在看我的笑话，窸窸窣窣地在背后讲我的闲话，其中有个女人，不知在哪里打听到了我母亲的病，从此她们看我的眼神都不一样了，好像我是会传染的麻风病人，哼，我决定不去死了！而且，在做过一番上述的死亡预演之后，我忽然不想去死了，我好像已经死了一遍，此时又重获新生，现在可以审视从前的自己了。我干吗死呢？死虽痛快，怕就怕"痛"的是我，"快"的是别人，那我就疯吧，疯给她们看，然后我来狠狠地传染给她们，让她们也都变成疯子。她们又在哪里笑了，而且果然有点疯的味道了。我真想把她们的脑袋一一打开，用手电筒照照，看看里面装的到底是什么，脑袋各部位的结构有何特殊或者基本是普及版的，我总感觉这个世界上好像就我一个人伤心，我发现我不懂除了我以外所有的人，就像对方也都不懂我一样，事实上，我连我自己都不懂。

英国有一个叫亨利·摩莱森的人，因病切除了脑部的部分"海马回"之后，只能保留二十秒的记忆。死后他的大脑被泡在实验室的玻璃瓶里，享受爱因斯坦的同等待遇，不同的是爱因斯坦的大脑被一个病态医生偷走，像土豆一样被切成了二百四十多片，小心翼翼地存放在药水里。这位医生每天观察研究这些脑切片，也没有发现爱因斯坦之所以是天才的任何特殊性。

我在网上看到过爱因斯坦的脑切片，它们使我想到腌制后的桃核。我尽力贴近电脑屏幕想看个仔细，琢磨那发暗的"核"是如何形成的，暗色为何是"暗"的，这些"物质"们是多少层神经细胞的密集排列，是什么区域的大脑皮质，如何留住记忆。在物质属性上，我和爱因斯坦一样，当然也和希特勒完全相同，但我们还是不可避免地各自成为自己。我很想能变成血液或电脉波，哪怕变成一个红血球白血球呢，这样我就可以进入那个迷宫，去寻找，去发现，或许可以在里面找到什么也难说。

脑垂体部位的"海马回"所曲身怀抱的是"杏仁核"，主管情绪，就那么点大，一个小肉疙瘩，像个小瘤子，躲在海马回的怀里，这是情感之源，也是恐惧之源；可不管在哪，它都是物质，有手感，有形状，有机理，全由上百亿的脑细胞毛细血管组成，而这些切切实实的物质却为什么能产生光怪陆离的心理、天马行空的幻想呢？如果完全拿掉会怎么样呢？人就无畏无惧了，多好啊，我就可以放心大胆了，但也不能贸然走夜路，那样反倒危险。嗯，小杏仁核还是不可少的预警系统的终端，不能割掉，但可以割去一点，降低我恐惧感的灵敏度总是可以的吧，这样至少我就不用每晚搂着三个枕头睡觉了。是的，我一个人睡觉，但是我需要三个枕头，多一个少一个都不行，一个枕头用来睡觉，一个枕头用来陪我说话，还有一个枕头是用来唤醒我的。

有时候我真想把海马回取出，把含有快乐记忆的那部分保留，把痛苦记忆的那部分切除。如真能如此的话，我首先想忘记的就是母亲的病，忘记曾经爱过的人给我的伤，忘记那一个个难熬而悲伤的漫漫长夜；而对另一些记忆，比如母亲在我小时候给我做的红烧鱼的味道，父亲用双手把我举起在太阳下不停旋转的那种轻度眩晕，夏天爷爷常给我买的绿豆棒冰的甘甜口感，以及陈杰曾经在我最孤单时，在电话里轻轻地对我说"我在呢"的喉音，我则想让它们在我的血液里青春永驻。可是我真的能分得清楚它们吗？在我这短短的有限的生命里，我的痛苦与欢乐，爱与恨都早已相互融合交织。如果没有痛苦了，恐怕也留不住欢乐，因而也就留不住我自己。我之所以是我，也许全是由那些属于我自己的独特的痛苦和快乐组成的。

十七

扔在阳台上的烂番薯长出了盛大的叶子，我躺在华丽的席梦思垫子上已经超过了二十四个小时。我看了看自己裸露在被子外面两只洁白的脚，感觉那不是自己的，可我抬左腿的时候，那只左脚也微微地被抬起了，我抬右腿的时候，右脚也相应地被抬起了；我又左右晃动了一下它们，终于决定起床，我用玻璃水杯里的隔夜水泼脸，站在斑驳的有些肮脏的窗子前抽了一根烟，窗外灰蒙蒙的。

我已经有好几天没去上班了，觉得身体被抽空了。浑身不舒服，可是具体哪里不舒服我也说不上来。

点了一个外卖，发现原来牛肉锅仔就是一碗热粉丝，想到好像很久没吃东西了，就努力认真地吃，细细咀嚼，斯文下咽，感觉自己是头嗓子被塑料袋卡住的海豚。吃完后依旧懒软如故，站在洗手间的镜子前面，我看到自己皮肤松弛惨灰，脸色像是被福尔马林浸泡过的，头发散乱，如同日本电影里的女鬼。我掉发的情况更严重了，还没老，就已经变丑了。我不停地照镜子，镜子里的一切事物好像都很累的样子，只有镜子依然在老老实实兢兢业业地折射着客观世界，镜子真讨厌，你就不会撒点谎嘛！尽管如此，我还是喜欢照镜子，简直照镜成癖，如果身边没有镜子，我会焦虑，会茫然，没安全感。我如此眷恋镜子，不是因为我爱自己，而是因为我在镜子里看到另一个人，另一个人和我在镜中对照，她没有呼吸，没有心跳，也摸不着，只是一个弯曲的折射，是我诡异的不可思议的拼图，它之所以还不是碎片全因它没有被打碎。

为什么所有的人不停地说话呢？我将自己反锁在房间里，闷头躲在被子里，被子里黑黢黢的，一点也不透气，可是我宁愿待在黑暗里，听自己的喘气声。

时间不知过了多久，憋闷得厉害，我只好松了松被子，让清冷的空气钻进来。自己毕竟很难憋死自己，但是如果外面有人呢？那个人是可以憋死我的。如果我被憋死了，会连那个人的长相都没看到，那就太冤了。我的门可能没锁好，或者他们可以从别处进屋也难说，我得赶快从被子里出来。我出来了，四处看，还好，没有什么动静，屋子里很安静。

我大概又睡了很久，梦中好像穿过了许多黑暗的走廊，走廊里有地下渗水，水越来越多，逐渐要淹没我了。水很脏，死水藻漂浮在水面，但不凉，无声地冒泡，然后这些泡泡又纷纷破掉。我很想讲话，但张不开嘴，我知道一张嘴水就会呛死我，像呛死一条狗。水越涨越高，我不会游泳，试着踮起脚来走，没想到居然浮了起来漂在水面上了，这不就是游泳了吗？这么容易，而且我怎么这么轻呢。

我睁着眼，墙上有窗外反射过来的光，一层一层的光圈晕开来，晕开来，我听见自己呼吸的声音像伐木场的锯子在拉拉扯扯。

十八

胡医生站起来的时候我才发现他的个头只到我的胸部，脸色红润，一本正经，非常客气。越是看上去善良的人越是变态，没准这位胡医生私底下喜欢把女人吊起来也说不定。

我不知道自己到底是属于内科还是精神科的病人，也许这并不重要，在医生的眼里，这个世界也许只有两种人：一种病人，一种死人，医生自己是上帝。这时上帝微笑地看着我了。

"哪里不舒服？"

"哪里都不舒服。"

"什么症状？"

"睡很久，有时候很久也睡不着。"

"还有别的什么吗？"

"梦，醒着的时候也做。"

医生给我开了一系列的检查单，有验血的，有验尿的，有验肝功能的，心电图、脑CT等一系列详细检查。我想我肯定得了什么非常严重的病，也许快要死了也说不定。这样也好，省得跳楼了。

来到二楼，楼梯口左侧就是脑科康复中心，一个男人直直地站在那里，缺了右脑，所以头型像泄了气的篮球，怪怪的。他正视前方，沉默不语，好像是金字塔前面的狮身人面像——伟大的斯芬克斯。他眼神深邃而平静，伟大时代已经过去，而我依然在这里。我不由得一直盯着他看，从他身边走过去的时候还不住回头看，他一切如旧，我想到斯芬克斯也是不斜视不说话的。

不过他终于动弹了，他开始从裤兜里掏出纸烟，从烟盒里取出打火机，擦着，用那火苗精准点上，然后深吸一口，缓慢吐出来，好像在延迟这享受的时光。这时有个年轻护士走过来，欲言又止，终于开口了，说不能吸烟啊。"斯芬克斯"白了她一眼，没说话，继续吸烟，护士也就走开了。我于是觉得"斯芬克斯"的形象更加伟岸，只可惜缺了半个脑袋；不过那个金字塔前真的斯芬克斯也缺了一部分，不是缺半个脑袋，而是缺了鼻子；只是缺鼻子和缺脑是不同的性质，缺鼻子是破相，缺脑是缺失知觉，但并不一定破相，我看还是缺脑好。

那位护士的高跟鞋嗒嗒响地从我身边走过去，那是一双黑色的细系带皮凉鞋，黑带子系在她雪白的脚面上，脚趾甲还涂着大红色的甲油。这样的一双脚出现在医院里更显得它的性感，男病人看了可能会有益于康复。我不由得又看了一眼"缺脑斯芬克斯"，发现他穿的是一双旧拖鞋，这实在不好，而且好像有灰指甲，而金字塔前的斯芬克斯是光脚的，没穿鞋，因为它的脚是狮子脚，狮子是不穿鞋的，母狮子也不穿，可惜。

配药房里的各色药品都一小格一小格摆放得整整齐齐，药盒图案设计新异而雅致，色彩明亮又安详。我思忖片刻其缘由，欣喜地发现那是因为药盒底色的白色占据了大部分面积，这肯定是一个深思熟虑的考量，因为白色使人安详，使人平静，而那些字的颜色则是多彩的，跳跃的，使人感到里面的药是有效的。但不是有假药吗？即便不是假药，真药也是一种毒啊，吃了使人无法平静安详，吃多了便永远平静安详了，所以这一切是个阴谋。

不同的药就是不同的毒，以毒攻毒。人的一生，许多时候是由这种毒来伴随着你度过美妙的时光的，逐渐衰老的过程也就是缓慢地中毒的过程，所以人越老也就越难看，老人斑、皱纹、口臭、浮肿、多屁，这些都是中毒的表现。终有一天，我们都会被自己的毒毒死，人死后，人体里的药毒就会闲下来了，但如果土葬的话，毒就会继续活跃，侵蚀土壤和水，毒害着环境，所以还是火葬的好。我不怕死，但我害怕衰老。

十九

这间房没人，我走了进去。墙上挂着一些锦旗，套间里面也没人，桌台上直立着一些人体模型和大脑模型，都是粉红色的，有点像婴儿的肌肤，其实更像小蛔虫的颜色，我想到电影里剖开的肚腔里扯出来的肠子。

墙上有张人脑解剖图，不同的区域以不同的颜色表示出来，大脑、小脑、脑垂体、脑前叶、额叶、顶叶、颞叶，这些似乎眼熟，想起来了，是从前读过的那本精神病临床诊断案例，不过那个附图是单色的，也小，没有这张图细致精美。

脑颞叶的部分是粉色的，里面有个部位是曲身海马的形状，就是海马体了。我见过水族馆里玻璃缸中的小海马，一个个呆呆地直立着，都像在午睡，色彩是褐灰色，实在无聊，我当时就看不起，甚至想趁人不备往水缸里放一把手里的小石子，可是我更喜欢小石子，它们很漂亮，我舍不得扔进去。

平庸的海马在这幅图中变得煞有介事了，不光色彩鲜亮，而且还代表着"思维、理性、综合、判断、控制"，这样，高级动物才有了脑功能。可是高级有何用，那年我在街上走，忽然身后人声鼎沸，回头一看，一辆公共汽车停在马路中央，人们都扭头往那看，公交司机呢，这时正看着方向盘，轻轻地把白手套往上面敲着，发生了什么已不用说了。

公交车前轮下一个人被压在那里，没有什么血，但既然是压着了，血总会出来的。我正欲上前看，身旁的一个人忽然用什么在我脚下扫了一下，我转眼注目，是一小块粉色的东西在竹条扫帚中被滚动着扫到马路牙子上了，啊，是人脑子，从公交车轮下蹦到路这边的人脑子，那团新鲜滑软、闪烁着水灵灵高光的人脑被扫到下水口处，然后被那竹条子尖锐地扎入下水口。也怪得很呢，那团脑子迅速地顺势滑入（像逃入）到里面了，谁也没注意到这边的情景，更没注意那个手握扫帚的清洁工，他是如此平静，几乎是在扫垃圾一样地日常。

可怎么会这样呢，一个人的脑子，瞬间就离开了主体，慌乱地突然被蹦了出来，然后被"日常地"扫入地下，前后不过几分钟啊！"那是个大学生，那是个大学生！"有人这么说。我看着那清洁工，回想着他把人脑扫入下水道入口的麻利，难道你不是天天扫垃圾，而是天天扫人脑吗？我注视着他，他也看了我一眼，转身走开，有点像逃犯。他为什么这么快地把那脑子扫到下水道去？因为恐惧、慌乱？一个有着脑子的活人害怕一个突然出现的裸体的脑子？或者，因为清洁工最卑微，最底层，现在他有机会随手可以把一个大学生的脑子扫入、捅进下水沟，因而充满快感？也许还有别的什么原因？私人性的原因？我实在不明白。

那块淡紫色的部分是脑垂体了吧。我看过一个纪录片，是肯尼迪的验尸纪录片。肯尼迪死眼半睁，无神地望着什么地方，其实他已经什么也看不到了吧，可万一看到什么又不作声，则更瘆人。谁知道呢！不过等我死后就知道了，终会有这真相大白的一天，不急。这位美国英雄似的总统，脑部中了两枪，一枪在靠近脖子的位置，也就是脑干部，另一枪在左脑，就是语言区域，雄辩才能就此完蛋！他的前额倒是完整无缺的，那也无用，照样无神地、安静地躺在验尸间的平滑冰凉的铁推车上。

我是个特别怕冷的人，想到停尸间里面的那种锃亮的冷冰冰的铁推车，就感到周身的寒意。当自己有一天要搁在那上面的时候，最好事先多穿一件厚实些的、保暖的大衣。这点绝对不可忽略，不然那可怎么办，太可怕了！

我突然想到母亲，她为什么要生下我，一个这么奇怪糟糕不讨人喜欢的我，估计是一时糊涂。生育真是一件奇妙的事，我和母亲明明是两个截然不同的人，可我们曾生死与共，融为一体。如果她当时脑子一热，也极有可能把我刮掉，我也并不遗憾，可她错过了那个机会，我的细胞在她的子宫里渐渐分裂扩展、壮大、发育成形，穿过狭窄黑暗潮湿的甬道，终于顶着个脑袋站在了天空下，阳光中，堂而皇之地呼吸，走路了。

"你是干什么的？"一个穿着白大褂，既不像医生又不像护士的中年男人不知怎么地突然站到了我的面前。我没理他，转身就走，离开了那个房间。

我下楼时看见拐角处有个垃圾桶，便把那些检查单统统扔了进去，去他妈的检查，去他妈的指标，去他妈的减号加号，去他妈的医院，全部滚蛋吧，我一个检查也不想做了。这时手机铃声响起来了，是母亲的，我立刻接了。

"莫莫啊，你在哪，我在珠穆朗玛峰峰顶上种了一朵花，一朵在零下四十多度才会开的花。我跟别人说，别人都笑我，说我疯了，我没疯，我是亲眼看那花开的，我在那朵花身边守了四十多天，它开的时候太美了，我知道它不是人间可以盛开的花朵，但是它为我开放了。我真想让你也看一看，可是它谢得真快呀，你听到了吗？我多想就待在这里不走啊，可这没有我的房子，也没有我的丈夫。我看着远山，很远很远，我看到一个地方，想起来了，是我出生的地方，还有牛羊，牛羊也是蓝色的，我能透过它们看到更远的地方，真远啊，你不信？我也不信，谁信我啊，你以为我只是一个数学家，就会裁衣服吗？你以为我就会一针一线地把你和我缝在一起吗？我还会种花，会养花，我会让那些我爱的花不死，它们就听我的，死了也在那里站着，为我争气，也为我骄傲，所以我爱它们，为什么死了也站在那里呢？它们在等我啊！可是它们快冻死了，我怎么办呢？帮帮我吧，莫莫，你能来吗？你在哪里啊，我很冷，没有衣服，你忘了我给你盖被子吗，深夜我起来，咳嗽，咳出血了，我把血咽了回去，我不能死，我死了，你就没人管了，你孤单，我也孤单，可是你不知道我孤单，我也不想让你知道，你知道了也不明白的，都是这样，总是这样。所以我命苦，所以我来到珠穆朗玛峰的山顶，我在那里干什么，我在找你啊，你到底还是个孩子啊，你什么时候才能懂事啊，我的孩子！"

不知怎么，我不再烦母亲的电话了，我在听，在倾听，在倾听一个真正的独白，渐渐地我已分不清是谁的独白了。

　　我走出医院大门来到街上，阳光实在是好，很久没有这么好的阳光了。我不由得朝着太阳大笑了，这引起了街上行人的侧目，他们都纷纷向我望过来，露出了奇怪的笑容。

章某某

马小淘

"我现在该叫你什么？海妍？还是章某某？"多年不见总是有点局促，我发自肺腑地不知道到底要怎样称呼才能兼顾准确和亲密。

"Eva，当年那个法国男人给取的，我挺喜欢，就一直用着呢。或者你还是叫我章某某，大学毕业就没人这么叫过了，当年我多讨厌你们这么叫，现在想想，这名字多适合我，一个面目模糊的人，我其实一直是某某来着。"

一

"听说章某某被拉走的时候嘴也没停，还在念绕口令……"

"有没有这么夸张？是八百标兵奔北坡，还是哥挎瓜筐过宽沟啊？"

"你说章某某到底怎么想的？"

"是她老公偷人了，还是她疑神疑鬼？"

这是广播学院播音本科毕业十年的聚会，我亲爱的同学们端着红酒杯挺拔而昂扬地讨论着，那端庄优雅的姿态和清晰的吐字归音配上那么大妈范儿的八卦话题，颇有一番喜剧效果。

"你不是一直和她有来往吗？总该知道她是怎么循序渐进的吧？"

章某某和我同一宿舍，更具体点说，她住我上铺。大学报到时，瘦小的她和瘦小的她爸爸曾拐弯抹角地建议我把下铺让给她，我也拐弯抹角地拒绝了。

她是春风得意地走进来的，穿着碎花连衣裙和一双粗跟凉鞋，略黑的脸上泛着油光，一根细长的辫子系着发带，有一种"台北不是我的家，我的家乡没有霓虹灯"的小镇气质。后边跟着同样春风得意的她爸，瘦小的父女俩被某种幸福笼罩着。

　　章某某在她的家乡是个名人。她六岁在马路上被电视台导演相中，机缘巧合成了儿童节目的小主持。在那个电视只有八个频道，泱泱大台中央台也不过一个频道的时代，章某某每周三晚六点准时出现在电视里，也算得上掌握了话语权的人物。

　　一直到十二岁，她才告别了少儿节目主持生涯。她本人虽然万分舍不得，却不得不拿着编导们送的娃娃、发夹等等告别礼物，哭着告别了摄像机。当主持人的感觉太好了，镜头下，说错了话随时重录，剪辑出来的她一个磕巴都不打。少年时的章某某最爱收看自己的节目，她迷恋电视里那个完美的自己，漂亮、热情、有爱心、懂礼貌，代表着一切真善美，为全市小朋友的成长尽着绵薄之力，用现在的说法叫作传递正能量。每周三，她都虔诚地守着电视，成了自己最忠实的粉丝。甚至，她也很享受知名主持人身份的附加值，蛋糕店老板认出她，非要多送一块；卖衣服的摊贩主动给打折；邻里邻居批评孩子时都不忘拿她来做榜样；学校里其他班的男生鬼鬼祟祟地偷瞄她……这一切感觉好极了，少年成名是一种甜蜜的滋味。

当然这一切都是和我们熟了之后她自己说的，口述史在客观性上多少都会有点欠缺，但谁忆往昔峥嵘岁月稠的时候都会有点夸大其词，刨除一点水分，也依然能体会到章同学少年时的风光。

"于是，我下定决心要成为一个主持人。一个家喻户晓、主持春晚的主持人。"这是章某某讲完自己灿烂的过去加上的总结性收尾。当时我和宿舍里的其他人正在拿勺挖西瓜，我们都满脸黑线地住了口，不知该接一句什么好。

但是接触长了，又慢慢觉得，你也很难讨厌她。她活在自己的世界里，那世界鸟语花香，像小学的思想品德课本一样充满着非黑即白的绝对价值。她从不觉得孤独，甚至面对外部世界的荒芜，她有小小的得意，欣慰地盘点自己的世界多么郁郁葱葱。有同学商量打折季一起去香港买东西，她在看电脑里的历年春晚DVD。有人说如果抢到特价机票，又买到折扣鞋子，那可真是爽死了。她忽然说，你们知道吗？一九九五年春晚的开场歌舞是陶金和谢津，后来这两人全死了，一个是癌症一个是自杀……有女生谈起恋爱，她像班主任和家长一样露出恨铁不成钢的神色。问她喜欢什么样的男孩，她说要王子，要长得像雕像一样的王子。每每谈及男人，她都反复强调他们的脸，用当年的说法叫外貌协会，如今的归类是颜控。总之在很多事情上，她都有她自己的一套，走到哪里都有种"孔乙己是站着喝酒而穿长衫的唯一的人"的特立独行效果。

二

"她被拉走的时候叫什么？章熹琬？章峘姝？还是别的乱七八糟的什么？"同学们又开始了关于章某某的七嘴八舌。

这便是她一直被称为章某某的理由。入学的时候她叫章海妍，大家都海妍海妍地喊她，也有男生用琼瑶的小说开玩笑，故意叫她章含烟。就这样章海妍了一年，她突然郑重宣布自己更名为章艺囡。为了方便记忆，她还印制了名片。粉红色的小卡片上三个宋体字：章艺囡。再后来，宿舍里还有一盒没发完的名片，她就改名为章熹琬还是章峘姝了，总之她的名字越改越复杂，笔画多，读音吊诡成了她追求的方向。我曾经打趣，等她真当上了春晚主持人，给人签名就可以把自己累个半死了，谁叫她名字笔画那么多呢。可是，真会有章熹琬或者章峘姝之类名字的主持人吗？这也太不喜闻乐见，太费脑子，不适合过年的气氛了。好像还有章澜黛、章毓娜，其中那个章毓娜还颇有讲究，她说她取"袅娜"的，所以那个字在她的名字里念"挪"，而绝不是"那"。

我忘记了其中哪些名字，还是大师给取的。她自从染上了改名的瘾，就沉浸在一种没有最好只有更好的欲罢不能里，每一个名字都只能让她满意一段时间。甚至，有一次她在西街买水果丢了手机，回来干的第一件事竟然是翻字典。

　　每隔几个月，我们全班同学都会收到她群发的短信：即日起本人正式更名为章××。一开始，还有人起了章子怡、樟茶鸭、障眼法一类外号，后来看她一门心思在改名的道路上闪转腾挪，也干脆作罢。给人起外号的速度还没人自己改名的速度快，外号又有什么意思呢？后来忘记了是谁开始称呼她章某某，一开始，她还有点不高兴，一直到大四，她狡兔三窟的名字逐渐被大家遗忘，同学们都亲切地称呼她为章某某。有时我突然心情好想讨她欢心叫她名字，却又总是猛然想不起她当下正用着哪个，只好叫她亲爱的。如果不是亲爱的，也只能是章某某了。

三

　　其实，不断改名说明着章某某心态的变化。那不断上岗、下课的新名字像章某某零落的信心一样，越来越短命。

　　她当初是意气风发来的，她甚至觉得时不我待，四年毕业，顺理成章她就会变成春晚的一颗新星。然而开学的第一个朗诵会，她就有点懵。钟丽竟然是当年一部火爆儿童剧里小公主的配音，邵岩曾经在全国朗诵比赛拿过名次……那些陌生的同龄人强大而好看，将和她一起参与未来的竞争。

从此以后的章某某绷紧了弦，好像一直逆水行舟。周六周日，我们在屋里睡懒觉或者逛商场，她去自习室，背英语看学报。下课后，我们窝在宿舍看电视打游戏，她报了个德语班要学第二外语。她总露出一种兵荒马乱的神色，仿佛随时准备迎接最苛刻的面试，那种时刻准备自我实现的劲头，像一个来日无多的将军，渴望一个证明。有一次课堂上有人朗诵郑板桥的《竹石》："咬定青山不放松，立根原在破岩中。千磨万击还坚劲，任尔东西南北风。"几个同学不约而同地扭头看她。某一个阴天，宿舍只有我们俩，她疑似交流又疑似自言自语："人在荣誉面前最容易自我迷失，只有面对新的挑战时才最清醒。我曾经得到无数荣耀，没有资格谈委屈。"窗外乌云密布，房间没有开灯，幽暗的光线里我望着她深沉的侧脸，静默了。

但是一分耕耘一分收获这种话其实只是大方向的正确，世界要是公平到谁复习最刻苦谁就考第一，谁最善良谁就当总理恐怕也没意思。章某某在学期末的成绩单上表现平平，她说她甚至有种没脸回家过寒假的感觉，不想让父母突然接受一个不那么优秀的她。

章某某从挫败感中焕发的勇气在峰值持续了一段时间，而后在皇天负了苦心人的怨怼中委顿下来。而终于跌到谷底，是因为一次面试。

大学时经常有节目组到我们学校挑兼职主持人，有兴趣的都可以去面试。可是机会有时就是给符合条件的人准备的，不是永远属于所谓有准备的人。当时大家起哄都坐在面试的教室里，章某某昂着脖子和制片人滔滔不绝介绍自己的简历。制片人只淡淡扫了她一眼："同学，我们这个是时尚节目，需要一个风格比较洋气的主持人。"

章某某话没说完，嘴还半张着僵在那儿。"土鳖。"人群中传来一个男生的讥诮，声音小到隐隐约约，却是那种你还是能听到的隐隐约约。

面试之后的夜晚，章某某叽叽歪歪地问："我真的土吗？"

宿舍里的气氛一直挺融洽，一开始我们虽然觉得章某某有点格格不入，慢慢就发觉她其实非常单纯。对于女孩子来说，她真是毫无侵犯性。

"这个问题不是自取其辱吗？难道你觉得自己很洋气？"

"是呀，上高中的时候大家都觉得我很时髦啊，同学都说我很港！"章某某不信邪。

"港？香港啊？你去过香港吗？我看你顶多也就是连云港吧！"

"你们真讨厌。"章某某偶尔也撒娇。

我们七嘴八舌议论她的审美，像女家庭教师的粗跟鞋，各种颜色浑浊的连衣裙，过大的卫衣，过时的发带。章某某虽然愤愤不平，但她没有淘汰掉这些古板的穿戴，却淘汰掉了自己的名字。

四

她的初恋我也全程旁观。那男生是表演系的才子，请我们宿舍吃过一次饭，是章某某买的单。其实表演系多以皮囊取胜，那家伙长了个净高一米八五的好身板，无非会弹几下吉他。章某某偶然被叫去帮表演的短片作业配音，一眼就相中了镜头里的那两条长腿。长腿男显然是高手，大抵一瞥就发觉了章姑娘的小鹿撞怀，于是火速半推半就将两人的关系发展到暧昧阶段。

那时正叫着章艺囡的章某某彻底改变了生活重心。德语班彻底放弃，理论书也闲置了许久，她像校园里任何一个恋爱的女学生一样，满脸温煦的笑容，徘徊在表演系排练室门口。素来省吃俭用认为买衣服都是浪费的她，为他九百一件的夹克刷了卡；深信知识改变命运的她，窃喜德语课的钱省下来正好可以请他吃饭；她一改不吃早饭直接上课的恶习，坚持在食堂为他打包早点；他病了，她半夜穿着睡衣给他买药送到宿舍楼下；他论文来不及写，她跑图书馆查资料苦读之后亲自捉刀；他咳嗽两声，她立马买来一条昂贵的围巾……

有同学当年就是撞见了风驰电掣飞奔买药的她，才一直觉得她奇葩。她说她完全不能理解怎么会有人以奔丧的架势去买药，即使天黑了，即使男朋友是癌症，也该穿上内衣，换上能见人的衣服出门吧。我也不能理解，为什么长腿男发个烧，她就要穿着暴露的睡衣冲出寝室，砸药店的门，打车送药，而后筋疲力尽回到宿舍，流下担忧的泪水。这一切太戏剧化了，而且像男主角为女主角做的。

长腿男康复没多久，就领着正牌女友招摇过市了。章某某自然是大受打击，据说她很克制地询问长腿男与新女友的关系。长腿男连敷衍和狡辩都没有，斩钉截铁说那是他女朋友。

"他说她才是花，我本来就是草。"

章某某号啕回到宿舍时嘴里念叨着这句。那天她的哭声歇斯底里，以至于隔壁宿舍以为我们房间发生了不共戴天的群殴。我第一次看到昂扬、自律、要主持春晚的章某某如此放纵，她撒泼打滚的哭叫让我目瞪口呆。而后，她干号着栽倒，没了任何声息。宿舍里余下的三个人全傻了，大概几秒钟的犹疑，我们才反应过来要抢救伤员。于是她被抬上我的床，又是掐人中又是捏虎口，又是拍脸又是喊叫，她终于缓缓睁开双眼，挤出一个吃力的笑。

"麻烦帮我保密。"

从此，她又变成了原来的她，上自习、背英语、看书、做题。

我们对隔壁宿舍的解释是，那天心情太好，于是把影碟机开到了最大声。没有吵架，也没有人哭，一切都是电影，电影里总有伤心的女人和凉薄的分离。

五

大学后两年，她逐渐收了锋芒。不断的努力让她的综合成绩越来越靠前，但依然没有成为计划中的佼佼者。四年大学之于她，原本是圆梦之旅，读着读着却变成了梦醒时分，她好像一点点从梦中醒来，发现了梦想的遥不可及。后来她就不再看春晚的DVD了，也收敛了自己外交辞令式的语言方式，变得有点寡言。不过，这并不意味着消沉，她只是微调了自己的轨道，依然执着地向远方奋进着。她研究了很多知名主持人的自传，在当年主持人出书热的大潮中扮演着买方市场中嗷嗷待哺的忠诚读者。

"很多主持人都是上学时就把路铺好了。实习，表现优良，水到渠成地留在栏目组，而后大展宏图。"章某某如实说。

"那你是要到春晚实习吗？干两年才参与两次节目。"我后来特别喜欢跟她抬杠。

"不要总提春晚了。春晚主持人平时都是有常规栏目做的。"

章某某就这样沿着诸多知名主持人的足迹，走向了实习道路。她觉得自己站在了巨人肩上，很快就能看到蓝天白云和远处的群山与汪洋。

被传统的大妈逻辑洗脑，她认为吃苦受累都是成功必然的代价，没有苦中苦，哪做得了人上人。在我们打工都是为了赚钱的时候，她以一种高屋建瓴的姿态在各种杂乱的栏目组、剧组、配音间、活动现场汲取着营养。据说，她主持过超市开业，推介过新款手机，录过性知识科普宣传片，扮演过电视剧里的路人甲，甚至参加过历史剧选秀，千里之行始于足下，她小碎步迈得一切尽在掌握。

有一次她偷偷告诉我，她拍了一个平面广告，海报被立在东四一个大楼顶上，她每每经过都有一种要被人认出的紧张。后来我跟她一起去看了那海报。海报倒是巨幅的，当红小生身着宝蓝色羽绒服，头发被风吹起，一副哥英俊潇洒哥一点不冷的享受模样。小生背后，有两个被虚化了的背景人物，滑雪场装备，因为近大远小看不出真正的高矮胖瘦，整个脸被帽子和护目镜遮蔽，甚至很难判断是男是女。我心里涌起悲伤，又冒出些鄙夷。她是怎么做到的，像潮水一样，不管怎么落下，还会再涨起？

六

毕业十年，我和章某某大概单独吃过四次饭。

第一次，她又经历了一次先意乱情迷后冷峻残酷的"恋上美少年"。对方是个年轻摄像，比她小三岁，还在读书。恋情轨迹和上一次长腿男之恋如出一辙，无非章某某飞蛾扑火，摄像弟弟三心二意，最后所托非人，罄竹难书。

"说好了一起上山看风景。怎么能把人家一个人留在半路兀自逃跑，让我在半山腰如何自处啊！我一开始简直想嫁给他，现在看真是痴心错付。这是一段指向婚姻的爱情吗？这太像一段回忆了，什么狗血桥段都有了，我已弹尽粮绝，无力再战。"

"你不这么说话会死吗？"

第二次，她正犹豫要不要放弃和一个法国官僚子弟的甜蜜关系。

那是周六，我从被窝里被她忧心忡忡地叫起。像上学时一样，她总是在周末宣讲"一日之计在于晨"，敦促我别养成泡被窝的恶习。

九点钟，我和她坐在餐厅临窗的位置，点了两份周末特供早午餐。窗外的树枝上小鸟啁啾鸣啭，扑棱棱扎向清早没有几朵云的天空。

"非常高兴今天又和我大学最好的朋友一起吃早餐，感谢主让我们重逢，感谢主赐我们食物与水，阿门。"章某某双眼紧闭双手握拳，旁若无人地陈词一番。

"我现在信主了。这种内心的安宁，前二十几年从来不曾拥有。"章某某有点语重心长的意思。

"是主让你今天找我的？"我在她亲切而友好的话语中，吃完了煎蛋。

"是的，我这几天非常煎熬，今天忽然想到你，也许你旁观者清，可以帮我走出迷惘。"

"你又被甩了？"

"不是，我男朋友的爷爷曾经是法国的一个部长。"

"哈哈，你终于想开了，也知道划拉名门之后了。"

"你不要这么庸俗好吗？法国哪有什么官二代那一套，他没钱，甚至可以算是贫穷，为了梦想，在中国飘荡。我被他吸引，当然是因为……"

"他长得好。"这个题目太简单了，我必须抢答。

"大概就是这个意思。"

"然后呢？你煎熬什么？"

"他……最近他……提出那种要求。"章某某面露羞涩，吞吞吐吐。

"滚床单！"

"你小点声。"她把食指放在嘴唇边，一副小心翼翼难以启齿的样子。

"这有什么好煎熬的。看你自己呗，有兴趣就从了，没兴趣就算了呗。你又不是十四岁，装未成年少女吗？"

"你不知道。我不能堕落。别说我爸，就是我自己也不能接受堕落。我爸说没有一个男人会珍惜不是一张白纸的女人，我不确定我会跟他结婚，所以没法说服自己和他上床。但是他不能理解为什么一个女人爱他却不肯和他一起睡觉。这种感觉非常糟糕，你爱的人思维和你不在一条线上。"

"亲爱的，你确定在地球范围内，有人可能跟你在一条线上吗？或者说，你真的曾经遇到过谁，顺利地跟上了你的思路？"

"你啊。我觉得你还挺懂我的。"

第三次，大概是前年，也就是说，在同一座城市，我们已经三年未见。

焕然一新的章某某坐在我对面。头发是披散的波浪，指甲上是浅色的彩绘，衣服优雅中透着知性。她递给我一张请帖，请帖上的名字是她身份证的名字——章海妍。

"做我的伴娘吧。"

"你要结婚了？和谁？"

"有钱人。靠谱吧？"

我不戴眼镜，不然真会大跌一把来表示我的吃惊。在章某某过去的价值观里，嫁给有钱人简直是一种罪恶。

"我这样的笨蛋，不找个有钱人，难道要连滚带爬独自走完整个人生吗？你知道毕业五年多我换了多少工作？我录过彩铃，剪过片子，最热的天跑人不愿意跑的采访，又怎么样呢？还是连个主持人也当不上！勤学苦练，天道酬勤，我信了快三十年，再信就信死了！你大学天天吃饭睡觉打豆豆，我唱念做打快累成狗，然后呢？你生在北京，天生就带着户口，我还不是什么也没有，住在出租房里，当北漂。王浅羽四级都差点没过，她爸爸来了一趟北京不就解决了户口；姚燕业务那么差，不就是长得好，照样天天出镜月月曝光。我怎么办？一辈子卧薪尝胆吗？没有好爹，也没有好脸，难道就一直那么愚蠢地努力？十多年了，从进学校大门，我按部就班规划我的人生，我想稳扎稳打，但是哪怕一个短期目标也没实现过。命运把我按到阴沟里，不许我张扬。我必须认命了。没有在早晨一块钱把菠菜卖掉，如今中午了还不八毛出手，难道要等到晚上五毛处理掉吗？那个时候别提什么好看不好看，穷不穷，恐怕要求对方未婚都没那么容易了。这是我最后的机会。我不能让家人为我骄傲，总不能让他们替我担忧吧。"

大段的独白声情并茂。这当然是不完全记录，我无法如实再现她当时的神经质，既要敞开心扉，又要捏住最后的尊严，仿佛胸口藏着一座火山，不吐不快的岩浆喷薄着自尊的火焰。那一刻我其实特别感伤。兴冲冲以总结经验的口吻谈教训，即使被狂风吹得踉跄，也会挺直胸膛乐观展望明天的晴朗……我还以为，她永远不会变。

七

婚礼是章某某亲力亲为张罗的，她先生非常忙，也无法左右她对任何细节的一意孤行，就干脆任由她天马行空。一切都要最好的，百合、兰花、白玫瑰，光是满场象征圣洁的白色花卉就斥资二十几万。她说那代表圣洁，只有处女才能这样美好。

章某某的婚纱是在香港定做的，她还量了我的尺寸订了伴娘礼服，甚至还给买了一双三千块的平底鞋。

终于，折腾了一圈的章某某，又变回了章海妍，她宛若仙子地嫁给了一个矮个子。矮小的她穿上高跟鞋，就比肩了新郎。她是笑着步上的红毯，脸上全程荡漾着笑，连惯常的热泪盈眶都没有。她瘦小的父亲跟送她报到时一样，一副被胜利冲昏头脑的傻乐呵模样。看到只有父亲一人坐在新郎父母的旁边，我才意识到上下铺睡了四年，章某某从没提到过妈妈，大抵她早就没有妈妈了。

她邀请的同学不多，大家齐刷刷啧啧着她真人不露相的挥金如土。作为伴娘，我站在她最近的位置，可以看清她的空洞笑容。"一个乌烟瘴气的婚礼足以让人一生抬不起头来。"她把抬起头看得太重。只是那白色的花太肃杀了，圣洁是圣洁，可是有必要那么白那么白吗？回忆里纯白的画面，摇曳着一股凄凉。

我想起和她最后一次见面，也是毕业后我们第四次单独吃饭，是她结婚三年以后，她邀请我去她家喝下午茶。

"我现在该叫你什么？海妍？还是章某某。"多年不见总是有点局促，我发自肺腑地不知道到底要怎样称呼才能兼顾准确和亲密。

"Eva，当年那个法国男人给取的，我挺喜欢，就一直用着呢。或者你还是叫我章某某，大学毕业就没人这么叫过了，当年我多讨厌你们这么叫，现在想想，这名字多适合我，一个面目模糊的人，我其实一直是某某来着。"

"你老公不会也叫你Eva吧？"

"他爱叫我什么就叫什么。"

我们吃着松软的蛋糕，像任何一对多年不见的老友一样，只能从一些无关痛痒的话题开始。客厅落地窗前一对风铃咿咿呀呀迎风吟唱，那毫无规律的脆亮声响，像几只不懂事的鸟，叫得我心烦意乱。窗外的风并不大，但是风铃就是负责叫的，对于多小的风，它也太单薄了。我说得很少，但是感觉很累。那对话像一场准备不充分的采访，随时都会冷场。

她没有说她不快活，只是不论她、她的花草茶、还是她那讲究排场的房子，都散发着一种向下坠的气息，仿佛一种轻巧又隐秘的力量将和她有关的一切向下拉，让我隐隐感到一种即将失重的不安。要知道那是章某某啊，头上一直有根绳子牵引她不断向上的章某某，竟然就那么坠下来了。

"我从来不看春晚。每年过年都是我心情最不好的时候，我小时候觉得那一切离我那么近，现在才发现它跟我毫无关系，比天涯还远。"她轻轻抖动着茶包，专注于可有可无的动作。

"你也太秀逗了吧，好歹也是个嫁作商人妇的阔太，三十多的人了，还惦记着上电视的少女梦。"

"商人妇，商人妇就是我原来最鄙视的弱势群体。"

"反正主持了春晚又怎样？再奔命要的还不是一个好日子，你现在锦衣玉食，不用主持春晚也得到了。你比那些主持人不知道滋润多少倍。"

"这些和我最初的梦想相去甚远……我从来不在乎这些，我要的就是那种奔命，他们连奔命的机会也没给我。"她抬起头，皱着眉望我，右手不停搓自己的耳朵。

"好了，别无病呻吟了大姐。"

"没有梦想的人生不是人生。"

"胡扯，没有什么的人生都是人生。和人生比起来，梦想太文艺了。"

"你说我是不是正过着你妈的日子？"

"啊？"

"你爸应该蛮有钱的吧，你妈嫁给他，就生出个这样的你。

我要是能生育，大概也能生出你这样的孩子。有钱人的孩子虽然懒了点，但是性格比较好。"

"我爸没有你老公有钱。"

八

同学聚会的尾声，大屏幕上校歌的 MTV 里处处是当年熟悉的场景，青葱岁月的记忆扑面而来，很多同学都流下了眼泪。

"校园边大路两旁，有一排年轻的白杨……"我眼前浮现出大一的章海妍——已是深秋，她戴着一个遮阳的凉帽，拎着一个破旧的水壶，白杨树下练声的身影孤绝而高傲。她也曾是这校园里年轻的白杨，如今她被连根拔起种在精神病院里。

没有人知道到底发生了什么，这个圈子由于八卦的繁殖率过强，反而很难得知真相。有人说她老公出轨了，有人说她不能生育，还有人说她老公对她无可指摘是她自己疑神疑鬼郁郁寡欢，反正各种八点档家庭剧的桥段都被安在了她身上。他们说她后来失控了，一直在家练声，反反复复朗诵诗词，呼台号，练习两字词，还在淘宝买了很多话筒。甚至每个传闻都配有具体的练声内容，有人说她反复念叨"三十功名尘与土，八千里路云和月。莫等闲，白了少年头，空悲切"，有人说她一直在说"中央人民广播电台、中央电视台"……

有个同学疯了，这是同学聚会绕不开而且一定会津津乐道的话题。大家都觉得自己特别正常，并没有谁十分不善良。没有确凿的真相，反正她变成了一个需要治疗的播音狂。她庞大的理想终于撑破了命运的胶囊。

我不想在众人面前提起她。我甚至不敢再去医院探望。我怕她见到我依然无动于衷，目光回到《播音创作基础》课本上。

恶邻

魏　烨

敲敲敲他妈的你们敲够了吗？

我先说说这个声音。从方位上讲是从方河的天灵盖处传来的。此时方河躺在一米五宽的床上。当然对于双人床而言，一米五一点都不算宽，所以他和李筠那条盖在单被下的身体挨得很近，就像墨西哥卷里由于过长而不得不探出头来的两根葱或鸡柳。方河的头顶处是床板，床板之后则是墙。在老房子的时候，方河夜里经常听见床后窸窸窣窣的声音，不用卖关子了，就是蟑螂爬过木板发出的经典声响。而这次的声音从音色上判断，不可能是床板发出的，也就排除了新床劣质或者有东西藏在床后的可能。听上去有点像人在敲墙，因为敲得过于细密，又有点像指甲在墙上抓。总之，声音必然与墙有关。

　　吃早餐的时候方河向李筠保证，一定会尽快去和邻居沟通。事实上昨天晚上他就保证过几次了，包括睡前，以及睡中李筠把方河摇醒，还有刚起床时。显然声音并没有对方河造成太多影响，他只会在沉睡中以呼噜声表示抗议。李筠的情况则比较糟糕，用她的说法是，一宿没合眼，这并不夸张，至少从她的眼睛上可以得出相似结论，此刻坐在餐桌对面的她，眼睛就像盘子里的荷包蛋那样一圈焦黄。今天还有客户要见，化妆的时候李筠强调。这可以理解为戴着两个焦鸡蛋去见客户是极不礼貌的，而这种状况只能归咎于正在洗碗的方河。

你挑的房子。临走前李筠不忘重申。

事情进展很快。这一天出门方河就遇到了他的邻居，原因可能是他走得比较迟，刚好赶上邻居上班。所以在他关门的时候，902的门正好开了，一转身他就看到了一个头顶与他视线平齐的男人。然后是经典的问候。嘿。嘿。你是新搬来的吧？是啊是啊。从憨厚的面相与令人放松的咧嘴来看，这应该是一个友好的人，或许这一点给了方河勇气，因此他随后就迈向了902，仿佛很快就要以领导人会面的形式握手拥抱合影留念了。但是这时发生了一件事情，就是在男人的头部与门框的间隙里，蓦地又出现了一个黑白人头。

方河立刻刹住了脚步，放大的瞳孔让人怀疑他就要再现恐怖片的经典场景，伸出手指对准别人身后，结巴着说你你你你，并让"你"也为之大吃一惊。但男人并没有留意到方河的变化，他亲切地回头看着人头，并向人头介绍方河，901的邻居。这时方河才看清楚了人头本身，只是一个长头发且刘海略长的女人，刚才可能正在男人身后穿鞋。还没问您贵姓？男人问。叫我方河好了。方河模仿男人做了一个友善的咧嘴。随后他也知道了这对男女的姓名及关系，总结一句：齐浩和胡莉是一对夫妻。

但这样似乎也没有消除方河的紧张。这一点或许要归结到那位叫胡莉的女人身上。胡莉的身上并没有流露出她丈夫所散发的友好，恰恰相反，她神情冷漠且不苟言笑。另外就是她抿紧了嘴唇，让原本就够苍白的脸显得更加苍白，似乎很快就要变成透明并消散于空气中。在随后齐浩与方河的几句寒暄中，她也始终以吊诡的眼神盯着方河，这种眼神难以诠释，首先她的眼睛很小，其次眼皮还微眯着，因此她看着你就不像她在看，而是有什么东西躲在这具躯壳里看，而你却看不到躯壳里面到底是什么。或许受到妻子的影响，齐浩也渐渐向难以理解的方向转化。他问方河，新房子住得怎样？方河说还行。接下来按常理他应该说"那就行"，但他却把目光投向了901的门，什么都没说。

上班快迟到了，我走先。在齐浩"拜拜"的手势里方河忙不迭地跑下了楼。

也就是说，方河没有完成李筠交给的任务。因此晚上李筠回家以后，如我们所料，方河显得特别紧张，吃饭的时候拼命往嘴里扒菜，好像是为了充分利用"食不语"的古训。但这略显多余，因为李筠并没有发问，虽然过去的几天她一直在敦促方河去解决这座房子的所有问题，但今天却意外保持了缄默，和方河一样只顾吃饭，当然速度没有方河那么快，这让很快就吃完了的方河在饭桌前显得无所事事。整个晚上她只在睡前提了一句。你和902说了没有？没有，方河闷声，同时绷直了身体，闭上眼睛把被子往头上拉了拉。但李筠只是叹了口气，希望今天能消停吧。这是李筠这阵子在方河面前头一次自我安慰。

　　不幸的是，一切并没有如李筠所愿的消停。声音又出现了，十二点十七分，朝右睡的方河看了一眼手机，随后闭上眼深吸了一口气，仿佛在等待什么发生，具体讲，是在等待李筠发作。这种等待很漫长，因为李筠一直不动，正如手机所显示的，不动了半个小时，简直让人怀疑李筠是不是睡着了，或者干脆心肌梗死猝死了。就在一切难以判断的时候，方河感到被子往左边一扯，翻身便看见李筠诈尸般一跃而起。

　　"你不说我去说。"

　　方河拦住了李筠，具体讲是抓住了她的内裤，就在李筠试图挣脱的间隙里两人发生了如下的对话：你干什么？我明天去说，我保证，明天去说。现在说不行吗？现在你有什么好说的，等你过去见到他们，声音早就没了。声音哪能没了？声音过会儿就没了。那我就让他们以后别搞搞搞。你怎么确定是他们有意搞的？他们无意？谁他妈半夜无意瞎搞。不对。方河松开了抓内裤的手，同时也爬起来，直视李筠双眼。谁他妈都不会半夜有意搞，他们不用睡觉吗？人家明天也上班啊。

然后是李筠被说服了，当然也不能确定是真被说服，还是被说累了。在重申了几次明天去说之后，她缩进被子里并蒙上了头。至于声音则在一点二十九分停止。方河伸手探了一下李筠，这种方法只能探测她人是否死了，但探测不了她人是否睡着。当然李筠即便没有睡着，下半夜也再无动作。这一点方河可以作证，因为他一直睁眼到了天明。

第二天早上方河确实如约走向了902。当时才七点四十几分，没到902夫妻俩的出门时间，但也快了，也就是说他们俩可能正在那扇挂有902号牌的不锈钢门背后忙碌着。眼下方河有两种选择：一就是敲门进去并把情况说明，二就是在门口等候直到对方开门再把情况说明。此时方河就站在门口，离门相当近，但他的脸没有朝着门，视线也没有移向猫眼，他最接近门的部位应当是他的耳朵，此情此景看上去就像他是来窃听的。而他确实也听到了东西，那就是有脚步声近来而又远去。然后是一段沉寂，而沉寂之后则是两声难以形容的巨响，好像高跟鞋敲在什么铁器上。

你可能已经猜到了，方河又跑了，就在巨响过后他又飞奔下楼。操，跑得比鬼还快。

所以当晚上李筠回来并大步走向厨房的时候，我们能看到方河握着锅铲的手抖了几下，几乎要把炒鸡蛋掀到墙上。你说了没有说了没有？李筠又恢复了惯用的盘问方式。

我说了。

李筠表现出了对他的效率所应有的惊诧，当然她没再像平时那样问，真的吗？你确定？没骗我？而是乖乖接过盘子，并安全送到了餐桌上。随后两人在轻松的氛围里共进了晚餐，由李筠主动洗了碗，忙完一切以后两人还在电脑上共看了一部电影，是一部很烂的国产片，内容就不赘述了。不过中间也发生了一件事情，在国产片快要到达不像高潮的高潮时（从进度条判断），屋里突然陷入了黑暗。

保险丝烧坏了。方河检查完电闸宣布。

噢。李筠说。

就这样方河跑到楼下去买保险丝，为此他走了很远的路，当然这一路并没有发生什么，而他也顺利地买到了保险丝，并没有出现缺货或没带钱等意外。只不过他回来的时候，在楼下看见了齐浩。这种相遇是远距离的，可以看见齐浩正在抽烟，但差不多抽完了，很快就把烟头扔地上一碾，回头往楼上走。这时方河加快了脚步，你可以理解为他想追上齐浩，这场追赶持续到八楼，方河听见了齐浩开门又关门的声音为止。

换上保险丝以后他们看完了片子，其间李筠也没说什么。总之两人直到洗漱上床，良好的气氛都没有消失。在李筠爬上床的时候，也就是说她以爬行的姿态出现在床上的时候，位于她左下方的方河伸手抓住了她。这次李筠没有抗拒。值得一提的是方河在做爱前看了一眼手机，十二点十分。你应该猜到，五分钟后，也就是李筠开始在方河身上剧烈摇晃的时候，那个声音再次响起了。当然这个声音再响，也没有李筠和方河叫得响。然后就在他们俩此起彼伏的叫声中，李筠慢慢俯下身趴到方河的左耳旁。

你以为把我搞累了我就能睡着吗？

结果当然非常不幸，因为这场性爱就此终结。然后就是我们所熟悉的一去一拦，这时方河没再解释，只是把房门关上并回头做出视死如归的姿态。李筠在屋内暴躁地走动着。你不是说了吗？是不是想说你说了但他们不理你啊？随后又气不过地往墙壁上狠狠地捶了三下，相比她捶在方河肩上的几拳，后者可以说是用尽全力。但这不是重点，重点是声音突然停了。就在李筠抚摸自己通红的手掌时，屋子里陷入了前所未有的安静。

虽然李筠并没有因为安静而放弃与902交涉的打算，事实是她在静了几秒后又朝房门走。但这次方河有了理由。声音都没了你还想说什么？今天没了，明天呢？明天的那就明天再说，我来说！方河大喝一声。李筠终于停下了。好，明天。

刚吃完早餐，洗碗中的方河就看到还没化妆的李筠冲向了房门。他放下碗筷，尾随其后。我的意思是他没有追到李筠前面，而是跟在李筠左后方犹如一名侍从。很快两人就站在门口，当李筠的手伸向门把手时，门外传来了嘈杂的说话声。

你一定猜到了声音的来源，正如方河在猫眼里看到的。他趁李筠一愣就把她从门口挤开了。猫眼显示902的夫妻正站在他们门口，从方河的角度看去，他们的站位大概是这样的：齐浩背对着901的门而面朝902，而胡莉则站在他面前，和他和方河三点构成一条直线。由于夫妻俩几乎等高，所以齐浩基本上把胡莉给挡住了，也就是说你不知道胡莉到底是面朝齐浩侧对齐浩还是背朝齐浩。另外就是齐浩正在向胡莉演讲什么，刚才的说话声想必是他发出的，虽然慷慨激昂，但由于齐浩比较扁平短促的发音，听起来特别绵软，以至于让人怀疑是否连空气都难以穿透。在此过程里方河无法看见胡莉的表情，只是齐浩由于激动晃动头颅的时候，偶尔会露出她的一小边脸，时左时右，仿佛有两个脑袋正要从齐浩的脑袋里分裂出来。中间他只听到一次女声的回应：

你为什么不去死？

这时一旁的李筠又要去拧门把手，而方河毫不迟疑地阻止了。现在不是时候？什么叫不是时候？这次方河的理由十分充分。因为他们正在吵架，现在过去打扰他们是火上浇油，反而会影响事情的妥善解决。

你为什么不也去死？说完这句李筠突然笑了，这种不适的笑容也让方河加大了嗓门：你想想如果是你正在和我吵架，然后邻居过来打断我们说你们晚上能不能不要吵了，你会怎样？这一次李筠没有吭声。你相信我，我已经找到解决的方法了。什么办法？李筠打了一个相当迟来的哈欠。你刚才也看到了，那个女的比男的难对付，我单独找那个男的聊聊，就在今晚，你相信我！说到这里方河不禁像宣誓入党那样竖起了右手。李筠耸了耸肩，给了方河一个我同意了或就那样吧的暗示，但就在方河松口气转身按住她的肩膀，准备像推他老妈过马路那样把她推回餐桌前的时候，李筠身子一矮从他手里挣脱，旋即又转身抓住了门把手。这里不得不夸赞方河惊人的反应速度，因为他的手几乎无时差地落在了李筠的手上，仿佛要手把手教她怎样正确地开门。这次方河没再控制自己的音高。你是不是不想住下去了？

李筠抬起头瞪着他，而且还做了一个"顶撞"的标准姿势：叉起腰。

对，我就是不想住下去了。凭什么我就不能住陈丽那样的房子？

这里非常有必要谈一下这个陈丽，这是李筠经常向方河提及的角色。此人乃李筠同事，就坐在李筠旁边的隔间里，由于胖且分泌旺盛，无论冬夏都会有气味借空气流动蹿过来。还有就是陈丽很喜欢和李筠闲聊，为此还经常跟着她上厕所，在旁人看来两人无疑堪称"闺蜜"。

近一段时间李筠多次提到陈丽，但内容和以往有所不同，主要是陈丽和她老公也买了一套房子，而最主要的是，还是李筠之前看上的那套。虽然我不确定李筠是否在闲聊时透露过她看上的房子，但按照她向方河的描述，你只能理解为陈丽是采取什么非人的手段从她脑子里把那套房子的信息抠走的。总之，李筠最后没有得到她理想的住所，因此陈丽展示的新居照片，都成为李筠日后向方河抱怨眼下这套房子的素材来源。有好几次争吵中，李筠都把手机掏出来把陈丽朋友圈里的图片放大，然后往方河眼前晃悠。

看看人家的房子！

显然在李筠看来，陈丽的房子才是房子的理想形态，而自家目前的房子只是方河提供的一个劣质替代品。但是又能怎样呢？这套房子已经是一个既成事实，而他们也没有再次搬家的能力。如果李筠还能年轻几岁的话，她或许还能在离婚以后与某个情感史上的男子再续前缘进而一走了之。但现在李筠已经失去了这种机动性，她唯一的选择就是守着回忆，并对无法摆脱的现实继续抱怨下去。正如方河的父母，他们数十年如一日的抱怨已经成为家庭对话的唯一话题。所以方河有十足的自信去建议李筠：

行，你去啊，看看他们愿不愿意收留你。

收拾完之后，亦即十点左右，方河就在李筠的注视下披上一件风衣下了楼，毫无疑问他准备到楼下等候齐浩，并在胡莉不在场的情况下与齐浩交涉。吸烟地还能看到许多以不同程度的残破宣示死亡日期的烟头，说明晚上下楼抽一到两根烟是齐浩的一个习惯，这种习惯方河没有，但他的父亲有，或许因此他才能敏感地注意到。顺便说一下，方河抽烟的习惯两年前就在李筠的要求下戒了。这次他是否会为了向齐浩示好，而推辞不过地接受齐浩递来的烟呢？这一点也让人浮想。但是齐浩一直都没有出现，而时间在方河的手机上已经跳到了十点半。方河披了披风衣，打了一个哆嗦。

终于在十一点半，没等到齐浩的方河回到了自己家里。开门的时候他左顾右盼，仿佛担心李筠会因为他的无能而当即把他轰出去。屋里寂静无声，连电脑硬盘数据流淌的声音都没有。方河蹑手蹑脚地路过客厅向卧室走，这时背对他的沙发后面突然伸出一个人头。这次我就不故弄玄虚了，人头就是李筠，只不过方河面对相处数年的妻子却依然心里一个咯噔，难道是因为李筠的黑长发与苍白脸色，和那天看到的胡莉实在太像？

从李筠惊魂未定的叙述中，方河得知了在他下楼的一个小时里，楼上发生的内容，那就是李筠躺在床上玩手机的时候，她的背后，也就是那面墙壁，突然发出一阵猛烈的拍打声，由于卧室封闭，产生的回音仿佛有千只手在同时拍击着李筠的四面八方。

你说他们是不是变态啊？李筠问。而方河的回答则是坐下去抱住她。嗯，万一真是变态呢？那天晚上上床以后，李筠就这么睁着眼睛，而方河则一直抓着她的手，这样一语不发，直到十二点十七分，声音再次响起。相比李筠先前所遭遇的摇滚级音乐，声音在这会儿显得如此均匀而温和，你甚至可以将它归类为一种无害的白噪音。

就在这种声音里，方河听到了李筠同样均匀的呼吸，这次可以确定她睡死了。

方河起得比平时略晚，刷牙的时候李筠已经在做早餐，但方河坐在餐桌前啃吐司片的时候，李筠已经化好妆要出门了。方河就这么看着她从卧室里抓着手提包路过客厅走向房门，一眼也没有看他。可以说这是一个难得沉默的早晨，在死寂的房间里方河嚼面包的声音显得特别大。但很快李筠又出现在方河视野里，她从房门折返，走到餐桌前，抓了一下方河胳膊，示意他跟她来，感觉就好像她在这间房子的某个角落里发现了一具死尸。方河不得不把吐司塞到嘴里，跟着她走到房门口。李筠指了指猫眼。猫眼里有什么？方河凑上去，看到了一个黑乎乎的头，在放大的功能下，就像一个铁锅盖覆盖了这块玻璃。

这是什么东西？其实没什么，谁都能看出这是齐浩的头，尤其是那典型的短寸发型。问题应该是，为什么齐浩要站在方河的门口且一动不动，而且还要把头背过来以让人看见他那漂亮的双螺旋？这也正是李筠的问题。他在做什么？李筠趴在方河耳边小声问。方河摇头，在这寂静的几分钟里，齐浩依然没有要走的意思。方河四顾左右的时候看见了维修时搁在鞋柜顶端的扳手，仿佛被唤醒了某个念头，抓过来朝门把手（铁制）狠狠地一敲。

接下来的事情你应该猜得到，那就是齐浩走了。由于猫眼里视野狭窄，另外也没有听到脚步声，所以齐浩的头看上去就像从门前突然消失。随后李筠拉了一下方河衣袖。你吃完了吗？吃完了赶紧收拾送我到地铁站吧。

比较意外的是，这天晚上方河下了一个略晚的班，走进小区快到楼下的时候，又遇到了正在老地方抽烟的齐浩。这件事说明，齐浩的烟抽得很没规律性，至少不像方河父亲那样时间固定。当然无论如何，这次齐浩的烟才抽到一半，也就是说方河有机会和他在两位女人都不在场的情况下，好好商谈半夜敲墙声的事情了。说到这里连我都感到振奋了，而方河也不负众望地走向齐浩，没有给他溜走的机会。在方河靠近的时候，齐浩也抬头注意到了方河，并与之远距离对视数秒，随后他把烟扔到了地上，用脚跟碾了。我的意思是，这根烟只抽了一半。看见这个动作方河也放慢了脚步，而就在这个空当里，齐浩移开目光无意味地望了望左边，那里除了一个垃圾场什么都没有。再一转身，就用比方河略快的脚步返回了楼里。

这个晚上，方河和李筠过得并不安宁。不过这次的不安宁不是自找的。吃饭的时候他们就听到了瓷器落地碎裂的声音，以至于他们不约而同地都略微起身向对方那边张望，可能是想找到某件缺失的餐具，但旋即他们就发现他们的餐具毫发无损，而声音的来源应该是隔壁902，可以肯定平常的餐具掉落不会发出有这样穿透力的巨响，所以只可能是人为的。两人交换了一下目光，又继续吃饭。接下来的整个晚上直到睡前，他们都在不同的时间点上听到不同音色的响声。粗略统计一下，包括摔瓷器的声音三次，摔玻璃的声音两次，撞到木制家具的声音五次，撞到金属家具的声音七次，桌子倒掉的声音一次，烹饪用具落地的声音十次，还有一次奇异的金属与塑料的混响，据我判断可能是笔记本电脑被砸了。当然这些多姿多彩的声音在方河和李筠看来，可能只是一些粗暴无意义的噪音。只是不知道他们对这些声音是否觉得似曾相识。

在这个响亮的夜晚方河和李筠吃完饭刷了碗洗完澡，又坐在电脑前看了一部欧美动作片，随后上床睡觉。上床的时间是十一点半，十二点十七分声音又准时响起，方河身旁的李筠翻了两下身，可能是左一下右一下，之后是几分钟的沉寂，在方河安静的心跳里李筠又发出了均匀的喘息。如果方河有注意的话，就会发现这种呼吸的频率和敲击声惊人的一致。

在新的早晨里，方河与李筠同时出门上班。开门的时候发生了一件事：902的房门同时开了，也就是说，开门的瞬间，方河与902的邻居来了一次面对面，而这位邻居不是料想的齐浩，而是其妻胡莉。这是方河第二次直面胡莉，而这一次胡莉不再是苍白的脸颊紧抿的嘴唇以及微眯的眼睛。当然她的眼睛还是很小，嘴唇也没有张开，脸也没有多少血色，只不过在看见方河并与其目光对接的瞬间，胡莉居然笑了。这种笑与其夫齐浩的笑全然不同，虽然也是咧嘴，但只咧了半边，也就是她扯了一下嘴角，而且给人感觉快要扯裂了。

然后就在方河与李筠呆住的片刻里，胡莉合上门，提着一个行李袋，转身走下了楼梯。值得一提的是，胡莉只是转了身，却没有转脸。刚才与方河对视的时候，她只是脸朝着方河，身子却侧着，这个姿势一直保持了下去，所以当她下楼的时候，身子正对楼梯，脸却朝向了左侧的墙壁，随身体下楼而往前下方平移。你可以理解为这是落枕，但也太像日本恐怖片了。

今晚的情形是这样的：隔壁的902没再传来声响，仿佛昨晚已经把他们可摔的用具摔光了。不由让人怀疑，早上胡莉离开之后，就再也没有回来，这才导致齐浩没有了争吵的对象。这天晚上方河与李筠也没有再就任何问题争执，更没有因为无处争执而陷入沉默，他们聊了很多，以至于躺上床的时候，李筠又跟方河提到了陈丽。这一次李筠终于变换了主题。今天她刚刚得知，陈丽买的房子所在的小区，原来是一处乱葬岗。也就是说，曾经有无数人以四仰八叉的姿态混在这片土地里，由于他们贫穷得没有一个容身的棺材，以至于让人怀疑，他们到底有没有死踏实了，会不会半夜又叫苦连天地爬起来。

最先得知这一消息的是陈丽的老公。对于方河而言，此人姓甚名谁不详，但从李筠口中可以了解到，这是一个能干的好男人，能干主要是指他名下有一座小厂子，兜里有点闲钱，好则体现在他听从陈丽的安排，比如在买房这件事上。除此之外方河只有一次见到过他本人，那是买完房子的下午，他带着产权证像揣着一份大礼，跑到了李筠公司楼下，与此同时李筠和陈丽也刚好走出公司门，在李筠迎向方河的同时，陈丽也跑向了公司门口停泊的一辆黑色奔驰，一个穿着短裤短袖的男人正靠在车门口，汗毛粗重且健壮的手臂搭在车顶，手腕上戴着三到五串佛珠。在方河眺望他的片刻男人似乎也偏过头来冲方河一笑，只是因为戴着墨镜也无法确认，他到底有没有在看方河。

真想现在到他们家里看看。李筠挂着笑说。此时两人已经躺在了床上，正如本文一开头所介绍的，在这张不足一米五宽（实测）的床上，两人又像鸡柳一样卷到了被子里，被子本来是白色的，由于用得太久，沾上的污迹及自然的老化使之呈现出米黄色，看上去的确像墨西哥卷外面那层面皮。十二点十七分声音再次响起，此时我已很难分清，这声音到底更接近敲还是抓，混杂在静夜常有的耳鸣里它更像是谁在说着悄悄话。与此同时我已经可以看到，方陈二人松弛的表情以及缓和的呼吸。这让我有点着急。我的意思是他们什么时候才能听到狂乱的拍门声，以及齐浩近乎咆哮的吼叫。

敲敲敲他妈的你们敲够了吗？！

白桦林

顾拜妮

没有人知道那天我的心里有过斑斓的感动，就像我也不知道苏生哥那天心里有过什么动容。

一

我叫李稚，每天的工作只需要在舞厅里给别人看看场子，放放音乐。这种状态有点像一摊烂泥，默默无闻，还有一些沉沦。在沉沦中努力维持住某种张力，让生活看起来不用那么和谐，但又不至于像一根刺。到了黑舞时间关掉那些花花绿绿的灯，在朴树的《白桦林》里，想象舞池中央的男女如何迫不及待地触摸禁忌之境，当然也有认认真真跳舞的人。有人劝过我离开这儿，但其实没有这个必要，一切都挺好的，除了空气质量差一点以外。苏生哥说，北京那种大城市的空气也好不到哪儿去，无论走到哪里都是同呼吸共命运。

选择与苏生哥为伍是因为喜欢有情有义的人，我们看不上没有良心的人，而没有良心的人总是很快乐。每次哭的时候他就会带我去吃东西，我们不谈论操蛋的人生，一般吃饱了就不想哭了。他不会因为我没有控制好情绪就怀疑我的情商，总那么善解人意。我不想用人类社会的法则权衡利弊，只希望自己是有情有义的，能对得起他的有情有义。

苏生哥对这里的每一个人都很好，甚至是一条狗，就连傻子也格外关照。在吴镇就是这样的一个顺序，没有人划分等级，但人人认同这种排列。

吴镇大概盛产傻子，光是我们那一带就有四个。在吴镇疯子脑瘫弱智自闭症统称傻子，他们拥有不同的个性。其中一个专门喜欢掀女性的裙子，掀完就跑，运气不好来不及跑的话就只好挨揍了。但每次被揍时总发出某种怪叫，让人连打他都觉得毛骨悚然。有个成天傻笑，总嚷嚷着要去二舅家吃狗肉，苏生哥说他小时候发高烧烧坏了脑子，他根本就没有二舅，也不知道这是不是他前世的记忆。另一个总是冲着别人吐口水说脏话，动不动就犯癫痫，后来人们才发现癫痫是这傻子装出来的，因为他总是在街边抢完卖瓜子老头的瓜子后犯病。苏生哥看出问题，后来总会时不时地买点瓜子给他，他很高兴，就再也没有犯过病。

还有个小不点总是穿一条脏兮兮的黄色背带裤，非常瘦，眼睛圆圆的。我很喜欢这个小傻子，他不爱讲话，总是躲在垃圾场后面，和一团抹布一样的大猫咪待在一块儿。有时候出来透口气就能见到他，叫他也没反应，然后我就一边抽烟一边观察他。小傻子对音乐似乎有着异常的兴趣。有一回苏生哥蹲在门口吹口琴，傻子居然主动凑过来，注意力不集中地专心听着（我知道他很认真在听，但是他肢体的注意力看起来又有些涣散，毕竟是傻子）。终于了解他为什么老是守在舞厅附近的那个垃圾场。苏生哥觉得傻子有些意思，就把那只口琴送给他了。可是还没有学会一首完整的曲子，傻子就被送走，没有再看见过。

"你要上哪儿去？"钟叔问我。

"接个人。"我说。

"谁啊？"

"一个朋友，估计说了您也想不起来。"

"那你快去快回吧，下午我有事还要出去，舞厅不能没人。"

钟叔是苏生哥的叔叔，现在是我的老板。白桦林舞厅很小，但在吴镇这个地方算是为数不多的休闲娱乐场所，它不负众望地寄托着全镇孤男寡女的寂寞与空虚。

吴镇的每一个夏天都是酷热难耐的，大太阳底下站久了甚至可以闻到一股焦煳的头发味，到底有多少老头老太太没有熬过最后一个夏天，没人计算过。现在属于午睡时间，大街上看不见什么人，狭窄的马路上蒸腾着一波又一波的热浪。前段时间政府在搞绿化，不知道花了多少钱弄来这么多的郁金香，可惜还没有成活就晒死了。倒是野草的长势很旺，而且太阳越是毒辣就越是繁荣，简直邪了门了。

电线上有一只土里土气的麻雀，毛色很杂，嘴里衔着一片塑料呆头呆脑地杵在那儿，估计是被晒傻了。对面楼里的小孩在闹睡，哭声把那只土鳖鸟吓飞走了，遥远的拨浪鼓在热气的缓冲下只剩下轻浅的余音。小翠烟杂店在播放歌词露骨的网络歌曲，大意是他的老婆被别人睡了。里面的老板娘正趴在玻璃柜台上面，枕着自己的手臂午睡。

我绕过一只臃肿的猫走进里面去，女人被弄醒显得有点不太高兴，瞥了我一眼说："你要什么？"

"一盒黄鹤楼，"我说，"再拿一瓶可乐。"

"只有雅香金吗？"我说。

"什么？"

"我说黄鹤楼只剩下这一种了？"

"对。"

付完钱我问她能不能在店里待一会儿，我说我要等一个人，外面太热了。她看了看外面，不大情愿地说："那你可别太久哦。"

我喝了一口可乐，惊呼："热的？没有冰镇的吗？"

老板娘不耐烦，说："冰柜坏掉了。"

我简直快要哭了，光是握着这瓶被烤热了的可乐就已经浑身冒汗。女人警觉地观察了我一会儿，看我确实像是在等人就又被困意袭击，趴在柜台上微闭着眼睛。门口那只猫在兀自打瞌睡，杂乱的毛和主人的头发如出一辙。我摸了摸它，它扭动了几下身体又睡着了。远处没有来人的迹象，我也有些困了，坐在台阶上喝可乐。我期待气泡在嘴巴里面迸裂，但是没有，热可乐没有气泡，只有满嘴的假冒伪劣味。不过我不想起来和她理论，这么热的天多说几句话都会出一身汗，没人愿意为了这种芝麻小事而浪费情绪和精力。

其实我并没有别人以为的多喜欢这里，但也不讨厌，倒是真的喜欢那些在半夜醒来偶然间听到的火车嘶鸣和空旷狗吠。那种感觉是寂静的，会误以为自己是乘客，有无限的可能。

很久以前，苏生哥站在悬崖边上问了我一个问题，他说："害怕吗？"

"死吗？"我说。

他没有讲话。

我嘻嘻笑着说："我不害怕死，只是有一点怕疼。这么摔下去一定会非常痛，鼻梁骨都能摔歪啰。"

事实上对于死亡的概念一直都很模糊，只觉得可能好久都见不到这个人了。一个对一切都敏锐的人，面对极端的事情可能反倒会变得麻木和迟钝起来。奶奶一贯都很疼我，去世时我竟然完全不想哭，就是发蒙。我记得自己呆滞地看着小床上还没有完全凉掉的人，挣脱开爸爸的手机械地走过去，像往常一样，我下意识地捡起床单上一根脱落的碎头发，然后木讷地丢进垃圾桶。很久很久之后的某一天，我好像明白过来一些什么。那天我正要从城南到城北赴一个单眼皮男孩子的约会，坐在公共汽车里，看着外面明亮的午后突然哭了。我在想，人死了的意思大抵就是再好的天气，都和这个人没有关系了吧。

我忘记自己后来还说过什么，只记得当时山风大得要命，吹乱了留了很多年的长头发，每一句话都被风灌得满满的。

苏生哥后来告诉我，他认为生命的长度应该取决于有效时间，很多人长寿而虚空，他并不艳羡。他说，你要有自我意识，人能够感觉到自己存在才算是真正意义上的存在。你可以真切地感受到呼吸与心跳，牙齿咀嚼，身体在热水里面的反应过程，如果你从未有过类似清晰的体验，那么所有流逝的时间都不能算你的。苏生哥不是一个害怕失去的人，但也从不浪掷存在。那天下山后，我俩就好了。

猫耳朵抖动了几下，它强忍着困意抬起头来，我也听到了相同的声音，在逐渐确认中起身迎接它的靠近。一辆奶白色的大屁股越野正朝这里开过来。我不认识任何汽车的标识，连大众和奔驰也分不清，看不懂这车什么来历。

他从车上下来，我们看着彼此互相打量了半天。他不由自主做了一个吞咽的动作，然后说："给我喝口你的可乐，我快要渴死了。"

我把半瓶可乐和手里的烟都递给了他。

他差点就跳起来，说："操，这是加热过的敌敌畏吗？"

我说："冰柜坏啰，饮料可能也是假的，不过应该毒不死你。喝吧，我也喝过了的。"

他一脸的难以置信。

我问他："你现在怎么也开始戴狗链子了？"

他说："可是纯黄金的，很气派，你懂什么？"

"喔。"

他低下头说："这双鞋好看吧。马丁靴，牌子货，死贵。"那双鞋真的巨丑，走在街上大概都没有人愿意踩的。

我敷衍地说："嗯，挺好看的。"

他叫"小妓女"，当然不是真的鸭子，外号是念中学的时候同学起的，学名廖志。不像现在五大三粗，当时的他又瘦又小，经常给人家欺负。挨打的时候总要惨叫，听起来十分淫荡，令看过毛片的男同学浮想联翩。也难怪有人愿意打他，大家都正处于青春期，荷尔蒙无处释放，谁不揍他才不正常。

我说："你吃饭了吗？"

他说："还没有。"

"哦。"

"你要请我吃饭吗？"

"我只是问问。现在都过饭点了啊，饭馆早就打烊了，五点以后再说吧。"我说，"去舞厅坐会儿，我那儿有泡面，你先垫垫肚子。"

"有朋自远方来，你都是这么招待？"

"没办法啦，将就一下。"我说。

他非要开那辆大屁股的越野，我警告他街道狭窄，开进去就别想再开出来，他才答应把车停在巷子外面。他说以后不要再叫他小妓女，做老板之后就没有人再这么叫了，但我总是习惯性地叫他的绰号，多数情况下他自己也并没有察觉。廖志比较有商业头脑，在新兴的大学城里开了家旅馆。他说生意每天好到爆，到了晚上经常会有学生情侣光顾，也有老男人开车带学生妹来的。他们二十四小时营业，从不拒客。

"你们真缺德。"我说。

他说："这叫为人民服务。"

天太热了，我们都安静下来，口干舌燥说不动话。我和廖志已经很久没有见过面，上次见面还是一年前，一起吃饭更是三年前的事。

那年冬天他乘坐遥远的列车一路奔波来看我，那趟原本不到六个小时就能抵达的火车，由于中途多次莫名其妙地停下来造成延误，花了十二个小时才来到吴镇。这列火车我是知道的，以晚点闻名。更过分的是有一次干脆在出发地停留了整整一天，工作人员上班时停在那里，下班时依旧在那里。但凡知情的人都不会选择坐火车来吴镇，而每一个被坑的人都会被大家亲切地称为：又一个傻逼。

我不认为廖志是傻逼，我只是告诉他永远不要乘坐总是晚点的火车。他是晚上到的，次日得坐早上最早的那班中巴车，为了不再做傻逼他必须去市里面赶火车。我们既错过了晚饭的时间，又没有赶上吃早饭就分开了。接他来的路上我们基本没有讲话，直到第二天即将开车前的几分钟，才终于简单地聊了一些。

他说："怎么想起来要把头发剪短了呢？"

我说："头发太长了，清洗起来有些费事。"

他说："不过你怎么样都好看。"

我微笑。

他说："还要继续等下去吗？"

"嗯。"我说。

他说："如果一直都没有回来怎么办？你会失望的。"

"失望又有什么呢，总比一开始就是绝望的强。况且就算不在这里我又能去哪里？也没有什么事情需要急着去做的，就先留下吧。还有，"我顿了顿，"这些钱你全部拿走，不要给我。我现在也不困难，有一些收入，在这个鸟不拉屎的地方钱多了就是废纸。你不同，可以拿它买点喜欢的东西，或者给自己喜欢的妞买点什么。"

后来彼此都没有再啰嗦什么，车很快就开走了。

舞厅的大门紧锁，估计钟叔没有等到我，急着有事先出去了。钟叔是个非常节省的人，他舍不得多雇一个人，宁愿自己硬撑着。每次碰到我有事他也有事的时候舞厅就得关门，那些白跑一趟的舞客只好扫兴而归。我给他提过建议，但他说反正也不指着这间舞厅挣大钱，就这样吧。

我看到这种情况觉得很不好意思，廖志说没关系，别一直这么站着，很容易中暑的。我们决定开车寻找一个凉快的地方，等着天黑吃饭。原路返回时，一只流浪猫从我的脚面上窜了过去，我没话找话地说："看哎，那只猫好像怀孕了。"

他朝着猫离去的方向看过去，"它只是垃圾吃多了，"他轻描淡写地说，"那是一只公猫。"

车内热得仿佛地狱里的一种刑罚，我把旁边的窗户打开，期待车子能快些开起来，这样也许可以凉快一点。他没有问我要去哪里，也迫不及待地把车开起来，渴望有风吹进来。

"车看起来还不错呀。"我说。

他说："只是看起来而已，经不起撞的，外面的壳子就跟纸糊的一样。"

"那你还开？"

他笑了笑说："小心点开就是了，虽然它不好，但是用来蒙一下无知的小姑娘还是可以的。"

我心想，你丫的也太无知了，大城市里玩过的小姑娘都聪明着呢，不是每个人都和我一样急着落伍。风吹进来，虽然是热风但也比没风强。我说："你空调坏了吗？"

他说："哎哟，热晕了，我给忘记了，没坏。"

我很无语地等他把窗户关上，过了一阵儿才总算吹上冷气。在吴镇兜兜转转了一个弯子也没有找到一块足够大的荫凉，他妈的缺德带冒烟的把大树都给砍了，还说是树大路窄不利于将来开发，但至今谁都没来管过开发的事情，树也不知去向。最后我们把汽车停在出发的地方，一起商量着晚上上哪里去吃饭，结果谈着谈着就扯到别的话题上面。

他说："听说舞厅里有女的穿裙子不穿内裤，是真的吗？"

"反正我是没有见过，无从考证，不过一切皆有可能。"我说，"有一次特别逗，黑舞时间还没有结束，我不小心误开了大灯，有个男人的手还在舞伴的裤子里来不及往出抽呢。谢顶的男人后来恼羞成怒，对我不依不饶。因为这件事我一个劲儿地给他赔不是，但他硬是说我道歉的时候仍在取笑他，表情不够真诚。我说我的笑肌天生就长成这样，他不信，最后钟叔出面，整个事情才算是摆平了。"

"你也够损的呀。"他说。

"我说了不是故意的。"我眨眨眼睛。

吴镇没有什么像样的饭馆，我提议去 J 市吃，市里面有一家自助烤肉还不错。廖志说好呀，他正好想要喝啤酒了。车子再次上路的时候温度已经降下来，没那么要命了。我们关掉空调，窗户打开后外面的热空气再次涌进来，但很快也就适应了。

风里浮动着瓜果熟透的气味，木炭燃烧释放出黝黑的芬芳，伴随着热浪的人类荷尔蒙和辣椒面儿满天飞。我很想要打一个喷嚏，但是打不出来。

从这里出发到城里怎么也需要一个多小时，舞厅那头又不知道钟叔几时才回来。我闲人一个，没什么正经的事，不介意浪费一些时间。他给我散了一支烟，我说我不抽，他又给自己点上。廖志以为我戒烟了，其实我从来就没有真正地上过瘾。我说我感冒了，嗓子疼，今天不想抽了。这包烟是专门用来招待他的，他和苏生哥都爱抽这个牌子的烟。

我与廖志算是老同学，上学那阵子关系还可以。他整天给我讲苏生哥的故事，苏生哥简直就是他整个青春时代的耶稣，那些明星偶像在苏生哥面前都会逊色许多。廖志说那是他这辈子最好的大哥哥，这句话很真诚，但也足够肉麻的了。

苏生哥八九岁开始跟着他爸爸在乌克兰做灰色生意，亲眼见过火并，子弹从脑袋上空呼啸而过都是平常的事。一直到十几岁的时候那边出了些事情，他独自回国去了广州，在某著名大饭店待过一段时间，后来一个人在珠海开茶社。总之，在还是个小男孩的廖志口中，苏生哥是个见过大世面的人。廖智说，苏生哥可以讲好几种语言呢，很小就走南闯北，做着许多别人不敢做没想过的事。而且聪明绝顶，学习任何东西都比一般人要快。听说这位见多识广的大哥哥从无数的远方归来之后，我出于好奇，求着廖志能带我一睹大哥哥的风采。他答应了，条件是一个礼拜的早饭。我心想你也太没有追求了，然后说成交。

交朋友好像大都是从饭桌上开始的，也许只有饥饿才是最真诚的，人类说到底还是动物。苏生哥请我们去吃炸鸡和汉堡包，他自己却只要了一杯果汁，估计是看不上这种东西。觉得他很厉害的样子，因为在当时吃肯德基是件非常时髦的事，不像现在只有穷逼才吃快餐，而那时他就已经很不屑了。苏生哥永远活在时代的前面，想不到有一天他也会厌倦，宁愿留在吴镇吃"啃得鸡"（山寨肯德基），当然也可以认为是一种后现代。这是后话了。

廖志在肯德基里居然都可以喝多了，被我当成笑柄嘲笑了好久。那天他说见到苏生哥高兴，于是一个人跑出去买了酒回来，开始灌自己。我劝他不要喝太多，他说你不要担心我，我的酒量好着呢。我说我不是担心你，待会儿没有人想送你回去，你家那么远，路上还那么多屎，我今天穿的新鞋。他属于人来疯型，不劝还好，劝完必醉。整个大好的下午都被他给睡了，一点也不考虑白胡子爷爷的感受。

中途我和苏生哥觉得无聊，去对面的工人文化宫看了场电影，那场电影从头到尾都很傻。散场后我们走路回到肯德基，路上看到有甜筒在卖我想请他吃，但最后是他掏了钱却只给我买了一支。廖志醒来的时候以为我们一直都在这里守候着他，感动坏了，我们实在不忍心拆穿他那天真而又美好的臆想。回去时他一激动头脑发热，说早饭免了吧。我没说话，后来良心上有些过意不去，我还是给他买了一个礼拜的早饭。但他居然污蔑我，说我暗恋他，操哦。

廖志总说要成为苏生哥那样的人，但他们根本就不是同一种人，尽管可怜的小妓女永远也认不清楚这个事实，你也不能剥夺他一厢情愿的权利，就像你不能阻止一个先天失明的人等待天亮一样。苏生哥说，有些路有些人注定走不了，廖志是有情有义的好小孩，人间还有别的大道他可以走。

有一天我问苏生哥："那我呢？"

他说："要是你愿意的话，跟我走吧。"

天光渐沉，搜索到城里电台一档汽车音乐类的节目。主持人的口齿不很清楚，讲话的时候口腔里好像永远含着一块糖。

"下面这首歌，替一位妻子送给常年在外的海军丈夫……"

前奏刚刚响起廖志就伸出手想要换掉频道，我握住他伸出来的手指，上面还沾着凉飕飕的汗液。我说："这首歌我们舞厅里也常放，四三拍的，可以用来跳慢三。不过我们放的是叶蓓的版本，我自己更喜欢朴树唱的这个。"

他说："对不起，我还以为你已经不再喜欢了呢。"

平时在舞厅里听到的混响开得特别大，还总是咚咚咚的，不如这个人声听起来干净凝聚。我说："你知道这首歌都唱了些什么吗？"

"唱了什么？"

"其实也没唱什么，就是个老掉牙的故事。"我把脸扭向窗外。

她说他只是迷失在远方

他一定会来

来这片白桦林

天空依然阴霾

依然有鸽子在飞翔

谁来证明那些

没有墓碑的爱情和生命

雪依然在下那村庄依然安详

年轻的人们消失在白桦林

长长的路呀就要到尽头

那姑娘已经是白发苍苍

她时常听他在枕边呼唤

来吧亲爱的来这片白桦林

在死的时候他喃喃地说

我来了等着我在那片白桦林

廖志沉默了很久，他说："哦。"

他的声带几乎没有发生任何的振动，所以更像是一片叹息。我的喉咙有一些发紧，街头的灯火挨个儿亮起来。我想，就算发生了天大的事情这个世界也依旧可以如常，那些穿着大裤衩的人们生活似乎永远也不会倒塌，如火如荼。每天都有人会倒霉和伤心，每天总有人要买菜做饭。

二

在放置着各种肉类的冰柜前面，一个七八岁的小姑娘指着我手里一盒切成薄片的牛宝（牛的睾丸），奶声奶气地说："妈妈，我也要那种生鱼片。"我和她妈都震惊了，她妈往一旁拉她，但小姑娘却显得非常执着，她认真而无辜地说："妈妈，我就喜欢吃生鱼片。"

我看着孩子她妈，十分抱歉地说："小姑娘最好不要吃的。"

姑娘的妈妈也很尴尬，说："你看人家姐姐都说了，小孩子不能吃那种东西，上面有屎粑粑。"于是我更尴尬了，不知道是应该放下来还是端着盘子赶紧消失。后来孩子极其不情愿地妥协了，眼睛始终虎视眈眈地瞅着我手里的"生鱼片"。我心里面悄悄地感叹，小姑娘长大了绝对是狠角色，因为够生性，如果再温柔一些那就很可怕了。

餐桌已经摆满了食物，我们乱七八糟地瞎拿，有好多都是重复的。光是水果沙拉就有两份一模一样的，我用叉子叉了一块西瓜塞进嘴巴。

廖志夹起一片烤得半熟的"生鱼片"，他说："你还吃这个啊？"

"大补。"我说。

他笑说："你补个什么劲儿啊。"说完他把"生鱼片"放到自己的嘴里。

我说："外面好像起风了哎。"

他说："没有吧，我怎么没有感觉到。"

我说："有的，你再仔细听听，树的叶子好像在响呢。"

他不以为然说："起就起了，风而已。"

为什么分明面对的是同一阵风，而我们却拥有不同的态度呢。这个世界不神奇，是我们太神奇。

"真的就是一阵风而已，你怎么这么爱较真啊。"他一再强调那只是一阵再寻常不过的风。

"不是我爱较真，是这个世界太不认真了。"我说。

他说："傻逼么你是？"

我缩到沉默里，干了一杯扎嘴的啤酒。

他说："逃避的那叫旅行，必须得面对一些真相的才是生活。"也许风真的就是风，什么都不能象征。

风越吹越大，我担心停在马路边上的自行车会被风就这样卷走，担心树木会拦腰折断或者连根拔起，我也担心那些无家可归的人和狗。但在这里似乎没人觉察到这个世界正在发生一些变化，也许压根就不在乎，谁会在乎，干吗要在乎呢？而我却始终如坐针毡，西瓜在嘴里也吃不出西瓜的味。傻逼么我是？

结账时，好心的服务员走过来提醒我们："很抱歉，亲，我们这里浪费食物超过一定的数量是要罚款的，您最好还是把它们吃完吧。"

过去来这里吃饭也没有听说过要罚款，我问服务员现在是怎么回事，他说领导说了一定要响应国家的号召，坚决抵制浪费。我心想，城市没怎么进步，精神倒是领悟得很快。不过也是哦，如果人人都照我们这么个吃法下去，老板早晚得喝西北风。

没有时间再发表人生的废话，在消灭食物的过程中，我俩有一种我不入地狱谁入地狱的悲壮感。后来廖志实在不行了，他说："要不我们交罚款吧，我来交。"我摆摆油手，说："别啊，都已经撑到这份上了，现在放弃就等于前功尽弃。你歇一会儿，我好像还可以。"

结完账出来时我像个孕妇一样挺着肚子，这会儿要是赶上坐公交车准有人给我让座。廖志说我没必要这样，我说没关系今天我们赚了，一口气吃了别人几顿的口粮。下到一楼大厅的时候，泥土的腥气兜头扑过来。

大雨十分急促，城市陈旧的排水系统估计早就已经瘫痪掉，路面的积水很快就蓄起一条迅急的河流。刚靠近大门口，外面的雨点旋即打住我的头，溅湿了脚背。街上除了车几乎没有走路的人，面对这么强劲的大风，估计雨伞只能当降落伞使了。可惜我们连降落伞也没有，只好等雨下得小一点了快速跑到停车的位置。

我在大厅里漫无目的地乱走，观察这里的陈设。不断有人下楼来，走到门口探出头观望，然后以盖浇的发型缩回脑袋，和大家一样被困在这里。起初人们都很无所谓，说笑聊天，忙碌不已。一个小时过后有人开始变得不耐烦，脸上出现焦灼，反复察看雨势和时间。

雨势稍微弱下来时，好多人冒着雨往马路上跑。有个女人招了半天的手也没有拦到出租车，好容易来了一辆，还被别人抢先钻进车里面。女人力气大得很，伸手把车里的那人连拉带拽给拖了出来，说："你还要不要脸了，明明是我先来的，你怎么好意思坐上去呢？"

　　对方不是善茬，推开她的手，不示弱地说："要怪，就只能怪你自己没本事啰，老胳膊老腿的行动缓慢。何况谁抢到就应该是谁的，谁能证明是你先来的。"

　　开始我没有认出那个被抓衣领的伶牙俐齿的女人，直到看见她身旁稚气未脱的小姑娘才不禁再次感叹，有一个狠角色的妈，未来极有可能青出于蓝胜于蓝。

　　司机说："喂，你们打架能不能帮我把车门关上，车座都淋湿了。"

　　两个女人在此刻表现出难得的一致，同时回头瞪了司机一眼。有个不识相的家伙跑过去想要钻空子，被一把拎了出来，小姑娘的妈顺手把车门拍上，说："今天谁也别想舒舒服服地走。"

　　小姑娘非常能干，一直在帮妈妈踢对面女人的小腿肚子，一条雪白的裤子硬是被踢成了黑的。女人气急败坏地将小姑娘推倒，孩子一屁股坐在地上开始哭泣。做母亲的见到女儿被人欺负，有些着急上火，一头撞向对方的肚子。她一边撞还一边讲："来呀，你打死我们吧。打死我们娘儿俩你也别想跑，要死大家一起呀。"

原本留在大厅里的人们都探出头来看热闹，抻长了脖子的好事者将门口堵得严严实实。后来有人在赌她们胜负，更有甚者在一旁大着嗓门挑唆。人们恨不得马上发生一场世界大战。这件事情对他们究竟有什么好呢，估计连他们自己也都没有想明白。

大雨依然在落，出租车司机早已经跑路，不知道最后结果怎么样了。我们开车离开的时候她们仍旧在雨水中撕扯。她说你这个婊子，她说你才婊子。小姑娘发现了我，仿佛是在看"生鱼片"一样，她直勾勾地盯着我，我不禁打了个寒战。那一刻有种刻骨铭心的错觉，哪里有什么乘客，不过都是别人嘴边的一道菜，就算下辈子做了"生鱼片"，也难脱被这荒诞世界吃掉的命运。

汽车上路以后廖志一个劲儿地在抽烟，这些烟雾使我想起钟叔来。舞厅主要靠夜场赚钱，换作平时他早就打电话催我回去了，今天居然连个短信都没有。我打电话过去，不在服务区，大概他还没有回去吧。我有些累了，闭着眼睛枕在座椅靠背上，听收音机里传来的杂音。

是在一阵窸窸窣窣的吵闹中醒过来的，头有点晕，搞不清楚状况。

我以为我们到了呢，过了好久才意识到我们正置身于一片汪洋大海中，成为一座岛，周围还有不少类似的岛屿。水里映着路灯虚弱的倒影。

"发生了什么？"我问。

"桥墩下面已经被水淹没，听掉头的司机说前面淹死了一个男人和一个孩子，很多辆车都熄火了，现在谁都不敢轻举妄动。交警也许很快就会到吧，"他说，"不知道明天能不能赶回去。"

他把窗户摇下一条狭细的缝，掏出烟来准备抽，可是里面已经空荡荡了。他奋力地咬紧牙关，捏扁了握在手掌心里的烟盒接成一团，面目表情看起来像是在压抑某种长久以来的无名怒火。最终将空荡荡的烟盒狠狠地砸向前面的挡风玻璃，声音却小得可以忽略。他的头重重地磕在靠背上，压迫着的喉咙低声放慢拉长地挤出两个字来，他说，我操。

看得出来他很生气。但该来的，总是要来。

雨停得也很突然，几乎已经不下了。而我们非但走不成，现在想退也来不及了，后面陆续有不明状况的司机把车开过来。警察大概半路上拉裤子了，一个小时以后才到。不过也奇怪，早就过了下班的高峰期，路上怎么会出现如此多的车辆，难不成大家都在避雨？我也不知道为什么会突然笑出声音来，他说你在笑什么，我说我没有笑呀。

在交警的指挥下车辆终于开始移动，心里面刚要燃起一线希望，大屁股越野却在关键的时刻熄火了。我说："按理说这个水位不应该啊。"

廖志显得极其没有耐心，他说："都跟你说了，破车。"

气氛好像哪里不对，我没有接话茬。后来只好下车，等拖车过来。但看样子拖车一时半会儿不会来了，一个年轻的交警劝我们就在这里过夜，明天再说吧。廖志显然没有预料到水位的高度，看也不看一眼就直接跳下去，溅自己一脸脏水。他显得有点儿愤世嫉俗了，说："日他大爷，老子的小黑。"那双鞋居然也有自己的名字，叫小黑。盯着那双被水漫过的丑鞋，我意识到好像一直都没有问过他，那双脚到底热不热啊，估计现在凉快多了吧。

旁边的交警笑他蠢，他恼羞成怒说："你们警察一个个都是脑残吗？说好了为人民服务的，这点小事都不能马上处理掉，怎么搞的？"

交警说："孙子，你过来。要有本事就自个儿把车扛回去，没本事的话趁哥心情好赶紧滚蛋，别影响我们工作，小心待会儿撞死你。"

很多时候，我都很怀疑廖志的脑袋里是不是真的缺一根弦。

他还真把自个儿当孙子了，正准备过去被我一把拉住，我怕他待会儿真的被撞死。这世上的闹剧看够了，不需要他即兴再演一出。马路对面有一家便利店，他买烟，我顺道过去打听附近有什么旅店人能住的那种。

便利店干净得有些诡异，白炽灯把一切都照得亮堂堂的，老板娘从整齐的货架上抽出一盒大彩给他。我一直觉得大彩的外壳是黄鹤楼里设计最好看的。老板娘说没有零钱找，让我们拿店里等价的东西做抵，这不过是种营销策略。廖志让我随便拿点什么都行，我拿了一包口香糖和一瓶矿泉水。老板娘告诉我们这附近只有一间快捷酒店，不太远，条件还可以，一晚上一百来块钱。我说谢谢。

事情发生得有些措手不及，出来的时候我也没想到要拿身份证（没有随身带的习惯），两个人只能开一个房间，但就算有恐怕也只能开一间了。因为到了前台被告知标间已经没有，只剩下一个单间和一间漏雨的大床房可供我们选择，并且坐地涨价一晚上要三百块。前台的服务员态度十分恶劣，我只不过多问了几句她就说爱要不要。我心想这种情况不爱要我也得要啊，总不能睡大马路吧。如果真是那样也好，闹钟都不用设定，说不定睡到半夜就给大雨浇醒了。

最后我们选择了单人间，如果住漏雨的屋子还不如直接睡马路。服务员把房间的钥匙给了廖志，我瞥见用圆珠笔写在白色胶布条上的房间号码，一下怎么就那么难过呀。

这里竟然安了电梯。很古怪的设计，三面全都装有镜子，其中一面镜子还出现了大面积的龟裂纹，看着眼花，像是有无数个再生的世界，却没有哪个是真的，但又不能说它是假的。漏洞百出的人生暴露无遗，灵魂最后一块遮羞的红布也没有了，在这里待久了恐怕乐观的人也是要疯掉的。

电梯里我们站着互相也不说话，像两个还在生闷气的孩子一样。在拥有空旷假象的幽闭空间里，语言像枚定时的炸弹，滚落在看不见的地方。有些担心他会再次讲出那些令我感觉到局促的话，似乎那些声音也会被无限地循环播放。

原本这会儿我应该待在舞厅里放音乐，他该在回去的路上，都是计划好了的，谁也不占用别人太多的时间，彼此不干涉价值观。可事实上，我们当下正在被迫待在一个三线小城的快捷酒店里。这场雨是我们计划之外的。地方天气预报说今天有雨，每次都不是很准，但这一次怎么偏偏就对了呢？

438 是个幸运的数字。我们用钥匙捅开房间的门，一股子潮湿的霉味扑入鼻腔，卫生间的木头门板上长出几粒白褐色的细小菇类，我很想要摘一朵。

他说："不对啊，我在北京时住过这家连锁酒店，不是这样的啊。"这个位置本来就比较偏僻，哪有什么像样的宾馆，有个山寨的也不错了。平时大概都没什么人住，今天之所以满房也是因为突然下起雨。

我靠在门口笑。

他踢掉鞋子后去洗澡，只听里面一声惨叫，过了一会儿他湿着脑袋走出来。我说洗这么快啊，他说水是凉的，而且到处乱滋，没洗成。于是我们坐下来，一起看电视。

电视机里正在演《红毛猩猩一家》，大的红毛猩猩在研究一枚坚果，小猩猩爬过去小心轻柔地拨弄它的睫毛，大只的红毛猩猩不停地闭眼睁眼，睁眼闭眼。廖志突然拿起遥控器换了台，我本来想要说什么，但最后什么也没说。一群人在电视屏幕上跑来跑去，搞不懂在干吗。他说这是现在比较流行的娱乐节目。我说，哦，愚乐节目。

最后我说："我好像困了，我要睡觉了。"

他没说话，我把全部的灯都关掉了，他也没有任何的反应，正全神贯注地盯着电视机笑呢。刺眼的光芒在房间里变化多端，那群人依然在奔跑。

他背对着我。我有些犹疑，但还是脱掉了身上那件被雨水沾湿的 T 恤和短裤，只剩下一条雪白的内裤和一件菠萝色肩带的文胸。这张单人床好在还算宽敞，我把被子拽过来盖住身体，闻到长久无人居住的味道。调好闹钟后我躺在床上，心里面升起酸楚。我知道我在想念一个人，但又似乎不只是一个人，当然也不是很多人，总之情绪变得有些复杂。

电视突然没了声音，光消失在寂静中。一瞬间以为自己丧失了听力，恐惧得水花四溅，反倒希望蠢蠢的电视节目能一直播放下去。

有团温热的呼吸正在靠近我的耳垂，一双手臂从后面抱住我，和被子一起裹进陌生的拥抱里。我是不是应该用脚踹他呢，他被踹疼后也许会更生气地把我抱得更紧，力气有可能大得惊人，类似所有健壮的强奸犯。或者他的双臂会紧紧搂住我的上半个身体，用腿箍住我两条来回扑腾的腿。于是见我稍稍乖一些他的手就开始试探性地在身体上游移，并且逐渐放松警惕放松对我的制服，直到他的手试图伸进我的胸衣时，另一只手臂被我狠狠地咬上一口。他会痛得嗷嗷叫起来，打开灯查看伤势，说不定真能看见几个深深的齿痕仿佛马上就要沁出血来。然后他会说，你个 bitch！但我觉得那样我可能会笑场，这种场景太好笑了。而且他很乖，就仅仅是抱着我而已，我们中间还隔着一层棉被呢。

他说："我爱你，小稚。"

"我爱你。"他重复了一遍。

我在想为什么你要爱我呢，如果不爱一切都还比较好说，可是你爱我。我是个温柔的人，你为什么总是要让我拒绝你呢，万一你的策略我真的买账了怎么办。我爱你三个字正在让我变成一个没有良心的人，可是我依然不快乐。

"没有用的。"我把灯重新推开，轻轻地将他的手放回他的身体。

"非常简单，只要接受真相就好了，可你为什么一定要逃避呢？"

"我没有逃避，这就是真相。"我说，"好了，我们不要再聊下去，不然又要像上次吃饭那样不欢而散了，外面还下着雨呢。"雨好像真的又开始了，我听见水敲击的声音。他背对着我点了一根烟，开始抽。

"他死了。"

房间里一片死寂。

"他死了，三年前就死了。"他怕我没有听清楚，一再地强调那个字。

"他没有死，只是失踪了而已。也许去了别的城市，等他安顿下来就会带我走。"我说。

他说："可是你的苏生哥已经死了，那个大英雄已经嗝屁掉了，不会再有人来找你。跟我离开这儿，永远不要回来，不要继续等一个已经死了的人。"

"我不会跟你走的。"

他扭过头，我眼里的水花让他愤怒了，或者是兴奋了。

他说："三年前你不愿意走我能理解，但他妈的都三年了，骨头也化成灰了，你怎么还是不肯离开？"

"没有人见到他死。"冷冷的声音从我的喉咙里发出来。

有天放学廖志给我表白说他喜欢我，我有一些惊讶，我一直都认为他喜欢的人是苏生哥，怎么能是一个女生呢？他送了我只小熊，鼻子缝歪了。我本来想要拒绝的，但看着那只矬熊一脸无辜倒霉的样子不忍心就收下了，只说你让我考虑考虑。高中有段时间他莫名其妙长成一个男子汉，班上喜欢他的女孩子男孩子多起来，虽然我也有一点动容。后来苏生哥带我去爬山，下来的时候他不小心摸住了我的手，我说咱俩好吧。回去后我告诉廖志我们不能好，但没有说为什么不能。在说到小熊被搞丢了的时候，就预感与廖志的关系似乎要越来越远了。

是苏生哥告诉他的，苏生哥说我们好了，他不相信，直到我也说我们好了。廖志是难过的，但他只是说："祝你们幸福。"

苏生哥一直都觉得自己亏欠廖志太多，没有给过他什么，还带走了他喜欢的女人。我说我和廖志只是普通朋友，虽然确实没什么，但是我说这些的时候自己的心里也是虚的。

潮湿的房间里有一只小飞蝇，在绕着灯飞。他把烟熄灭后，可能不舒服吧，他捏了捏自己的喉咙，说："那顿饭还没吃你就丢下筷子走了，后来和饭馆里的老伯聊起来，他看见有个年轻人连人带车翻进山沟里了，他说他不敢确认那就是苏生，但其实他知道的，那个人就是苏生。"他停顿了几秒钟，"其实，你也是知道的对吧。"

把被子从身体上扯掉后，我跳下地找水喝。

矿泉水好像落在前台了，没有找到。我拎着电热水壶对着洗手间的镜子，开启换气扇，想用嗡嗡的轰鸣掩盖住头脑里混乱的声音。电视机被重新打开了，大概他也在试图淹没什么东西。

我们究竟为什么要来吴镇，已经想不起来了，倒是对那天中午特别热这件事情记忆十分深刻。我感觉自己一直都在流汗，整个人快要脱水了。我说："我们这是在哪里？"

"我出生的地方，"苏生哥的脸上有自嘲的微笑，"这个我从一开始就想要甩掉的故乡。"

"那你甩掉了吗？"

"没有，"他说，"走得越远，和它的关系反而更加亲密。"

后来苏生哥真的就没有再离开过故乡，一直到死。是的，他死了。他活着的时候我没有问过他任何的为什么，直到有一天他突然对我说，这里早晚会变得和外面一样，你就待在这里，等机遇来了狠狠地赚一笔，然后彻底地远走高飞，不管身后有多么诱人的东西都不要再回头，否则将死在这里。他说，你是能远走高飞的人，要去看看外面，虽然真的没什么，但还是要看看的。你身上具备着一切别人想要远走高飞的条件，只差时间了。反正这不是你的故乡，它拴不住你，你也不欠它什么。没有问他为什么不是我们一起，我居然一点都不好奇。心里面非常难过，但我只是说，我爱你，苏生哥。

我像刚睡醒的一样，揉了揉眼睛，拎着打满水的水壶出来。廖志正睁着红眼睛坐在床边抽大彩，我的也是红彤彤的，我们好像同时患了某种眼疾一样。

"嘿，你要做爱吗？"我说。

他愣怔了一下，没说话。我按下热水壶的加热按钮。

"要吗？"我又问了一遍。

眷恋乳汁一样，他眷恋地用力吸了满满一嘴的焦油尼古丁，然后非常平静地摁熄那嘶嘶燃烧着的火芯。壶里面的水，不久将会发出咕咚咕咚的沸腾。我抬起头看了一眼，那些白褐色的蘑菇都还在。

三

早起感觉天气凉爽下来，风里有了别样的东西。像走独木桥似的我站在马路牙子上，等廖志下来。我的五根手指伸进再次长长的发海森林里，头发洗过还没有完全干透，像油炸冰激凌一样，外热内冷。我总爱打一些无聊的比喻，但比喻永远都是可疑的。

"吃早饭吗你？"他说。

摇摇头，我说："给我根烟吧。"

他似乎有话想说，迟疑了片刻递给我一根烟，最后只是清了清嗓子。

大屁股越野没有被拖走，就那么傻乎乎地在路边停了一夜，像只变异了的蛤蟆。晾了一个晚上之后它又恢复了正常，大家终于在回吴镇的路上了。我打开手机，天气预报显示今天是立秋，难怪大雨一定要把夏天溺死在昨夜。

苏生哥以前说过，你不要看不起古人，他们很智慧的，凭借着有限的肉身实现了最大程度的可知。后来人习惯于把工业革命看作是某种历史的尺度，聪明自卑的我们认为自己始终以不一样的节奏落后着，忘记了祖先早已经辉煌过，只不过辉煌始终是一种运动的状态，后来看似的滑坡与挣扎是另外一种文明的可能。他说，况且谁都有可能牛逼，谁牛逼都一样。有些民族的野心可能并不在于世界，而在于平衡。就算我们不能真的领会祖宗那远古的深意，轮回里的烙印在某种层面上，也已经使之远走高飞。消亡与存在，同样重要。

我喜欢观看窗外的快速闪景，那些画面像极了来生。

那是三年前很晴朗的一天，苏生哥要去山里看一个朋友，本来是我们两个一起的，但是钟叔突然病了，我只能留下来照看舞厅。他骑着红色的摩托车，出门前抱了抱我，说晚上回来给我带好吃的。无论怎样那天我的心里都不是很开心，有种不太好的感觉，说不清楚。我没有告诉苏生哥，装出很开心的样子，我说我等你回来。后来天莫名其妙就阴下来，右眼皮跳了一个中午，那天晚上他真的没有回来。钟叔说下过雨的那条山路特别泥泞难走，大概是留宿了吧。第二天他还是没有回来，山里面的那位朋友打电话过来，说他当天下午就回去了。

大家都觉得他一定是出事了，但我认为苏生哥那么牛逼的一个人，怎么能随随便便死掉呢？钟叔找了一段时间最后也放弃了，有人说找到了他的摩托车，但我们始终没有见到。孤立无援，我给廖志打了电话。廖志正在床上和姑娘翻云覆雨，我说苏生哥失踪了，电话那端迅速安静下来。他说，哦。

廖志赶到吴镇后了解了一些情况，他说八成出事了，最后连他都放弃了相信苏生哥还活着。我不能理解，我觉得是他们根本就不在乎苏生哥。可能难过糊涂了吧，我和廖志吵起来，骂他忘恩负义，他什么也没说走了。最困难的时候一直都是苏生哥在接济他，而那个时候我们也很困难。两个月后廖志又来到吴镇，他怕我一个人待在这里太难过，他说小稚跟我离开这里吧，我没有答应。我告诉他，我会一直在这里等下去，直到苏生哥回来。

廖志说："这是我的名片，上面有新的手机号码，现在这个电话很快就不再用了。"

我接过来名片，看了一眼。

"我是傻逼吗？"我说。

他转过来看了看我，以为自己听错了，又转回去。他说："你傻逼了啊？"

我就开始笑，感觉自己笑了好久。

一路上见到很多正在施工的新建筑，吴镇正秘密地隶属于紧邻的省会城市，与落后的 J 市虽然没有完全划清界限，但拨打一些新的电话号码的时候，归属地已经不再显示 J 市。前段时间听钟叔谈起过，吴镇将会成为省会的另外一个新区，不再是落后的小镇。

汽车路过小翠烟杂店时，我说："就到这儿吧。"嘴里还有一句话，怕矫情就没说出来。

准备下车时廖志欲言又止，我装作没有留意到这些微小的细节，打开车门跳下去。烟杂店里的猫这会儿没有在睡觉，像是在冥想美人鱼。里面的老板娘脸上毫无表情，正举起苍蝇拍，即将给已经奄奄一息的绿头苍蝇致命一击。而我想要告诉他的是，我会想念你的。

在走出一段距离后，廖志的一条胳膊支在摇下来的车窗上面，说道："如果哪一天想要离开了，就联系我，随时可以过来接你。"

我没有说话。

"小稚，"他说，"你不是傻逼。"

我站在细细的风里，眼泪寂静地流下来。我们总是希望能给别人留下好的印象，即使不酷，也不能尿喽。他看不见我狰狞哭泣的表情，留给他的是一片冷冷的背影，也许这将是他对我最后的记忆，挺好的。

　　我再次看了一眼名片，绕过拐角的时候把它丢进风里面，像一片叶子一样，它随着这个夏天的热一起消失不见。心在一瞬间空荡荡的了。有个傻子手舞足蹈地跑过来，他奔跑时嘴里含混不清地嚷嚷着："拆房子喽，拆了盖高楼。"也不知道他真傻还是假傻，还懂得拆了可以盖高楼，我看着他疯言疯语地跑走。不知道从哪里传来的口琴声，我没有找到吹口琴的人，轻快的旋律使人感到振奋。

　　白桦林舞厅的大门敞开着，里面拥满了人，像是一个集会中心。钟叔回来了，以为他会盘问我的行踪，但似乎他根本不关心这些。钟叔一脸的喜悦，他说这里要拆迁，昨天好多人都去开会了，政府会给每家有房子的发放一笔补偿金。对于这些破房子的住户而言拆迁属于好事，那笔补偿金无疑使这一带的房子在一夜之间全都升了值。把房子提前卖出去的人现在后悔死了，而部分刚装修完的新房基本算折本。

　　舞厅今天没什么人在跳舞，大家都在议论拆迁的事情，盘算怎么样可以多争取一些补偿款。有些人因为某种原因既丢了房子又领不到补偿，陷入惴惴不安的无限抱怨里。钟叔属于欢喜的那部分，他说自己后半辈子有了着落，可以安度晚年了。

"苏生的那间房子应该也能领到一笔补偿金，到时候你拿上它离开这里吧。你还年轻，不像我们，不要甘心永远待在这里。"钟叔挠了挠手上那块因为吃海鲜过敏了的皮肤。

苏生哥大概早就预料到迟早会有这一天，当初我们的手里有一些余钱，就购置了一处老房。很多人觉得他有病，包括钟叔，但那些不值钱的旧房如今已不可同日而语。

"那小子从小就贼得很。"他笑呵呵地说。

外头又有人用口琴在吹奏《红梅花儿开》的旋律，我往外面瞧去，什么也没有瞧到。

钟叔说："老吴家的小孙子回来了。"

"嗯？"

"就是以前经常在垃圾场那边玩的小傻子，之前他被接去北京治疗自闭症，听说治好了，现在已经可以正常上学。"钟叔说。

苏生哥没有教给他《白桦林》，大概是觉得傻子才这么小，不应该就这样孤独，应该多接触快乐的音乐。我从口袋里掏出那根之前问廖志要来的烟，找人借火点上，因为昨天下过雨有些受潮，点了好几次才点着。我夹着烟，往外面走去。

小傻子正安静地坐在拐角的水泥台上，穿着干净的牛仔裤和白衬衣，坐在那儿看起来个子比过去长高了许多。他的右上方有一个大大的字迹丑陋的"拆"字，鲜红而夺目。小傻子的后脑勺刚好将那一点堵上了，"拆"变成了"折"。他脚下的不远处有一大群麻雀正在进食，它们不清楚即将发生的一切，那些嫩黄的小米粒不知道是谁撒落的。

从电影院出来之后刚好下过一场太阳雨，我站在天桥上面突然大声地叫起来："是彩虹哎。"我们停在那里不再继续往前走，一起趴在护栏上看彩虹，下面是川流不息的人间。有一刻我感觉自己变得很轻很轻，像氢气球一样飞出身体，灵魂在一旁观望我和苏生哥的背影。那天为了见他我特地穿了一双红色的新皮鞋，那双鞋后来因为开胶被我妈扔了。凉飕飕的冷风掠过，裙摆像海浪一样落下又涌起，纯白的底裤后面有一头墨绿色的鲸鱼。我们彼此靠得很近，一起抽同一根烟，好像认识了很久的样子。

彩虹确实证明了这里有比生活更高的东西。天桥上面还有桥，城市之外还有城，这纯粹是句废话，但有道理。没有人知道那天我的心里有过斑斓的感动，就像我也不知道苏生哥那天心里有过什么动容。我说不清楚一个能和男孩一起看黄片的姑娘和一个能陪着男孩一起看彩虹的姑娘之间，她们究竟有什么样的差别，或者必然的联系。但这段记忆总是被我反复地记起，又很快地湮灭。那条宽阔的彩虹，后来看着看着就不见了。我回想自己与苏生哥的爱情，仿佛就是这样，一声长长的唏嘘。

有人将一块不很光滑的小石子丢向正在进食的麻雀群，不再是小傻子的男孩扭过脸来发现我，手里握着那把刻着名字的特制口琴。麻雀群由于受到惊吓，呼啦啦一哄而散，卷起无数明亮的尘埃。

更迭

周李立

好像已经长大了不少，他觉得那盆绿植
或许也是因为他从来没有注意过它们，
现在，那些叶片垂下来，几乎快落到地
面，尺不过短短四五天时间，它们长得
太快，需要换一只花盆了，可是，胎儿
呢，五天时间胎儿会长到多大？

娜娜旅行去了，泰国，五天四晚。一个短暂的小别，对她的男朋友艺术家乔远来说，一切都还好，可以接受。

　　娜娜为这次旅行计划了很长时间，她和另外三个女孩一起，会去曼谷、清迈，最后到芭提雅。但她们去芭提雅做什么？人们去那里多数是为看泰国人妖的。她们四个女孩，平均年龄不到二十五岁，正是好奇又固执的那种年龄，所以娜娜不会理会乔远的疑问。她说自己是为看海去的。她长这么大，从来没有去过海边。可是她又不会游泳，因为她的父母没有教过她，"他们自己也不会游泳，"她说，"我爸爸本来有个小哥哥，七岁的时候在小河里淹死了。"娜娜的爸爸在四岁时成为家中独子，长年被禁足，再也没到那条河边玩过。于是娜娜也一样，她生下来便是家中独女，这意味着所有危险的东西，她都要躲得远一些，直到十八岁离家。后来她一件一件地，把那些从小不被允许的事情都体验了一番，赛车、滑雪、跳伞，还有喝酒、抽烟、抽大麻……但她觉得其实不过如此。大概因为后来她发现了更好玩的事——谈恋爱。男人们的世界也是危险的，不过这种刺激充满变数，不会一下子就让人失去兴趣。跟乔远在一起后，她不再寻求更多刺激的体验，因为那些东西，其实也不过如此。但她还是没去过海边，这是一个小小的未完成的心愿。如果有什么机会，她觉得还是可以尝试的。"反正我总是会见到海的。"她说。

唯一的问题是唐糖，对他们三人来说都是。

唐糖是在娜娜出发前两天出现的。她只拎了一个小纸袋，里面丁零当啷的，不知道装了什么东西，肯定不是换洗的衣服。她看上去脸色糟糕透了，虽然她本就是个皮肤很黑的女孩。

她说要在这里住几天。

"住几天？"乔远很惊讶。

但唐糖并不见外，她把纸袋里的零碎东西在乔远工作室的画案上倒出来，钥匙、手机充电器、硬币、几张卡、缠绕在一起的几条项链、游泳眼镜、小包装的化妆品、牙刷，还有几根验孕棒……唐糖坐下来，看上去她并不打算收拾这堆东西。她说累坏了，走了很远的路。她问："有没有喝的东西？"

娜娜从卧室出来，她们似乎心照不宣，有一种显而易见的亲密。娜娜端来白开水，用雀巢咖啡赠送的红杯子。娜娜又告诉唐糖，好，只是她马上要去旅行了。机票和酒店都不能改，不过没关系，"你可以住在这里。"

她们完全忽略了乔远。在艺术家乔远自己的工作室里，他觉出了尴尬，仿佛学生时代闯入女生宿舍。两个女孩在小声说话，桌上和卧室里，到处都是女孩们的物件。唐糖的钥匙扣是一只塑料的翠绿色小乌龟，而娜娜正在准备旅行的行李——它们暂时都被堆在床上。他担心娜娜根本无法把它们都塞进一个小行李箱里，但后来她竟然做到了。为这次旅行，她专门买了粉红色的行李箱。跟一个女孩在一起，原来是一件这么复杂的事情，乔远想，"这意味着你得应付她的整个世界。"

"不过住几天，她现在很脆弱。"在工作室外面的院子里，娜娜这样对乔远解释。

女孩们总是脆弱的，但不应该是唐糖。她体育学院毕业，当过游泳教练，是那种皮肤发光、胸脯鼓鼓的女孩。

乔远在蒋爷家认识唐糖。她那次告诉他，她跟娜娜也认识，而她们"玩得还不错"。唐糖是蒋爷的人。这让乔远谨慎，也或许是无奈，只好敬而远之。蒋爷是艺术区最重要的人，所以跟蒋爷有关的所有东西，艺术区的人最好都敬而远之。唐糖比那些东西更神秘一些，因为她曾经还是于一龙的女孩，也是于一龙的模特。于一龙画油画，从作品 1 号画到作品 588 号，都是差不多的人物大头像。蒋爷曾说于一龙的人物大头画，体现的是"现代性导致的人性迷失"，于是那些画都卖得不错，比乔远的水墨人物要好，尽管后来水墨画似乎更有市场一些。于一龙有时帮蒋爷做事，每当他帮蒋爷做事的时候，都像端着一碗热汤一样，自己小心翼翼，也让别人紧张。但他并不在蒋爷的公司，他主要还是画家。

唐糖怎么从于一龙的模特变成了蒋爷的女孩？这些事情，乔远不了解，也不想了解。但很明显，唐糖似乎跟乔远身边所有人，都有联系。现在，唐糖要在乔远的工作室，暂住几天。

"她可以睡工作室的沙发。"娜娜说。

第一天晚上，乔远睡在工作室的沙发。唐糖和娜娜睡在卧室的双人床上。乔远觉得这样的安排才是合理的，可能这就是两个女孩的本意。她们是完全不一样的，但玩得还不错。娜娜说她们在那个暑期戏剧学院表演培训班上认识。仅此而已，娜娜没再说过更多。而即将和她去泰国的那三个女孩，都在艺术区的耐克体验店上班，她们扎马尾，喜欢荧光色、咖喱和林志炫——娜娜说了不少她们的事。因为她可能知道，乔远对她们，不会有什么兴趣。

乔远在沙发上，很难入睡。他发现夜晚的工作室有些不一样，可能黑暗让这里显得更宽阔，像没有边的砚台，一切都淹泡在浓墨里。那些写意人物画，他最得意的几幅作品，被认为有八大山人风范的作品，隐隐约约可见，像夜色里妩媚的烟雾，让人害怕。

　　但这都不是他睡不着的原因，她们才是。一墙之隔，她们悄声说话的声音持续了很长时间，只是听不清楚在说什么。女孩们的话题，总是这样，没完没了。乔远并不想知道。但唐糖仍然神秘，像此刻的工作室。她一度经常来这里找娜娜玩，和他也时常见面，但他们并不真的熟悉。他觉得她始终是谜。

　　娜娜出发的那天，乔远送她们去机场。唐糖没去，因为车上坐不下——她是这样解释的。但娜娜似乎并不在意。那三个扎马尾的女孩坐在后排，像电线上三只并排站立的麻雀，一直在左右扭头。

　　娜娜从这天早上开始显出心事，她不是能够遮掩自己心事的女孩。乔远觉得她有话没说出口，也许因为没有合适的机会。后来他把她带到工作室院子里的树下。那树是他们一起种的，现在已经长高了一些，尽管不是太明显。他拥抱她，像每对即将小别的情侣一样。也许她只是需要这样的仪式来让自己心安。

　　"我不合适这个时候走，可是……"她说，听起来满是歉意，又有些无奈。

"我知道，行程早就定了。这些事，总是这样。"他说完才觉得，她可能会误解他，她会觉得"这些事"是另外一些事。但是他不能解释了，那只会更让她误解。

"是的，你确定，没事？我是说，唐糖在这里。"娜娜说。她没有误会他。

"你很快就会回来的，不是吗？你在担心什么？"他问。

"我，就是不放心，"娜娜说，她似乎终于想通了什么，小声告诉他，"唐糖怀孕了。"

乔远觉得自己不应该意外，不是么？他已经看见唐糖的袋子里那几根验孕棒。可是，他现在是不是应该表现得吃惊一些呢？

他说："那为什么会住在我们这里呢？这……不是太合适吧？"

娜娜说："太复杂了。她需要躲开他们。我也不太清楚的事。反正，别让他们找到她。"

后来乔远想起娜娜临行前才告诉他唐糖怀孕的事，可能是因为唐糖并不希望他知道这些。但娜娜还是告诉他了，也许因为娜娜有别的担心，不只是担心"他们找到她"。五天四夜，现在想来真是漫长。

乔远送走娜娜，从机场回到艺术区。唐糖并不在工作室。半个小时后，她又拎着纸袋出现了。和上次一样，她把纸袋里的东西统统倒在桌上，一堆药瓶。她说是维生素。"这么多，会让我闻起来像个橙子。"她说。她好像并不对乔远避讳怀孕的事。有的药瓶上明确写着，给孕妇的营养补充剂。她刚从医院回来。

"情况怎么样？"乔远觉得这是朋友间正常的问话，他对唐糖还是谨慎的。她让他感到害怕。为什么不能让他们——他知道是蒋爷和于一龙——找到她？

"还能怎么样？就那样。"唐糖答。这不是正常的回答了。人们通常都会说，很好，谢谢，或者，有点小问题，但总体还不错。

她说："你觉得我很搞笑是吗？"

"当然不是，怎么会这么想？"

"我突然就来住下，还不搞笑么？"她看起来是认真的。

"娜娜说，你需要……在这里，"他本来想说，"躲开一些事情"，他庆幸自己没这么说。"我想，你只是需要一个地方，安静一段时间，想想什么事情。我们都会这样。"他说的是真的，他自己，还有去旅行的娜娜，也许都不过是需要一个地方、一段时间，来想一些事情。

"我，是的，我很感激，我不太会感谢人……"她似乎被他的话打动了，但她真的不擅长感谢。他在蒋爷家里见到她的那次，觉得她是那种女孩，一直被宠爱着，却不会爱上任何人。

乔远并不愿意她真的感激他，那会让他处于一个怪异的境地，像那种慷慨的施舍者，在人生关键时刻给别人滴水之恩。这对他们来说，都是奇怪的。

他问她要不要水，这样她可以吃维生素片，然后让自己像个橙子。

"那是什么？"唐糖指着工作室里一株植物问他。他其实也不知道，他甚至都想不起来它为什么会出现在这里。他如实相告。

她一整天都没什么事干，除了睡觉。她仍然睡在卧室，醒来后，在工作室来回走动，让他没法专心画画。尽管他很长时间都没有找到画画的感觉了，他不过是在上网，假装自己在搜集素材。她不是个安静的女孩。这是乔远不太能接受的。

"你浇水吗？"她问他。乔远摇头，他这时才想起，原来娜娜一直在给那株植物浇水。

"我也不给植物浇水，我不知道应该怎么浇，是喷一点，还是每天浇，还是隔两天浇一次，我说，那有什么区别吗？"她说。

他表示认可，说他其实连自己的饭都搞不定，哪里还顾得上它。

"不过我想，我们还是浇点水吧！"她开始行动，用他的杯子接水。她蹲在那盆绿植前，鼓胀的胸脯紧贴着膝盖，上衣往上滑了一些，露出腰身。他这时觉得她很漂亮，跟娜娜不同的漂亮。他盯着她看了一会儿，又去看电脑屏幕，心想也许可以为她画一张画。他又很快放弃了这个想法。她曾经是于一龙的模特。于一龙画过，没穿上衣的人体画，印象派的朦胧风格，但仍然显著突出了两枚乳房。

她为什么不去于一龙的工作室住？乔远想到这里，觉得不太愉快，他不再接着往下想，也许他可以给于一龙打电话？但这个电话会不会让唐糖离开这里呢？他并不希望她离开。她至少在替代娜娜为绿植浇水，所以她应该留在这里。

乔远接到刘一南的电话，刘一南说他要去郊区打高尔夫了，"一次很重要的高尔夫"，其实刘一南的每次高尔夫都是重要的。但刘一南不能带他的狗去，所以需要把狗寄存在乔远的工作室。刘一南以前也这样寄存过两次，娜娜喜欢那只白色的拉布拉多犬。它叫白郡主。这个奇怪的名字不是刘一南取的。取名的是个女孩，大概是云南女孩，也许是大理的白家。那女孩离开了刘一南，确切说是离开了刘一南在万国城的那套小公寓。刘一南并不住在万国城，他在城东有更大的居室。女孩走的时候，没有带走她的狗，白郡主。刘一南那天如常去万国城的小公寓，但没有见到她。她的行李也不见了。他明白她不辞而别，完全不顾他们"在精神还有肉体上的情谊"，但狗还在。白郡主被遗弃了。"唯女子与小人难养。"刘一南这样评价这件事。他开始养狗，但养得三心二意，他说太忙，"哪里顾得上狗呢？"但好在"白郡主最大的优点，是女孩们都喜欢它"。传媒大学教授刘一南，擅长对任何事物做出概括，他可以应付各种话题的采访。

女孩们喜欢白郡主，也会很快喜欢上它的主人。这大概是刘一南还留着白郡主的唯一理由了——这一点是乔远概括出来的。

"不，现在不行。"乔远拒绝了刘一南，他们其实也不是那么好的朋友。他不喜欢刘一南，他觉得他们是完全不同的人。

"为什么？帮个小忙，帮个小忙，我们狗粮自备！"刘一南说。

"娜娜旅行去了。"乔远说。

"你没去嘛！你可以带它，再说它又不是小孩，不需要带，它生活完全自理。"刘一南擅长说服任何人，他曾经在电视上说服春晚节目组："不要再说过年吃饺子，我们南方人过年不吃饺子，我们只在随便对付一顿的时候才吃饺子，但过年不该随便拿饺子对付。我是南方人，我为南方代言。"

"可是，我不方便。"乔远说，他不想告诉刘一南唐糖的事，他直觉那不是太合适，他想象着刘一南在电视上侃侃而谈，说的都是他的工作室新出现了一个皮肤黝黑的性感女郎。这真是恐怖又诡异的事情。

"方便，方便，娜娜旅行去了，我们白郡主来陪你！"刘一南挂了电话。一个小时后，他的帕萨特出现在乔远工作室门外，白郡主从后窗伸出脑袋，它对这里并不陌生，车门一开，便径直从铁门的空隙钻了进来。它绕了院子跑了两圈。大概坐车太久需要活动，这院子比万国城的小公寓和城东的三居室都更适合它活动，所以它边跑边叫。

刘一南没有下车，他对白郡主的表现似乎很满意，脸上露出一种欣慰的笑。他按了喇叭。乔远从工作室出来。刘一南在驾驶座上冲乔远做了一个抱拳的手势。乔远也伸出手，握拳、伸出拇指，然后拇指向下，冲刘一南上下挥了挥。刘一南在车上爽快地笑了。

唐糖听见狗叫，也跟了出来。她和白郡主，也许同时被对方吓了一跳。白郡主也许以为会看见娜娜，但不是。刘一南应该也是这么以为的。他和娜娜有过短暂的一段关系，结局不是太好。很长一段时间娜娜提起刘一南，都会补充说"那是个混蛋"。后来白郡主出现了，这似乎让他们的关系缓和了一些。

乔远知道刘一南在想什么，但他觉得没必要对刘一南做出解释。乔远给唐糖解释了一下，他说这只狗会在这里待两天，因为它不负责任的主人，要离开它独自寻欢去了。他说完又觉得，可能这事真的不妥当，孕妇是否可以和一只狗待在一起？还有，她是否会觉得他在暗示什么，比如她也不过是被不负责任的主人寄存在这里的一只宠物？

于是他有些忐忑，但唐糖似乎并没在乎他的话里到底有没有隐含的深意。

刘一南下车了，想给唐糖递名片。唐糖接了名片。刘一南又说幸会。

"它叫什么？"唐糖问他，她没说幸会。

"它？哦，它叫白郡主。"刘一南说。

"白郡主？奇怪！"唐糖看起来很困惑。

乔远并不希望刘一南在这里停留，他催他走："你不是有重要的高尔夫比赛吗？"

"是的，是的，重要的比赛，市政府有几个头头参加的，你看，多亏乔远，我的好哥们儿，要不白郡主就没人照顾了，乔远是好人呐……"刘一南对唐糖说，极力在暗示什么。

唐糖只是微笑，她似乎没听进去。

"他真是你的好哥们儿吗？"刘一南走后，唐糖问乔远。

"你觉得呢？"

"不算是，他，挺怪的，看起来。"

"他先认识娜娜的，他跟艺术区的人不太一样。"

"教授，是不是老上电视？"唐糖看了一眼名片。

唐糖给白郡主取了新名字，叫玛丽。但她不确定它是不是一只母狗。玛丽对自己的新名字反应迟钝，于是唐糖需要反复叫玛丽、玛丽、玛丽……她现在有事情做了，照顾玛丽。所以她不需要跟乔远没话找话。他们似乎相处得还不错，她用乔远的杯子给玛丽喂水，玛丽喝完又舔她的手心。她开始打喷嚏，因为"孕妇对狗毛会敏感"，她自己对自己解释。但她没有躲开玛丽，反而经常去摸它、抱它。

她又给它洗澡，用乔远的洗发水。她不觉得这有什么问题。

玛丽似乎也喜欢洗发水的味道。它在院子里甩干身上的水珠，在水泥地面落下一串串小脚印。她不是乔远的女孩，玛丽也不是乔远的狗，但他们现在都在这里，在他身边，他们已经度过了三天时间。他觉得是自己在照顾他们，但唐糖不会这么想。她越来越熟悉这里，包括厨房和浴室。她给他做过一次三杯鸡，又给玛丽买了小牛肉，玛丽看起来也认同了自己的新名字。她洗澡之后不会打扫浴室，在镜子上留下水渍。然后他去洗澡，看着那些水渍的情状，感到自己身体里的欲望。可是他不会做什么的。他其实一直对她有欲望，但他一直也没有做过什么。

他们吃三杯鸡的那晚，唐糖说要喝点什么。他以为她指的是饮料或者汤，但她已经变出了啤酒。他提醒她，孕妇不能喝酒。但她坚持，她一口气已经把一罐啤酒喝光了，然后什么也没说，就趴在桌上，她没醉，只是不开心。她说她想明白了。

"想明白什么了？"

"他不该来的，我不该留下他。"她说，听起来很冷酷，好像在说与自己无关的事情。

"孩子？"乔远不喜欢这种气氛，太紧张，但他也不能什么都不说。

"孩子。"她重复了一遍。

她只喝了那一罐啤酒，吃了很多鸡肉。她说那只是她的孩子。

他不知道她想表达什么意思。他很想知道孩子的父亲是不是蒋爷，但他不敢问，也不能问。他想以后可以问娜娜，也许娜娜知道。

娜娜已经到了芭提雅。她发照片来，说已经见到海了，但很失望，海水很浑，到处都是中国人。她发的多数照片都是她自己，根本看不出是在什么地方，大头自拍照，也看不出她穿什么衣服。乔远觉得在那些照片里，她看上去还是开心的，并不像她的短信，那些文字好像都在说，这次旅行有多么让她失望。

他告诉娜娜，玛丽来了。又想起娜娜并不知道这个新名字，于是把"玛丽"两字删去，打上"白郡主"。他这时想，玛丽自己会希望他打上哪个名字呢？但玛丽刚吃完小牛肉，正在唐糖两腿间趴着睡觉。唐糖也趴着，趴在乔远的腿上。她身上有一股热气，就像刚刚煮好的三杯鸡一样，咕咕冒着水泡。这时给娜娜发短信，他想也许不是太合适。但她的手机每天只在这几个小时才打开，为了节省国际漫游费。他必须在这段时间，完成跟她必要的联络。后来他觉得这更像是一个任务，可以说的事情并不是太多了。娜娜每天都会换一个地方，她有很多可以说的东西，但她不喜欢打字发短信，她会多发几张自己的照片。其实发照片更好，他更喜欢看她的照片。那让他觉得，她是他的女孩，只不过这几天不在他身边，旅行去了。

"它们让我难受，好像塞了很多东西进去。"唐糖直起身来，低头看着自己白色针织衫下面鼓起的胸部，仿佛看着让她为难的什么东西。

她为什么要告诉他这些？他猜想她只是困惑、无助，需要有人说说那些烦恼。她并没有传说中的那些反应，电视剧里女人一怀孕便会呕吐，她从来也没有吐过，至少乔远没见过。她睡在卧室，乔远睡在工作室的沙发。但她有其他的烦恼，比如乳房开始肿胀。

"你摸一下！"唐糖说。

"不，"他觉得自己好像在别人家做客，客气地谢绝主人端上的茶水，反正听上去只是下意识的那种话，并不真诚。

"没事，没别的意思，只是摸一下，它让我不舒服。"她看着他，像他们刚见面需要握手一样。

他摸了一下，隔着衣服，更像是轻轻抚过。他觉得那乳房很硬，但他认为自己很喜欢。她似乎也是。她说这会让她好过一些。他不明白她的意思。他希望她能再说点什么别的。可是她的问题太复杂，她顾不上别的了。

娜娜回来的前一天，那本来是不错的一天。玛丽下午会被刘一南接走，但他又改了主意，说是打高尔夫太累了，他想过两天再来。唐糖对此很高兴，那晚之后她几乎只对玛丽笑。乔远问她那是不是真的决定了？她真的不要这个孩子么？她又说不知道，她问你觉得呢？好像那是他的孩子一样。

他说他会留下孩子。其实他并没有想过这个问题，如果真的想一想，也许他会有完全相反的答案。他三十多岁，却没有孩子。这已经说明了什么。但他觉得这样的时候，他不能完全按自己的想法，毕竟，她的孩子，跟他并没有任何关系。他只是觉得这样才是善意的，毕竟那是生命，像玛丽一样活蹦乱跳、像绿植一样生长的生命。

"我再想想，"她说。其实她已经想了很久了，不是吗？

她说："小时候，"他不愿意听她讲小时候，女孩们喜欢说自己小时候，"我爸爸调去省城，有一次我和妈妈从县城去看他，他们吵起来了，不知道为什么事情。我有一只鹦鹉，在省城的路边从一个小贩手里买的，绿色的，很漂亮。我妈妈生气要走，也要带我走，我想接着逗那只鹦鹉，所以不愿走。于是我妈妈也没走，她留下来了。但她还是生气，大概因为她觉得我爸爸不忠。她没处发泄，骂了我，然后她把我的鹦鹉放了。它飞了，它是只鹦鹉，它可能不会飞太远，但是它飞了，就这样，没了。"

他问："然后呢？"

她说："我爸爸五十岁的时候去世了，癌症。他临死前说我那时应该跟妈妈走的，也许，这样对所有人都好，对那只鸟也好。"

"什么意思？"

她说："没什么意思，我纠正他，我说那不是一只鸟，那是鹦鹉。"

"我可能明白了，你是在说，不要勉强。"他说。

"也许是，也许不是，只是不到最后，谁知道呢？"她看起来已经无所谓了。

这天下午的时候乔远的电话响了，不是刘一南，却是于一龙。乔远接了，于一龙的声音听起来并不愤怒，这让乔远稍微放心了一些，但于一龙总是这样，他不会让自己失控。

于一龙说："唐糖在你那里。"乔远听不出他是否是在问他。但他也回答了，说是的，她来找娜娜。

"娜娜去泰国了，不是吗？"

"是的，她早就定好了去泰国的时间。"乔远觉得自己很像在解释什么，又不明白自己为什么需要解释。

"哦，那唐糖怎么样？"于一龙问，像他通常那样，不会说错话。

"她，挺好的。"

"那就好。"

"你要见她吗？"

"我不想。"

"哦，那有什么别的事吗？"乔远想，于一龙打来电话，不会只是为了告诉他，他不想见唐糖。

"你知道她怀孕了？"于一龙问。

"嗯。"

"她为什么不来找我，去找你？"

"她是找娜娜，不是找我。"

"都一样。她应该来找我，但她没有。这很……怎么说，让我怎么办？"于一龙这时开始有了怒气。

"什么怎么办？你问我？你为什么不直接问她？"

"她不接我电话，她竟然不接我电话。"

"我劝劝她。"

"你劝劝，你劝劝，跟你有什么关系，现在陪她的，应该是我，是我……"于一龙声音大起来。

乔远挂了电话，他想这真的跟自己没什么关系。于是电话再响的时候，他又点了拒绝接听。更何况娜娜嘱咐过："别让他们找到她。"

乔远还是劝了唐糖，他这样答应过于一龙的。但好像也没起作用。她说不想听见于一龙的名字。乔远觉得那个长久的不便提及的疑问，也许有答案了，答案不是蒋爷，是于一龙。

但是唐糖好像看出了他在想什么。她说不是，你别这么想。

"那我怎么想？他很着急，为你着急。"乔远说，这是个神秘又固执的女孩，几天来已经耗费掉他太多耐心。

"我不知道。"她说。对他的很多问题，她都是这样回答的，她不知道。

他感到委屈，决定不再理她。他想她其实并不感激她，他照顾她，陪着她，在她想哭的时候让她趴在自己的腿上，在她难受的时候碰触了她的乳房……但她并不信任他。

他说，好吧，如果你不愿意说，那就不说。我保证，我再也不问。他觉得这是现在他能说出的最绝情的话了。

她看着他，让他想起娜娜说，"这是她最脆弱的时候"。她很悲伤。他似乎又心软了。他不愿意再面对这样的时刻，他走开了。走得太快，踢翻了地上玛丽的饭盆，狗粮滚了一地，他觉得很难过，那些狗粮，小小的五颜六色的颗粒物，会很难清扫。

他不知道自己是不是伤害了她，她离开了工作室。她的那些零碎的小东西还在，她只是出去了。她会去做什么呢？他想到那些不好的事情，她说过，最适合堕胎手术的时机，似乎正是这几天。他打她的电话，但是她没有接听。他想应该去医院找她，至少他应该陪她。他必须在这样的时候，陪她。可是他不知道那是哪家医院。

他还没有吃午饭，玛丽也没有吃。狗一直跟着他，紧贴着他拖鞋的后跟，像是督促他——负起责任来，你还没有喂玛丽吃东西。

他不知道她把狗粮放在哪里。这真奇怪，他明明在自己的工作室，却找不到玛丽的狗粮。

他又去给那盆绿植浇水，好像故意不让自己去想狗粮的问题，还有她。他觉得那盆绿植好像已经长大了不少，或许也是因为他从来没有注意过它们，现在，那些叶片垂下来，几乎快落到地面，只不过短短四五天时间，它们长得太快，需要换一只花盆了，可是，胎儿呢，五天时间胎儿会长到多大？

他觉得唐糖在浇水的时候，是不是也有相同的想法？这想法吓了他一跳。他觉得自己正在犯下不可饶恕的错误，跟生命有关的错误，都是不可饶恕的。所以他才一直没有小孩，他害怕犯错，害怕面对他们急遽的成长，还有追在你身后对你有所求的样子。

玛丽嗅了一下那盆绿植，它可能还想要咬它。它也许是不喜欢他只顾着植物，而忘记给它喂食。但玛丽终于只是乖乖地趴下，并没有去咬那些叶片。它有过好几任主人，又时常被自己的主人寄居在别处，所以它是一只乖巧的狗，知道什么该做什么不该。

于一龙在外面大声说话："乔远你丫为什么挂我电话？"玛丽一跃，起劲儿地叫起来。

乔远放下浇水的杯子，并没有去安抚玛丽。他打开工作室的门，玛丽先冲出去了。

"你干吗？"乔远很不耐烦，在这样的时候，他觉得发火的人该是自己才对。但竟然是于一龙。乔远从没见过他发火，他似乎永远在考虑很多问题。所以他深受蒋爷信任，被重用，在艺术区，所有人都希望被蒋爷重用。乔远并不愿意得罪于一龙，更不愿意得罪蒋爷，或者他是不愿意因为唐糖得罪他们。唐糖是一个谜，而这个谜，现在不知道去了哪里。

"我找唐糖。唐糖呢？"于一龙看见乔远，似乎平静了些。

"我不知道。"乔远如实回答。

"你不知道？到处找不到，你为什么把她藏起来？要不是碰到刘一南……"

"我为什么要藏她？她走了，我也不知道去了哪里……"乔远话没说完，于一龙已经挤进了工作室。乔远看见他在一堆画纸里翻来翻去，好像唐糖会藏在里面一样。

于一龙在工作室又乱转了两圈，玛丽一直跟在他后面狂吠，他们转圈的路线完全一致。于一龙仿佛还在跟玛丽说话："到处都找不到，原来被乔远藏起来了，要不是碰到刘一南……"

乔远冲上去，拎着他的衣领，说："她来这儿找娜娜！跟我没关系！听清楚了，都跟我没关系！"

"娜娜？娜娜？"于一龙好像突然想起什么，"我得告诉娜娜，她一走你都干了些什么？"

乔远没明白他的意思，因为娜娜走后，他其实什么事也没时间做。但于一龙已经开始打电话，大概太激动，花了很长时间才在手机里找到娜娜的号码。玛丽跑到乔远的脚边，呜呜地哼着，它被他刚才的动作吓住了，正可怜地要求解释。乔远摸了摸它的头，觉得它的两只大眼睛特别明亮，可能蓄了不少眼泪。它喜欢唐糖，乔远想。

娜娜的手机竟然接通了。她声音很大，问于一龙要干吗？乔远隔着电话，还是能听清她的话。她对于一龙从来都不是太客气，她认为他像《潜伏》里的某个地下党，而她总是闹不清他是好人还是坏人。

于一龙在这边说："娜娜，你告诉我，你是好女孩，告诉我唐糖去哪里了？"

娜娜说关你什么事？她大概在户外，芭提雅的海边，听起来很忙。

"蒋爷找她，都快急死了，蒋爷每天追着我找唐糖，我快疯了。你知道的，她现在这个状况……她怎么能跟乔远住在一起呢？"

娜娜说："她这个状况，怪谁？怪乔远吗？还是怪我？"

"怪我，怪我。"于一龙的声音听起来已经快崩溃了。

娜娜说："我都知道，你们干的那些事。"

"你不知道，全部的……"

"我干吗要知道全部的？我只需要知道，你把她送给蒋爷了，她又不是宠物。现在出事了，蒋爷不想管，派你来收拾。只是个姑娘，你们至于吗？"

于一龙有气无力地说："我也不想'收拾'，是蒋爷想'收拾'。我怎么办？我倒想把自己'收拾'了。"

娜娜说："你别找唐糖了，我回来之前，我把唐糖交给乔远。"

于一龙还在说："我'收拾'了自己有什么用呢？她还是会被'收拾'的，她的孩子还是会被'收拾'的，我们的孩子还是会被'收拾'的……"

娜娜大概很生气，她声音又大了起来，"神经病！"她骂道。

于一龙沉默地走了。乔远突然很希望告诉他，唐糖去了哪里，可是他也不知道。乔远去摸玛丽，它很顺从地低头。他想，它是条好狗，没有自己悄悄跑出去。可惜它不是他的狗，它还是会被刘一南，混蛋刘一南带走的。

唐糖回来的时候，带回来一只花盆，她像抱一只西瓜一样，把它抱了回来。她说该给绿植换盆了，"虽然我不知道它是什么植物，但是那没什么，它应该有个更大的盆了。"

"你去哪里了？"他问，她离开的这几个小时，当然不可能只是为了买花盆。

"我去做了个 SPA，放松一下。"她说。

他很生气，但不知该怎么发泄，如果现在有一只鸟，他也许会把它放了，以此发泄一下。

他说："只是做 SPA 去了，你不说一声，让我着急，我还以为……"

她说："不然呢？你以为我干吗去了？"

他放松下来，觉得事情至少并不坏，除了于一龙上门来找她的这件事。他还没有告诉她于一龙来过，他担心她会再离开。他现在开始坚信，是他在照顾他们了，唐糖、狗，还有那盆植物，这也许是不错的感觉。

她现在看起来很平静，状态不错。她在给植物换盆，动作很不熟练，地面上洒落了一些泥土，他想等她完成换盆的工作后，他得主动去清扫那些土，这没什么大不了，他不会为此烦恼。

玛丽已经开始吃它的午饭，或者晚饭，这一天唯一的一餐，但是也很美味，至少看起来，它很开心。

"你知道吗？美容师从我的脖子一直推到后腰，真的很舒服，好像有什么东西，就这样被她推出去了。"她一边用一把小勺子一点点地铲土，一边对他说。

逝者善舞

王莫之

当票券的标价被强制消失，它的实际价
值就变成黄牛表演的近景魔术。

刀师傅姓万，全世界只剩我还叫他刀师傅。本来还有 G，创造这个名字的 G。那天，我们前脚离开营业厅，刀师傅的名片就进了垃圾桶。故事本该到此为止，因为隔天我们就把黄牛啊、优惠啊、误会啊统统忘记了。

我有点想念那张名片。非常奔放的一个"万"字，G 就有这个本事，能把那一弯拗直。"哦，刀师傅。"G 的语调是如此平静，似乎深谙周柏春的冷面滑稽，冷得刀师傅退后一步，"刀，斩一刀——我勿斩人的……"他的反应是如此强烈，加上 G 那副无辜模样，把我笑得整个人都弯了。这在 G 也不是什么新鲜事，我的生活为此增色。我始终分不清，G 的那些奇思妙想是故意搞笑呢，还是无意识的呆萌，譬如几分钟以前，G 问他贵姓，问得那么恳切，俨然交易已成。于是，他从上衣摸出一叠名片，一张，一张，翻——都是别人的。柜台上碰巧有支圆珠笔，他抄起来，在名片的右上角书写，整个过程，一声不吭。那是七年前的秋季，周六的午后非常适意，我陪 G 去营业厅充值。当时的手机还很弱智，我的摩托罗拉用了三年，G 的是诺基亚 E65。G 正在考虑换苹果，换之前多选选是 G 的风格。我们的漂游引来了一个中年人，戴粗框板材眼镜，着装体面。

"看中哪个？"他荡到柜台外沿，问。

"随便看看。"

听我们开上海话，他换了一副腔调，精简地介绍了几款套餐，主推的是充六百块话费，送个国货手机。我们多少有点不习惯，习惯性地到处望望（没宣传海报），看看他的前胸（没工号名牌）。既然他不是"南东姐妹"一类的模范服务员，那只能说明运营商的服务有提高。他确实为顾客着想，检举手机的性能一般，还说看不上可以两百块卖给他："等于是充六百送两百。"随后他指挥柜台里的姑娘，胸前有名牌的，拿个样机给我们。世博以后，我和刀师傅机缘巧合又碰头了，几趟交道打下来，交了朋友，我问起这段，他讲："我帮他们拉业绩，皆大欢喜。"

再碰头还是秋天，刀师傅明显见老，或许是因为舞台换了（路灯的昏黄不比店堂的柔光滋养人），打扮相当随便，连板材眼镜也没了。如果不是那个壳子，那个动作，我绝对认不出他。哮喘患者对气雾剂不会陌生：L 型的喷枪，装在纸壳子里，毛病重了，含着喷。刀师傅比较特别，他是喷进壳子里闻。作为一个老哮喘，这种腔调自有科学依据，他不多讲，而是像某些欢喜备一瓶风油精在身边的老邦瓜，时不时地，拿出来嗅嗅。

"刀师傅！是侬啊？"

在市政府向大剧院过渡的绿化带，一个倒票的黄牛被一个陌生人这样问，他是多么需要绿化里的卫兵帮忙呀。于是，他用审查的眼神招待我，听我解释，手里的壳子来不及放回去。

刀师傅从小就有哮喘。随着年纪的增长，主要是五十岁以后，他跟哮喘的情谊得到升华，稍微上点运动量，比如多走几步，多讲几句，就来了。喷枪跟壳子，好比他跟他的老婆，长期分居。基本上，壳子在上衣口袋，方便拿，喷枪在内侧袋，防止落脱。"只老鬼三！"不管喷枪或者壳子，他都亲切地叫："只老鬼三！"在上海话的语境里，"老鬼三"一词拥有极丰盈的意象。它是一种无解的代指，拯救那些迷幻微妙、不上台面的情感表达，开心的、痛苦的。与刀师傅的重逢就有那么点意思。初次见面，我和G处于感情的蜜月期，再见面，两个人刚分手不久。我的手上也有两只老鬼三。两张Perahia钢琴独奏会的票子引来刀师傅。票子是三个月前买的，提前买票通常两个目的：一，抢低价票；二，坐好位置。我的情况介于两者之间，订的座位贴着舞台，不过有点偏，对于器乐独奏的音乐会来说，性价比顶级。这点门道，黄牛听不进去。他们收票子，就两点心思：一，劝你出票；二，拼命杀价。原本，我一张也没打算出，等我意识到，这是在跟刀师傅打交道，就改了主意。我钓着他聊了几分钟，他盯着两张票子，向不知在哪的 G 表达了兴致：

"侬阿弟？"

"没，是我男朋友。"

他"啊"的一声。我就再露骨点，"不过已经分手了。刀师傅，侬最近看到过他吗？"他完全糊涂了，确切地讲，处于脑瘫的边缘。我想他一晚上受了那么多刺激，就满足了他先前的报价，对折让给他一张票。他花了一分钟恢复本性，追我的背影，"喂，朋友，还有一张卖卖脱算，"喘气，"又勿是郎朗、李云迪，有啥看头？"

连票好卖，单张难出手，这是黄牛收票的口头语，即便能谈拢，也是一副吃亏相，"让我钓钓看。"单吊看演出的人也确实是少。在上海，女性是文艺演出的消费主力——小姐妹联谊，姑娘拖拉男朋友，女儿带爷娘开洋荤……我看过一篇文章，一个闯荡上海十多年的台湾剧场人，分享他的观察。他对男性观众的评价是："如果是两个人，多半是 gay；如果是一个人，基本上是同行来刺探情报。"

我完全不担心那张票会烂在刀师傅手里。它不是高价票，高价票难消化，而且不像其他票价能玩花样。最常见的花样是用标签把价格贴掉。这个椭圆的覆盖物诞生于后世博，泛着镭射的光束。当票券的标价被强制消失，它的实际价值就变成黄牛表演的近景魔术。观众只能凭座位的区域排次与经验做出判断。这种互动的可怜在于价格和座次的关系图仿佛中国的股市。会主动寄希望于黄牛的人都贪小，于是，被斩就成了归宿。

一切正常。那张标价三百八十元的票子会在刀师傅的嘴里先涨后跌，成交价超过四百。我坐在舒蔡记的长凳上，对那个倒霉的洋葱头毫无同情，我来劲的只有这个人的性别跟长相。G欢喜舒蔡记，欢喜此地的腔调胜过作为招牌的菜饭或生煎。此地有七八十年代上海的味道，难得的是，负责招魂的不是食物，而是餐具、店招、环境等等细节——搪瓷碗碟、油得可以炒菜的台面、摇摇晃晃的吊扇。

怎么理解G的怀旧呢？喜新不厌旧？我曾经也这样理解，或许吧，G的留恋只为稀有资源盛开。一想到这，一想到自己孤零零来听音乐会，各种情绪就轮番折磨我。G的座位现在被一个老阿姨霸占。她应该是钢琴家的粉丝，从第二首曲子起，一张

CD 就在 LV 皮包与她的双手之间挣扎。她还具备一定的剧场道德，所以把 CD 当炸弹拆。

好不容易，等来了中场休息。我逃到 G 最爱的神秘角落（身后是男厕所，楼下能看见艺术家特供的休息室），吃最后一包榴梿干。分手后的第一个礼拜天，我收到 G 发的快递，是一大包榴梿干，拆开有七份独立包装。太残酷了——还记得我们刚认识的辰光，G 从扬州回来，带给我一盒潮糕——难道，G 对我的留恋就此干枯？第二天，我想穿了，以一天一包的速度消灭无谓的思念。整个过程，我发觉一个情况：每包榴梿干分量差不多，里面的块状物大小差好多，但每包都是七块，包括我刚刚解决的这包。我想当然地认为 G 是知情的，故意用这种文艺青年的方式超度我们的爱情。这一发现让我难以自禁地冲进厕所，继而影响我在下半场的表现。我变得焦躁、不安、哀伤，与我有相似状况的是右首的一位男士。他一直在刷微博、通短信，接收交流某场英超的动态，一面应对旁边女友的鄙视。好几次，我产生了一种幻觉，身体失控地往右边靠。每到周末，G 也有看英超的习惯。那一夜，G 应该很高兴，自己钟爱的曼城队在德比中八面威风。我们刚认识的辰光，G 是切尔西的球迷，有一趟，我们去酒吧看球，G 还穿着队长特里的球衣。

回顾我们在一起的三年半，仿佛踢了一个赛季的英超。一上手，贴身逼抢，攻防快速转换，充满了身体对抗，逢年过节肯定加班加量；半程一过，体力不支，伤病不断，纯靠意志品质撑；收官阶段，两极分化，争冠的保级的忙死忙活，排在当中的就等终场哨响。G是何时开始磨洋工的？我不敢猜。反正G自从换了iPhone 4，通话就疙疙瘩瘩了，就像现在我要克服的石阶，一格一隔。它们把大剧院抬高了十多米，两头是检票关卡。演出结束，迎接观众的是忽冷忽热、方向变幻的自然风、人来疯，以及小提琴的呜咽。永远佩戴墨镜，面向大剧院的他，就《星语星愿》《My Heart Will Go On》两首曲目。经年累月，他卖艺的名义还是病重的妻子。

"朋友。"我被背脊上的手指点醒了，转身看见刀师傅在笑，"朋友，下趟票子多记得寻我。"我看他掏口袋，是发名片的节奏，就有点纠结。结果他掏出一只手机，反问我要号码，说打给我。就在这时，上帝又展现了他调皮的一面。E65，刀师傅用的是诺基亚E65。这一事故直接导致了后来的夜宵。

刀师傅的手机是进口货，儿子淘汰下来的。他的宝贝儿子在澳洲读书。一个黄牛能把儿子送出国留学，看来这行油水可以。他当然是否认，说是开厂的弟弟促成，费用赞助了大头。"等他回来，年薪起码三十万。"刀师傅说儿子读的是机械工程，热门专业，市场上不要太吃香。起初，刀师傅并不急于招他回来，希望他在澳洲扎根，就像那些在上海的外地人，混得山青水绿，再接自己过去享福。于是，儿子也就孝顺地守在澳洲，从二〇〇三年大专两年级休学踏上飞机，迄今一张文凭没考出来。回来过两趟，讨债一样，要继续读下去。现实是和弟弟的关系搞僵了，赞助锐减。他觉得儿子讲得也不是没道理，既然读了，索性研究生一道读出来。好比股票套牢，舍不得割肉，勉强补仓。

我和刀师傅坐在顶特勒粥面馆的二楼，话题在他儿子与我之间漂移。两个陌生人为了一己私欲，可以面对面吃面，又因为相互的生活圈子没交集，所以闲话瞎讲。他那么坦诚，或许还因为我的工作、家庭，让他想起儿子，想起他的未来。

我在一家中德日三资控股的汽车部件厂就职。这是我的第一份工作，从一九九七年做到现在。那年夏天，统共有七名大学生进厂，我和老李是没跳槽的少数派。老李目前统领研发部，而我在分厂，是质保部检验科的科长。分厂就四个人，占供应商的便宜，在人家地盘搞的内飞地。天高皇帝远，在这里，我们贵为甲方。有几间实验室，几百平方的仓库主要堆放各地售后退到上海的压缩机。日常，分厂与总厂只有现代通讯往来，除非高头有指示，才搭送货的卡车，去报到。每天，我们的工作就是拆装分析问题压缩机，按照故障的种类分归，填写报表。所以，对任何有野心的员工来讲，被分配到此地，是一种变相流放。

这是我的选择，没人理解，比我的单身还奇怪。一点点，厂里想当我红娘的人歇脚了。有一阶段，他们比我父母有紧迫感。亏得我有一个哥哥，养了一对儿女，碰巧也在澳洲，让我在家里呼吸着正常气压的空气。近些年雾霾流行，父母借着探亲带小孩，寒冬去澳洲过。一年有两个夏天，人也滋润了，身体好，到处旅游，懒得寻我麻烦。也是因为我买房比较早。我从二十七岁起搬到梅陇，上班方便。两间卧室，大的被老娘封为婚房，不给人睡，现在堆满了唱片。

G很少来梅陇，更谈不上过夜。G在巨鹿路借了一套老房子，那种黄梅天有白蚂蚁在头上盘的老洋房。在G这里，它们不像在别处受到世俗的反感，还被认为是在制造浪漫。它们不怕生，几乎不叮人，停在你的皮肤上，翅膀收敛，微微颤动。每到这个节气，你就觉得除了爱情，世界上没啥值得我们去做。还需要一点音乐。G欢喜黑胶唱片，尤其是四十五转的单曲，这就给我们的运动带来了麻烦。基本上，每过五六分钟，冲进死区的唱针就会裁判上身，用嚓嚓噪音叫停比赛。配乐主要是麻醉官能，适用范围包括邻居。老房子蹩脚的隔音磨炼了我们的 DJ 功力，因为太轻太响都可能叫我们的房门遭受空袭。配乐也有副作用，以奥运精神的劳苦，降解享乐的纯度。今日，你做了五张黑胶，明日，想要冲击六张，不然，真对不起坚持在灯下的热心小观众。

我当然不会跟刀师傅讲这些。我们还没熟到那个程度。我啰唆的尽是一段爱情无疾而终的困惑。我甚至不明白自己错在哪里，也没有任何明确的句号，除了那包榴梿干，G 就这样荒诞地消失了。我干吗啰唆这些呢？真是奇怪，当刀师傅坐在我对面，当我扫到他头上的老上海照片，时空扭曲了，仿佛正在倒带。

第一次和 G 吃夜宵也是这张台子。我们点完单，低头上到二楼。坐定之后，G 神秘兮兮地送给我一份礼物。是《飞侠阿达》的电影原声，全新的台版卡带。"日本人做的。"G 说。那年，台湾自由行还在议程，G 是公差，顺便逛了碟市，淘到这盘初中生年纪的珠玑。我一边听 G 描绘渲染台北的二手唱片市场，一边拆塑封，内页很漂亮，印了赖声川的导听文章。我被开篇这段迷住了：

第一次看到板桥文夫是在香港的 Jazz Club。那时正在剪《暗恋桃花源》，苦于寻找合适的作曲，摄影师杜可风兴奋地打了一个长途电话来说："听到（背景）没有？有了……"

日后，这盘卡带被我听了一百多次。听卷式磁带有个问题，其他音乐载体难以想象。磁带是有记忆的，上次听到哪里，卷轴就以它独有的方式提醒你。比如我很喜欢《别问我是谁》，这张专辑的B面对我的耳朵是个灾难，所以通常A面听完就入盒归位，等到下次再想发出"请与我面对"的祈求，摆在眼前的捷径，除了野蛮的倒带，就是粗暴的快进。同样是模拟声，黑胶就自由多了，唱针高手可以像操控Mp3一样随意点歌，甚至精确到某一段。

这不是我疏远黑胶的原因，我不收黑胶和过敏性体质有关。工作日的机油味已经够受的了，没精力对付二手黑胶的灰垢与刺鼻。好在G的黑胶收藏只是我家CD、卡带数量的零头，不影响我的巨鹿路生涯用积极向上概括，请罗纳尔多代言。算了，我还是认命吧。再伟大的球场传奇也是用来缅怀的。跟刀师傅聊天有助于我廓清现实。人嘛，快进是第一位的。在黄牛党，就是初一收十五的票，这是打桩模子的党章。刀师傅属于特别拼特别应该被点赞的一类。这类人没主场的概念，追着演出打游击。主要是些外地黄牛。最早，他们在"万体馆"、"八万人"活动，后来有了"东艺"，因为远，本地黄牛懒得跑，就变成他们的根据地。"冬天冷死，天热热死，又远。"连巴结的刀师傅都怕"东艺"。这种户籍语言的绝对一边倒，只有世博以前的"话艺"可以别别苗头。那时，去安福路看话剧还是小资的小众的，戏也不多。后台（门一开就是男厕所）通常比舞台精彩，在艺术上，门口又上了一层。肢体剧、论坛戏剧、环境戏剧，各种无聊新名词，各种思潮，我最早是通过观察"话艺"门口的黄牛而有了一点切实体会。"民族的就是世界的"，这句废话在他们就像一身刺青。他们操着绿色有机无污染的上海话，处于自娱自乐、自生自灭的间离状态。你觉得他们是在打牌下棋吹牛吧，可只要一靠近，他们就会冷不丁地跳出来，"票子有"或者"票子要"。这大概就是那个德国共产党员追求的剧场美学吧。

多数情况，靠演出吃这口饭的，本地人做不过外地人。四十岁是一道分水岭，就像身份证的头三个数字。"310"开头的，多数四十岁朝上，百分之九十九点九是男的；其他数字开头的，多数四十岁不到，女人也并不稀奇。外地黄牛贪了年轻的便宜，倒不在于他们手脚勤，嘴巴快，而是脑子新。多少票务网站，多少演出公司，收票子要收到他们寻上门，才叫挺括。月饼票经济就是这个道理，要里应外合。这都是后来刀师傅教我的。一年之后，我还保持着每月看几场演出的习惯，具体到细节，大为改观。我的活动范围缩小到黄浦区，票子事先不订，演出当日，想看了，早上联系刀师傅。我还是老规矩，中价票，靠舞台近一点，多偏无所谓。他几折收的我不管，我给他的是正价，是现金，不过只买一张。

我始终没再看见过 G。

我还有一点疑问。我和 G 看演出不是一年两年，在我们还是"我们"的岁月里，为啥没在剧场门口碰着刀师傅呢？这涉及他的隐私，确切地讲，是职业机密。他希望我请他去绿波廊刷一顿，慢慢谈。我们点了一台子的菜：四喜烤麸、白切羊肉、水晶虾仁、松鼠鳜鱼，最关键的是一道草头圈子。

刀师傅就住在城隍庙附近。以光启路为中心，方圆两公里都是他的地盘。所谓地盘，就是在这个区域搓麻将稳赢。当然，一场麻将结束以后，台面上他可能输了，但是账面永远是乐观的。"宝大祥"，上海人用这个老字号来形容稳操胜券的人或事。还有一种叫法是"照牌头"。刀师傅照牌头是要有人帮衬的。无论坐在上下家还是对天门，两个人看三色、抬轿子、操控牌局。他们不会戆到塑造啥常胜将军，不过，假使当日牌都很醒，那么两家赢两家输也没办法。所有魔术都有败露的一天，刀师傅没等到那日，倒是那些牌搭子、老朋友动迁的动迁，搬家的搬家，散落在上海的四面八方，凑不起来了。久而久之，刀师傅急了，儿子的学费生活费问谁讨？他只好拓展业务，把夜里打牌的时间浪荡在马路上。

为了做好黄牛这门空麻袋背米的职业，刀师傅做了不少功课。他学会了上网，因为演出信息最早最全发布是在几个票务网站。他有一本挂历，标满了工作日程。今日夜里在"音乐厅"，明日在"文化广场"，后天是"兰心"。除了演出，他还做中秋的月饼票。我问他为啥不碰火车票，他讲："火车站太乱，怕出事体……我以后要去澳洲享福哦，思路要清爽。"各种社会收入，加上两千多的退休工资，每月平差差有万把块，一半用在儿子身上，两千上缴老婆，剩下来自己开销。他辛辛苦苦刮老百姓，心甘情愿被儿子刮，最后转到外国人的账户。我懒得打击他，见了面，不是问他见过 G 吗，就是打哈哈：

"儿子啥辰光回来啊？"

"哪能，想帮他介绍工作啊？"

"一句闲话，就等他回来——对了，朋友卖相哪能？肌肉发达吗？"

"死开，死开，少打坏主意。"

我扶着他，身体差点笑成刀字，随后像是故意要气他，提醒他注意，兴许下次儿子回来会有惊喜。他知道我是开玩笑，但还是很生气，或者说，突然被一丝担心抽疼。八年了，抗战都胜利了，儿子连个文凭还没混出来，从来也没听他提起女朋友啥的，这不正常。

更奇怪的是，眼看着我们的分手周年临近，可我连 G 的一点消息都没有。那晚，我收到自称是 N 的短信，说要结婚了，办酒之前想再见一面。我赶紧拨通了这个陌生号码，居然真是 N 的声音。我们约在隔天的阿毛餐厅，吃晚饭。

记忆里的巨鹿路，是市区叫得响的马路里，极少数不开公交车的。到了富民路，南面有爿饮食店，叫小青，生煎蛮嗲；北面有家饺子馆，叫朱记，夜宵兴隆，旁边的阿毛是大家聚餐的首选。二〇〇五至二〇〇八年，豆瓣有过一个小组叫"周日请早"。最早，这个名字意味着一个文艺沙龙，脱化自地下丝绒的名曲《Sunday Morning》，也就是"香蕉"专辑的开场曲。我跟 G，还有 N，都是沙龙的常客。多数成员都混过某个已经消亡的论坛。在豆瓣为一堆 BBS 送终之前，这个论坛在圈子里比人民广场还有名。目前，社交网络一波接一波，新浪潮隔夜就可能被某个手机软件淘汰，自然就不会被多少人惦记。

小青、朱记的门面已经没了，阿毛的店招还亮着。我关照司机靠边停，却忘了拿发票。我盼着尽快看见 N，就提前到了，但是人家已经在那个包房里坐定了，看书等我。N读的是远藤周作的《深河》，对它很是推崇。我是后来才留意到书，并有了一些延伸的对话。久别重逢，最抓眼球的还是人的变化。三十出头的人，头发不该那么稀，但是精神状态极好，胖了，笑容清甜。当晚，直到我们步行至长乐路分手，平和温润都是N给我的最深印象。即便是今天，想起来还让我非常眼红。所以，我当时的开场白或许是一种嫉妒：

"朋友两年没碰头，气色蛮好。"

N拍我的肩膀，"朋友两年没碰头，肉头厚了勿少。"

"锻炼呀，外头空气介差，只好健身房里活动活动。"说着，我改用普通话，"你懂的呀！"

"大趋势这样。现在好像口味越来越重了。"

服务员突然不请自进，把我们变成两个哑子。她问我们点单了吗，要什么酒水。我没要菜单，随意报了几个名字，都是以前N爱吃的，又补了两罐椰奶，一大碗酒酿圆子。不久，菜就来了，一道接一道，仿佛预先晓得会被我们点，就像N晓得什么会被我问。

N否认了一些流言，"有段辰光，我确实身体不大对，我以为中招了，所以就去做了检查。"知道结果后，我告诉N，自己明白那是什么感觉，填表格的时候会遭遇什么眼神。雨过天晴。也是心情好，N接受了朋友的邀请，去教堂见证他的受洗。这之前，N对宗教的认知是肤浅的。N说了很多，很多感悟，很多故事，让我觉得自己正在被布道："所以，侬消失是因为宗教？侬要做礼拜？"

"一部分原因——没错，是因为宗教。但是，在我最痛苦的辰光，我已经想要跑了……哪能讲呢？我认为阿拉实在是太糜烂太勿像样子了……哪能讲呢？后来我信耶稣以后，慢慢点，开始有动摇。这好像真的是一种天谴。"

我以为自己听错了。在上海话里，"天谴"音同"天气"，N的逻辑是要就雨过天晴的方式再做一点补充吗？还是，觉得信念动摇是一种天谴？

真是荒谬。我明白N的意思。这可能是我听过的最缺乏营养的劝诫。人是应该检点行为，但是借由宗教去解决一切，在我，正如神的存在一样可疑。我这么说，丝毫没有渎神的意思，相反，我尊重那些明灭幻见的神明。我比N更包容，我尊重传说中的所有神明，而N信奉单神，并对某些多神的宗教颇为鄙薄。

我重申一遍："我羡慕那些信仰宗教的人。"

这次不算积极但绝对和谐的饭局没能改善我与神的关系，却带来了一些福音。神的伟大就在于此，无论是否被你信奉，他都不会吝惜手中的曙光。即使是 N 组了家庭，正能量还在传递。逢年过节，我会收到贺卡，N 画的贺卡，祝词包括"为你祈祷""最近情势严峻，请千万小心"。N 的插画创作早于我们相识。婚后，夫妻俩开了一家淘宝店，自己联系印厂，为插画找了很多归宿，最主要的是结婚请帖。

如果 G 还在身边，我们应该会结婚吧。到了我这个年纪，身体机能开始走下坡路，需求和魅力都不比往常，想要再有一个安定而贴心的伴侣越来越困难。G 消失之后，我被迫开始新的征程，那些短暂而散漫的艳遇如雾如纱，内心丰富、视力糟糕的人容易幻看，又因为无限晞隔，症状恶化。有时，走在空旷的马路上，觉得百步开外迎面的仿佛是；有时，坐在昏暗的公交后车厢，前门上来一个人，身形像，脸架子也像，惊得浑身战栗。这和幻听是一个道理。曾经，我的手机铃声是一首冷门的爵士乐，遇到地铁拥挤，各种声响经过大脑，拼凑出熟悉的主题。直到我换了手机，自作多情才有收敛。我发觉手机不断进化的一大标志是音量的限制，由此，拿它当喇叭听的脑瘫少了，被我漏接的电话多了。

逢场作戏。我的演技还有待提高。比如，舔吻的动作太夸张，仿佛双唇隔着一把高音萨克斯。鼓手是 G 吗？这个念头与我的激情并不抵触，反倒成了一管润滑剂。我的手机里装了许多交友软件，我开始享受智能手机的优越性。2G、3G、4G……时代在进步。

二〇一三年九月，奶奶自杀了。老人家这一任性，释放了小辈的人性。夜里九点，过年才有的大团圆改在宝山区的一家养老院。从起床到上车，奶奶这一路走得辛苦，楼道里萦绕着各式各样的抽泣号啕。好些房间亮着灯，好些老人坐躺在床上，眼神放光。这样的夜晚，对他们来说，过于残酷了。

亲人或许太过悲伤，灵柩不久就火化了，隔日入葬。爷爷在陵墓空等了两轮，终于团聚了。上山的路上，一群又一群的黑蚊子热情欢迎这些不合时宜的稀客。就在大家搔首弄姿的时候，我掏出驱蚊水、万金油，赢得一片真挚笑容。最激动的那位问我，怎么有这些宝贝。我说，几年前出差到苏州，就顺便过来看看爷爷，也是这季节，也是这样叮。说的时候，我的脑子里满是 G 当时的狼狈样子——我指着墓穴说，里面是空的，因为爷爷是回老家探亲走失的。

离开苏州，G 带我去了同里，下榻在一家民宿。我们在床上玩一种两个数字相加等于十五的游戏，太过尽兴，惊住了前来送热水的老头。也怪他太莽撞，想当然地开门进来，于是就撞见了赤条条的我们。被冒犯的感觉还来不及上头，尴尬抽空了空气的传声性。我们看着他把老式热水瓶搁在地上，微笑着退出门外，直到砰的一声。我们瘫倒在床上，相视而笑。

"斯人已去，斯人已去。"回程的巴士上，长辈见我情绪低落，试图给些宽慰。我休停了整整七个礼拜，遵从风俗，连根头发都不敢动。这期间，最大的娱乐是回了一趟老房子。

南市并入黄浦是二十一世纪初，旧区改造随之启动。老太平弄动迁以后，我就没怎么回来看过。奶奶的儿子太多，父亲婚后变相入赘，去了徐汇。我的南市记忆是和童年的节假日捆绑在一起的。偶尔，我会看到自己跟着其他堂表兄弟，在外咸瓜街的水产市场看大闸蟹、甲鱼、海蜇皮的热闹，头上一具一具鳗鱼尸体。我极少回来的原因是它变得如此彻底，方圆半公里，寻不到一丝一毫的印记，证明自己的过去，所以也就无所谓什么乡愁。难得啊，我在刀师傅的家附近还会被这种流行病击中。

血液里有南市风土的人，命里都有两座庙。一是城隍庙，二是文庙，读书人的顺序可能不一样。因为城隍庙，周边的老房子不幸地幸存了下来。这是刀师傅的观点。主流民意是可耻地还不拆。太多居民盼望拆迁。穷人翻身靠拆迁，好些人至死没看到拆迁，家属就哭得特别惨。一个户口啊，看得比人民广场还大。于是，家里有条件的，比如兄弟姐妹插队在外地回不来的，发觉老人家快熟了，就送出去，永远活在户口本上。刀师傅的父母走得早，没机会长命百岁，所以他揭发别人非常爽气。

"拆是肯定要拆的，问题现在是拆勿起。有多少只户口侬晓得吗！要多少钞票啊！这些人是啥人啊？这些人统统都是社会精英啊！"说着，刀师傅帮我的一次性杯子加了点茶。我稍微一欠身，随即听到屁股下面木凳子的惨叫。刚才上楼也是，每一脚都像踩在弹簧上。被刀师傅引进弄堂的时候，我还在观察，倒马桶的老太老头、棚户危楼、阴沟水斗，是否如那天在地铁里两个阿姨聊的那样，老早蛮清爽的弄堂，现在被外地人弄得非常脏。

临近中饭，屋里多了一个声音：

"有螺丝刀吗？"

我回头一看，一个身材修长的黄毛，面色凝重。刀师傅瞪了一眼，起身去翻抽屉，寻到以后直接交给对方。然后就没有然后了。

"哪能回事体啊？"我问。

"隔壁邻居。"

"现在一点老房子大概都借出去了哦？"

"多数外地人，"刀师傅闷一口茶，"都是附近搞三产的，饭店发廊，乱七八糟各种小店。靠城隍庙发财呀……新公房啥人勿欢喜啊。上海要是有一半剧场搬去宝山，我就解放了。不过闲话又讲转来了，宝山空气实在太差。"

容忍长期分居，容忍老婆一个人（或许不止）住在共康，刀师傅还有个原因是贪老房子方便。吃的喝的用的，楼下就是，地段医院都认识，他拿老婆的医保卡开药，没事调戏护士，跟医生聊养生。这半年来，我明显感觉刀师傅的气喘有改善，主要体现在话多了。

"吃大蒜头呀，记牢，一定要生吃，吃腌的没用场。"刀师傅得意地说，他上月和医生聊天，对方听到他坚持吃生的大蒜头，相当肯定："侬晓得吗？生大蒜头等于是头孢啊。"

我们就这样逛老街。说好的，我请客，刀师傅带路。我们走在四牌楼的美食街，俨然在兜台湾夜市。路原本就窄，街面房子全部改造成了餐厅，还要容纳两排移动餐车。车上各色大旗，化了浓妆，撂下狠话，各类食材在铁板上油锅里拗造型。不少摊主认识刀师傅，打起了招呼，他也就视察工作一般，左一记大招手，右一记大招手，忙得七荤八素。最后，我们突破油烟的封锁，走进一家叫"小宁波海鲜"的馆子。老板娘殷勤，一口一个"阿哥"，先送几碟冷菜，包括糖蒜。

"老规矩。"刀师傅这就算是点完单了，开始指点江山。他对这片地区有自己的规划，"应该拆一部分，留一部分。"怎么拆，拆了干吗，这就是艺术。反正，他家必须拆。他对澳洲的生活也有规划，"想开一爿棋牌室，缺搭子了就我来顶。"我给他看哥哥在澳洲的照片，视频里，我的侄子在海滩上疯，太阳刺眼，镜头摇晃。他捧着我的手机，开心得仿佛是看自己的第三代，还不忘加上一句：

"老板娘，再来份大蒜头。"

他这样迷信大蒜头，胃终于罢工了，还爆发了流血冲突。二〇一三到二〇一四的跨年，他是在医院的输液室里度过的。老婆陪完夜，元旦还有饭局。我打电话只为拜年，听到那个煨灶猫的声音，动了恻隐，还有一个困扰我许久的念头。我买的那箱金果具有活血化瘀的功效，刀师傅光是瞥见，精神就有起色。我不能影响他休息，就晒自己的想法。一沓照片，一张，一张，翻——都是 G。我是一个拒绝拍照的人，因为不上照，世间的景观连带褪色。旅行不带相机，手机配备多少万像素也不关心。我们的照片基本都在 G 的设备。这张照片是少数漏网，人物形态完整的唯一。离寻人启事的标准还有距离——雪景太壮丽，仿佛在加拿大，其实是南京大学的仙林校区。那年岁末，我们去南京捧昆曲名伶的专场。我会对昆曲有浅见纯粹是 G 的熏染，所以，这种风雪夜奔的戏码我是演不了的，而是被人拉着赶进了兰苑剧场。看完已是深夜，明早还有名伶的讲座要追。仙林校区是什么概念？距离或时间，不知深浅。于是，地铁还在隧道里跑呢，就明白肯定晚点，等到驰入茫茫飞雪，瞬间豁达了。天地是单调的白色。雪那么厚。我们躲在一把天堂牌的大尺寸折叠伞下，每一步都会创造新的景致。羽雪落在伞面，荧荧化响，脚下嘎吱嘎吱的凉，此外，便只听见我们的对话。怎么办啊？除了眼睛是度假的状态，身体的其他零件都在咒骂：

"黑匣子剧场在哪？"

没人知道。人实在是少。有时，老远望见一把伞，也不管方向了，追上去，只为了一句"好像是在那里"。就这样绕圈子。

"帮我拍一张。" G 实在是累了，懒得掏相机，站在一栋教学楼前面卖萌。我用手机保存了这一刻。我想，照片多冲几张，让刀师傅分给朋友同行，会多一点希望。

"戆大！"刀师傅收好照片，还我两个字。

我需要一点音乐——Brendan Perry 的浑厚肉嗓，Lisa Gerrard 的鬼魅吟唱。他们居然会重组 Dead Can Dance。四个半月后，G

离开了我。次年，DCD发表新专辑，开启新一轮的环球巡演。DCD是G的最爱。我开始幻想，期待他们献艺上海，哪怕凑不全。每晚，总有那么几分钟，我守在屏幕前面，审查几位的官网，巡演信息有无进展，一如病患等待重大检查报告。两年后，欲望的指针对准了上海交响乐团。

普莱斯纳与丽莎·杰拉德演绎《希望日记》。

Preisner& Lisa Gerrard Perform Diaries of Hope.

没错。乐季的节目册，第一百九十二页郑重宣示。我知道，普莱斯纳创作这首交响诗，动机是安魂二战波兰犹太区的亡灵。普莱斯纳不知道，这样一场演出，对一个上海人（虹口区收容过大量犹太人，并建有上海犹太难民纪念馆；G的大学，G与上海的因缘也在虹口）意味着什么。确定Lisa明年会来救死扶伤，我旋即在普莱斯纳的官网，订了《Diaries of Hope》的黑胶。如果有可能，我希望能让两位签名，当面送给G。那是一套双张一百八十克重胶，Gatefold对开封套，印刷雅致，有普莱斯纳的导听文章。文首回忆20世纪90年代初，他随波兰导演基耶斯洛夫斯基（几年后，猝然病逝于华沙）参加耶路撒冷电影节。两人去了犹太大屠杀纪念馆YadVashem。读到这一句，我被震撼到了：

当我们离开纪念馆，克日什托夫对我说："你应该用音乐来描绘它，你应该做这个。"

我完全受控于一种错觉：这首曲子其实无关大屠杀，它是一个男人对另一个男人的回应。这个回应迟了二十多年。我悬想，《Diaries of Hope》二〇一三年在伦敦首演，谢幕那一刻，普莱斯纳的内心深处是什么景象？这一幕让我动容，深陷其中。

一个崭新的开始。对上海交响乐团来说，没有比拥有自己的剧场更值得庆祝的。寄居、流浪已然终结。对刀师傅来说，财神老爷又来了。大剧院的整修停业让他郁闷了大半年。在我，上海交响乐团就是希望。宝庆路汾阳路之间的这段复兴中路，我熟悉它，原址是上海跳水池，现在的建筑是矶崎新的作品。正门有两个出入口，移动铁门防护，保安把守，好在演出前夕只开放一个。

二〇一五年三月二十七日——我急切地盼望这一天。演出会在晚上八点开始，刀师傅的习惯是提前两个小时。二〇一四年的夏天，我是在规划部署中度过的。八月卸下浓烈的日妆，哼起倒黄梅的雨中曲，即便阳光充足，也没能逼近三十七度。二号的清晨，乐季开票，数百观众顶着台风在上交新馆的门外保持队形。领先的十几人是凌晨来的，然后便是我，一身艳俗的黄色雨披，犹如一根大香蕉。排队的过程，我把 DCD 的八张录音室专辑完整地听了一遍，视线不时往后扫。无尽的等待、糟糕的天气、难解的尿意（有位女士想进去方便，被保安以安全原因拒绝）以及对低价票数量的担忧让好些人聊到一起，发泄在社交网络上。G我是没等来，记者倒是来了不少。我误以为今天开的是整个乐季的票，实际，只有四场音乐会。有个青葱小伙子，紧身牛仔裤包得很性感，沿着队伍求教：

"能帮我带一张五百八十的维也纳爱乐吗？"

没人答应。大家惦记二百八十的底价票，却又很清醒，多掏三百块的概率很大，而这最低的两档票价都限购两张。于是，我终于下了决心，买两张二百八十，两张五百八十，算是给发软的双腿一个交代。在我满足了小伙子的渴求不久，他就让我失望了。骚扰工作还在继续，不放过任何一个人，还有，他的女朋友来了，手里提着刚买来的早饭。

我对闹哄哄的大型交响乐无感，两张二百八十后来让刀师傅赚了一票。上交怀旧的开票模式让他上瘾，他成了会员，定期收到开票的预告短信，购票还有折扣。九月十二日的深夜，好些人看完王健的演奏，就往售票大厅跑。明早有四场演出开票，限购的是朱晓玫、马友友。没人抢得过刀师傅。他的那副粗框板材眼镜又回来了，和他的同仁战斗在最前线。吸取第一次的教训，大厅被上交开放为候票室，零点一过，又被刀师傅改成了棋牌室。

四个老爷叔，不顾一群小青年的惊讶与鄙夷，打起了八十分。这一夜，他打牌赢了两百，四张朱晓玫的低价票后来翻了五倍。

他最近确实很顺，顺得压不住。到了该 Lisa Gerrard 登台的那天，我看到的刀师傅是空前绝后的开心、亢奋。我们约在黄昏的汾阳路口，一见面，他硬塞给我一包进口水果干，说是儿子这次带来的。"还差两门，只要再考出两门就好拿 pass 了。"他讲的当口，感觉这是一眨眼的事情。接着，又是一通心情写真，拍的是澳洲的阳光沙滩。我很生气。他显然忘了今天该做什么，答应过我什么。

我终于还是失控了，冲了他几句。

"侬太紧张了。"他的心情真的很好，依然在微笑，"放松一点，深呼吸，深呼吸。"然后又问我，今天叫卖的口号是什么。他说，自己打算用"波兰配乐大师"。

"还是叫《Dead Can Dance》好卖。"我坚持道。

"蛋啥？中文哪能翻啊？"

"《死人照样跳舞》。"

"册那，太拗口了。"他啐了口老痰，一转身，喊了起来，"死人跳舞，死人跳舞，死人跳舞看吗？"

声音离我越远，就离上海交响乐团的大门越近。我从环保包里取出《Diaries of Hope》的黑胶，一如既往的簇新，可惜没有签名。我抬头看了一眼路灯，告诉自己，去吧，这是一个伟大的夜晚。

信

雷　默

我似乎重新喜欢上了这种交流的方式，满腔热情通过书信寄出，直到几天后才收到回音，仿佛在一个山头朝幽谷里喊话，那种缓慢的回声让时间安静了下来。

如果没有那条短信，我可能再也不会联系田永年老师了。短信是我的授业老师鲁班发来的，他委托我帮他找一本研究花卉的书籍，说他近来迷恋上了盆栽。我看着短信一激灵，立马想到了一个男人的衰老，鲁班没透露自己的年龄，但我粗粗一算，他已经一脚跨入了花甲之年。我们在手机短信上多聊了几句，昔日的故人便都从尘封的记忆里浮现了出来。

我大学读的专业是风景园林，毕业后误打误撞进了报社，跟着鲁班学写新闻稿。那时候我接触的新闻稿大多是这样的：开头天花乱坠，结尾什么东西都没有。这种头重脚轻的结构让我觉得太小儿科，而鲁班认为新闻稿没那么好写，初学者一般都太学生腔。两个人你来我往，其实都是在相互讽刺对方。也很奇怪，在一起共事时别别扭扭，分开了却常常想念对方的好。

跟着鲁班采访了很多人，其中有一个人就是田永年老师，那时候他已经八十九岁，除了耳朵稍微有点聋，思维依旧敏捷，穿着也很洋气，看上去像个老绅士。他画油画，在丝绒上画，很好地利用了丝绒布的底色。我们采访他还有一个重要的原因是，他有一个三十刚出头、长得非常漂亮的老婆。他老婆喜欢摄影，据说在当地一个事业单位工作，这工作是田老用人脉关系安排的。

我问鲁班，不知道田永年老师现在怎么样了？

鲁班回复说，他前阵子听人说起过田老，据说身体仍旧很好，我这么一说倒提醒他了，他准备过几日抽空去看看他。

后来，我翻出通讯录，上面竟然还有田老家的电话。这个号码在我手机里安静地躺了八年多，它一次都没引起过我的注意。我中间删过几次号码，把长年不联系的人都删除了，我也不明白为什么它会保留下来。犹豫了一阵，我最终把电话拨了出去，号码竟然是通的，还是彩铃，我不知道那是首什么歌，吵吵闹闹，充满俏皮的味道，像青春无敌的美少女唱的，我想这也符合田老的个性，他喜欢年轻女性。

有一回，我去他家里，他老婆不在，他让我打开电脑，那台电脑还可以上网。他说这电脑主要是他老婆用来炒股的，赚不赚钱不知道，估计最近是亏了，因为他老婆上网的时候拉着脸，一点声音都没有，关了电脑后也不说一句话。我问他打开电脑干吗？他说让我帮他找些照片，他要画画。我说找什么样的照片？

他犹豫了一下说，人体美，然后把那几个字写在一张白纸上递给我。我在网上一搜，一下子跳出来很多裸体的美女照片。两个男人明目张胆地看一大堆裸女照片实在太尴尬了。我感到非常难为情，田老坐在一旁一言不发，我能听到他的呼吸声有点重，一侧头看到他的脸也微微有些泛红，他眼睛盯着那些照片说：新派！

关了电脑后，他还特意送我一幅他的油画，画的是一朵巨大的玫瑰花，他一厢情愿地认为像我这样的年轻人应该喜欢玫瑰花，那朵玫瑰花还是绿色的，我仔细观察过，其实也没画几笔，因为那幅画的材料是一块绿色的丝绒，他只是用黑白两色的颜料把花瓣的形状和阴影勾勒了出来。

我后来从这个城市调走了，去了省城的一家报社，中途又搬过几次家，那幅油画却一直跟着我，只是它长时间搁在角落里，丝绒布上蒙了一层很厚的灰，呈胶着状，掸也掸不干净。这可能跟我庸俗的观念有关系，田老在他所在的那个城市，作为画家并不很出色，我不知道是同行排挤他，还是别的原因，画画的朋友说起他的画来，有点不屑一顾的感觉。他们说这种画只能算装饰的工艺画，顶多两百块一幅。因为不值钱，我也没有把那幅画当宝贝收藏。

我们经常大不敬地讨论他的老婆，觉得像田老这样健朗的身体，应该还能偶尔开张，但至少他老婆这方面需求不是很强烈，否则不会嫁给一个老头。这个观点很多朋友都认同，觉得从他老婆那冷冰冰的表情里可以看出来，一个女人，如果长时间保持这种表情，说明她的身体和心都是冷的。人又不是冷血动物，至少应该使劲地笑几次，或者也该有几次面若桃花的时候，他老婆没有。

大家都觉得他老婆是图田老的家产，据我了解田老至少有两处房产，一处还在上海，是他年轻时住过的，我们猜测应该是处老宅。照理说，女人有这样的企图，一般都盼望着丈夫早点过世，但田老的老婆没有，相反地她还把田老的生活照料得特别细致。我在那里工作的时候，还去他家见识过。下午三点半一过，他老婆就把一锅煮得很稠的粥端上来，还有几个小菜和一些炸得金黄的韭菜合子。那天田老一定要拉着我一起吃点，我觉得菜的味道一般，韭菜合子炸得很可口。田老说，每天下午一到这个点，他老婆就给他煮粥，因为他生过胃癌，半个胃已经切除了。

田老在家里完全卸下装饰，呈现出一个老人的老态。他出门常戴的鸭舌帽不戴了，脑门又大又光亮，稀稀拉拉的几根头发全部花白，他的牙齿也是假的，跟我说话的时候，他还像小孩耍玩具似的，把他那副假牙从嘴巴里滑来滑去，磨出一些奇怪的声响来。他说他跟我是一见如故，我们是忘年之交。我有些诚惶诚恐。

其实采访第一天我就注意到了，他家的客厅里摆放着几个很精致的相框，倒不是相框有多别致，而是相框里的人，那是田老年轻时的照片，那照片怎么形容呢？就跟二十世纪五六十年代外国电影中的英俊小生似的，照片已经泛黄，但英气仍在，每一根头发都熨帖得一丝不苟，眉宇之间像画出来的，眼神似乎能隔着相框透出似有似无的款款深情。那时候，我就在怀疑，田老的老婆是不是迷恋上了这些照片？照片里的人沧桑迭代，但始终活生生地生活在她身边。

我和鲁班在采访田老的时候，也顺带着问过他老婆，在别人眼里，两个人年龄相差这么大，是很难走在一起的，她为什么决定跟田老厮守终生。他老婆支支吾吾地不肯出面接受采访，只说田老的为人对她影响还是很大的。这很明显是句托词，要论影响，可以在人类文明史上随便找一个人，那影响肯定比田老要大得多。

电话一直响到我快没耐心，正准备挂掉时，被接了起来，是个老人的声音，我问他是田老吗，那边问我是谁，从声音里基本可以辨别出来，这应该就是田老。我说："我是报社的三七。"我知道他听觉有问题，又提高了嗓门在电话里重复了一遍，他停顿了一下，恍然大悟地说："记得啊，你以前来采访过我，后来调到省城去了。"我还没问他身体怎么样，他在电话里说："我身体还可以，耳朵聋了，装了助听器，但效果仍旧不好，电话里回声太大。我现在已经九十七岁了，平时也不出门了，到这个年纪，接下来就是生老病死。"他说到生老病死的时候好像特别轻松，语气跟上街买菜差不多。

接下来，他跟我说，娜娜（他老婆）出去跳广场舞了，他正在家里看电视，放的是中央台，正在放《南京大屠杀》。他停了停，问我近况怎么样。我在电话里说，还没说两句，就被他打断了。他说，这跟两个人在狂风中交谈差不多，你大着嗓门喊一声，一阵大风就把话给刮跑了，我耳朵追不上。

我听得出来，他情绪有些沮丧，正在为怎么安慰他犯难的时候，他说，能不能给他写封信，把我这几年的情况在信里说一说，他说我们是忘年之交，我打电话过去，他感慨很多，也谢谢我这么多年了还想着他。他又说，最好能在信封里寄几张照片过去，把我的家里人，包括爱人、孩子，一起拍个照片寄给他看看。

最后，他在电话里说到了鲁班，说前几年刮台风的时候，大水把他住的小区都淹没了，齐腰深的水，出也出不去，进也进不来。鲁班第一时间赶到他家去探望，让他非常感动。他说他知道我们都忙，这几年，他也没再见过鲁班，但心里一直挂念着。

这个电话一直是田老在说，我在听，我知道我说了等于没说。他说了很久，不止一次地叮嘱我写信给他，他说他会给我回信的。

挂了电话后，我的心情也久久平复不下来，我决定给田老写信。那天是个周末，我们一家三口都在家里，我爱人带着两岁的儿子在阳台上晒太阳，孩子每天都兴高采烈的，在和煦的阳光下跑来跑去。我爱人跟我说："这么好的天，下午带儿子去西湖逛一下？"

我正在书柜上找信纸，也不知道从什么时候开始，家里除了书，连纸也找不到了。我含糊地应了一声，然后问她哪里还有纸。我总是这样，家里只要找不到东西，就会问我爱人，她其实记性比我差，但家里的东西放在什么地方，她总有一个准确的方位感。她问我找纸干吗，我说要给人写一封信。

她很惊讶，说我都多少年没写字了。我说是的，自从有了电脑，好像是没正儿八经地写过字。她牵着儿子的手过来帮我找纸，还神秘兮兮地问我给哪个人写信。我说放心，不是情书，田永年还记得吗？他还活着！

"哦，他年纪很大了吧？有没有一百岁？"我爱人也知道田老，因为我之前跟她说起过，她也问过那幅一直跟着我的画。我把刚才电话里的情况跟她简单地描述了一遍，我爱人一边帮我找信纸，一边问："他和他老婆感情还好吗？"

我说那只能自己猜，这些问题太私密，八年不联系了也不能问这些问题，会冒犯人家的，再说田老耳朵看来是真不行了，问了他也听不到。我爱人说，活那么长寿真难以想象，她只想活六七十岁，身体败坏了就迅速死掉。我说，这又不由自己说了算的，有些人想长寿还做不到呢，中国出了那么多皇帝，寻找长生不老药也可以写部书了。

我爱人在找信纸的时候，把我当年写给她的情书都翻了出来，那些信纸薄得像糖衣，上面密密麻麻地写满了字，那些字又小又密，每行之间一点空隙也不留，似乎能看出我当年追求爱情时那副急吼吼的模样。

我爱人向我展示了一下手上的信件，笑了笑说："文物啊！"

我装糊涂问："这谁写的？看着就会想起密集恐惧症。"

"哎，当年却没这个感觉！某人当年信誓旦旦地说，结了婚以后也要每天写一封信，这么多年了，从来就没兑现过。"她说着开始看那些信，一张一张地翻阅，还真被她找到了她说的那封信，那封信上写得更露骨，在畅想两个人美好的未来，说等两个人有了孩子后，让孩子做信使，每天写一封情书，由爸爸寄出，孩子投递，交到妈妈手里。

我笑笑说："空头支票！空头支票！"

"人家说恋爱靠骗，我那时候还不信，觉得你的人品说不上超凡脱俗，至少也能区别于芸芸众生，看来你也是个俗物，哈哈。"我爱人讲得很洒脱，我知道她不是真在乎那些天花乱坠的谎言，年轻时血液都是沸腾的，浑身冒着热气，哪里能懂得过日子的烦琐，她自己也说，整日花前月下，最终结果是没米下锅。

我也是这么觉得的，血气方刚的时候是一个人最能吹牛的时候，那时候可以说大海枯竭了，石头腐烂了，天地都崩裂了，两个人也要在一起，后来这些话都不敢说了，再说就被当作无知和幼稚了。

我问我爱人，信纸能找到吗？她说信纸是没有了，打印的A4纸有。我说行了，能写字就行。拿了三张空白的打印纸，我觉得基本上够了。我跟我爱人说，想想八年了，三张打印纸就写完了，这人生过得也够简单的。我爱人白了我一眼说："你先别感叹，三张写满就不错了。"

我赌了口气，在电脑桌前坐了下来，发现笔也找不到了。这跟我单位里的状况差不多，单位过段时间，办公室主任就会添置一批文具，但用到后来，大家发现谁都丢笔，谁都到处借，借到后来，一支笔传来传去地用。一到记新闻线索时，抱怨声四起，总有人在办公室里大喊，谁拿了我的笔？这样的喊叫往往是起不了作用的，忙碌的时候大家都忙碌，中午前的办公室就是一个闹哄哄的菜市场。有的同事急红了眼，拍打着桌子大声疾呼，谁偷了我的笔？谁偷了我的笔？这时候，大家都默契地变成了聋子，把呼喊声自动屏蔽在耳朵之外。找笔的人只能自己软下来：哥哥姐姐，弟弟妹妹，谁有笔，借我用一下啊。一支笔"啪"地飞过来，跟着飞来一句话：墨水费五块，要么中午请吃饭，自己选！

我跟我爱人说，笔也找不着了，那么多笔哪里去了？她说，你用一下丢一支，家里开文具仓库也没用的。说着她又埋头帮我找，最后在电视机柜子里找到了一支铅笔，只有小拇指长短。我说将就着用吧。

写下田老的称呼后，我不知道该怎么开头。这些年我的新闻稿练得精熟，一个事件或者一个人物，它最吸引人眼球的东西是什么，我总能很快地把它抽离出来，然后是毫无难度的陈述。看着一堆采访来的素材，我总能把这堆支离破碎的破布头缝合起来，做成一件鲜艳的衣服。

我好像忘记了怎么跟人交流，尤其是用书面的形式跟人交流。我回忆起在那个小城市的生活经历，在那里，我前后一共待了快两年，这两年里发生了很多事情，但找不到跟田老的交集点。

我只好回忆去省城后的生活，其实省城的生活也单一。刚去那里的时候，偌大一个城市，没有一个熟人，感觉自己像个被遗弃的孤儿，大冬天，一个人窝在冰冷的宿舍里喝白酒，喝到神志恍惚。那段时间特别想有个女朋友，但哪里去找呢？

一触及这段往事，我又写不下去，我觉得跟田老谈这些事情太唐突了，我们好像还没熟到这个份上。谈这些事，至少对方看了可能会笑话，我发觉自己还是一个比较要面子的人，不体面的事情还是放在心里比较可靠一些。

我后来谈了一个女朋友，那个女朋友是我的大学同学。我犹豫着要不要写到信里去，在举棋不定的时候，我偷偷地看了一眼在阳台上陪儿子玩耍的爱人，这个人她是不知道的。我跟我爱人结婚前，除了了解相互的家庭背景和工作情况外，别的谁都没有深入追究。我对她以往的情史也保持了沉默，我觉得这样做是对的，以前的人之所以没有在一起，必定有失败的理由，而回忆这些不愉快的往事，我觉得是不人道的。

我谈的那个女朋友在读大学时有过好几个男朋友，她像只大蝴蝶，在一大群男生中间飞来飞去，一会儿是艺术系长发飘飘的画家，一会儿又是校篮球队人高马大的主力后卫，更神奇的是她还跟我们的设计老师好过。

在一个漆黑的夜晚，我们的设计老师像裹着一只兔子一样搂着她逛马路，在一盏路灯下，我迎面撞上了他们。准确地说，之前我们都没看到对方，直到大家都从黑暗里走近那盏昏暗的路灯，真相才大白。当时我错愕不已，忘了跟设计老师打招呼。他们看了我一眼，然后把我当空气过滤掉了。擦肩而过后，我还特意回头看了一眼，他们消失在黑暗中，而那盏路灯在下雨天的夜晚像个金钟罩。

我在读书的时候对这个女同学表现出了极大的仇视，我曾经气呼呼地想，这样水性杨花的女生，大家都应该朝她吐口水。那时候，她也很讨厌我，每次走过我身边，正眼也不瞧我一眼。

毕业后，我是在网上开始跟她交流的，一交流，发现我们都误解了对方很多年，这种交流很致命，直接导致我晚上睡不着。她在另外一个城市工作，我邀请她来省城玩，她很爽快地答应了。在梅雨时节，她过来了，我们像久别重逢，一见面就在大街上拥抱。她脸色红通通地跟我说，你像个特务，专门暗地里盯梢，盯了我很多年吧？

第一天，我们就把男女之间该做的事都做了一遍，她一口气在我宿舍里住了半个月，那半个月，我感觉我那冰冷的宿舍开始暖和了起来。

她走了以后，我感到了非常的不踏实，以前的感觉慢慢地又泛了上来，我最终觉得她的矜持放下得快了一点，一旦水性杨花的感觉确立，就跟脸上烙上金印一样，怎么都消除不掉。她是个敏感的人，觉察到我对她不放心之后，我们在电话里狠狠地吵了一架，这段感情就这么寿终正寝了。

我回想起这些，还是唏嘘不已。我爱人带着儿子从旁边经过，她看到我写在纸上的两三个字，笑了起来，说憋了半天，原来便秘了。我说，脑袋里思绪万千，不知道先写哪段。我爱人说，你就吹吧。儿子也跟着他妈妈学了一句，你就吹吧。

我爱人是我同事的妹妹，我同事快五十岁了，跟他妹妹长得像一对父女。据我同事说，他有这个妹妹，完全是他父母私生活的一场事故，当时他已经读中学，看到人过中年的母亲再次大起肚子来时，感到很难为情。他母亲跟他解释过，说曾经去医院流产，听一同做 B 超的产妇聊起做人流的痛苦，她吓得落荒而逃。她只能这么安慰自己，说这是老天的安排，让她中年得子，得之不易的生命要更加珍惜。所有这些，我同事说，他听了都臊得慌。

我跟我爱人认识，缘于她哥哥请客吃饭。介绍我们认识的时候，我那个老不正经的大舅子说，哦，你们年龄相当，看着也般配，可以考虑处对象。我爱人响亮地拍了她哥哥手臂一个"耳光"，自己的脸却红了起来。

我后来一本正经地跟我同事谈论跟他妹妹处对象的事，他又严肃了起来，他说这个不是开玩笑啊，你要考虑清楚，一旦你们反目，会殃及我跟你的关系。我说，考虑清楚了，只要你同意，我立马开始追求。

一切顺风顺水，我给她写了很多情书，之后我们领了结婚证，办了酒席，过了两年又有了孩子。我大舅子后来跟我说，他后悔了，当初就不应该把他妹妹带出来，是他改变了他妹妹的生命轨迹，一个人这么严重地影响了另一个人，而且是自己的亲人，他总觉得寝食难安。我说，去，是我改变的好不好。他又叮嘱我，好好对待他妹妹，不是碰到我，他妹妹完全有可能嫁一个很体面的人，过一种豪华的生活。我说，这倒是的，现在做记者太没前途了，累得跟狗一样，还只拿这么几块工资。他说，你知道愧疚就好。

那天，我"吭哧吭哧"地伏案写了很久，只写了两张半，有很多内容只在我脑子里盘旋，却落不到笔下来。第三张打印纸上的字写得特别大，看上去像斗笠，显得特别滑稽。我写到了接下去的打算，觉得跟写单位的年终总结差不多。对未来要展开畅想，我心里想的那些话一句都出不来。单位年终总结里的那些口号，我觉得写上去是对田老的极端不尊重。我只能说，已经很久没这样给别人写信了，这种感觉既亲切又陌生，但最终觉得还是值得珍惜和回味的，我盼望着他回信。

我把三张打印纸折了起来，我爱人走过来问，是不是要找信封和邮票了。我说是啊。她说，这个家里真没有了，只能去邮局买了。我收拾了桌子，把那几张打印纸藏在了衣服内侧的口袋里。我说，家里待了很久了，出去走走吧。

关门前，我爱人问我，你知道寄信地址吗？我愣了一下，是啊，田老的家里我是去过，只记得那个小区叫花园新村，他们的房子在一条人工运河的边上，具体是几幢几号就记不得了。我打了个电话给鲁班，他说他也不知道，让我直接打电话给田老。我说田老电话里听不清楚，所以才叫我写信的。鲁班说，他老婆不在家吗？我说不知道。

我其实有点不太乐意打这个电话，如果田老的老婆接电话，她可能会有想法，总觉得我们这么多年没联系了，突然要写信给田老，背后会不会藏着什么目的？无缘无故地跟一个年近百岁的老人联系，又突然找上门，套些近乎，换了我也会有想法的。

鲁班后来说，他去想办法。我也不好意思问他什么时候能要来这个地址，同在一个城市，问一个地址总不会复杂到哪里去，何况是一个小城市。鲁班工作的地方到田老家里，走走也就十来分钟的路程。

我和我爱人带着儿子去了西湖，西湖是省城的标志。在我们眼里，它普通得跟家门口的大池塘没什么区别，但因为名声太响，很多人千里迢迢地赶来，为的就是在这个大池塘旁边拍个照，好像在被称为天堂的景点旁拍个照，自己的模样也会跟着美起来似的。

我跟我爱人说，我们在断桥边拍个照吧。我爱人白了我一眼说，你俗不俗啊。我说，不是为了演许仙白娘子，是为了给田老寄张照片过去。我爱人说，那你跟儿子一起拍吧，我就不拍了，我跟田老又不熟。我想想也对，自从田老让我帮他搜"人体美"照片后，把我爱人拍下来寄过去，我也有点抵触心理。

我爱人当摄影师，用我的手机给我们父子拍了几张照片，她把手机递还给我说，你有短消息。我打开一看，是鲁班发来了田老的地址。

我们在西湖边找了一家景点照相馆，想把刚才拍的照片打印出来。老板一看是我们自己拍的照片，仿佛抢了他的生意。他说，要洗照片只能让他们拍，他们不洗自己拍的照片。我说，不洗拉倒，我们找别的地方洗去。

出了照相馆，我不得不承认，在大街上找一家照相馆真的不容易。数码技术兴起之后，听说百年老店柯达胶卷也倒闭了，很多照相馆都开始另谋生路，仅有的照相馆也只拍拍证件照，弄点写真之类，勉强维持生计。

我跟我爱人说，时代变了，找个照相馆比找个博物馆还难啊。我爱人笑了笑说，你要寄的信，不是同一回事吗？我说，是啊，记得第一次给人发电子邮件的时候，我刚刚轻轻一点，那头就立刻收到了，我当时感到十分震惊，那速度比千里马还快呀。

我爱人看着我傻乎乎的样子说，你就喜欢停留在古老的生活方式里，你没发觉你跟年纪比你大的人特别处得来吗？我想了想，她说的是对的，我从很小的时候就开始怀旧，这些年老是去曾经待过的地方走一走，人生似乎一直在这种不断的温习中向前走着。对于新事物，一开始，我总抱着本能的排斥，我在朋友中最晚一个开博客，等我开了博客，发现大家都热衷于玩微博了，等我开了微博，大家又把阵地转移到了微信朋友圈。我总比别人慢一拍，这种快速新陈代谢的方式，让我觉得生活总是太赶，快——迟早是要出问题的，我一直这么认为。

我说，找不到照相馆那怎么办？要么去复印店碰碰运气？

我们进了一家复印店，老板跟我说，本来他们是可以打印照片的，只是照相纸用完了，现在没法打印了。我说，不用照相纸，就用厚一点的纸张打印出来好了。他看了看我说，那样打印出来又不是照片。我说没关系的。他就拿了一种封面纸给我看，说就这么厚了。我看也没看就说行。他说，彩色打印有点贵的，要四块钱一张。我又看也没看就说行。

打印好照片，我们去了南山路上的邮局，艳阳高照，窗口说要关门了。我说，麻烦通融一下，我买信封和邮票，寄一封信。窗口穿绿衣服女人脸色有点发绿，她不耐烦地问，寄挂号还是平邮。我扬了扬手中的信说，就普通的信。她从窗口扔出了一个信封，又撕下一块八毛钱的邮票。我好奇地问，现在寄信需要一块八毛钱邮票了吗？她瞟了一眼我手中的信说，你那么多纸，分量肯定超了，邮票不多贴点，要退回来的。我说，多少算超重？她彻底不耐烦了，一把抢过我手中的信，连着那个信封往电子秤上一摔，翻了翻白眼说，我会骗你吗？你手上多少分量，我看一眼就知道。

我乖乖地贴了邮票，邮局还用二十年前的糨糊，刷糨糊的时候，我闻到了一股变质米饭的味道。我把那封信塞进了那个刷满绿漆的邮筒，我爱人在旁边说，现在寄一封信代价太大，除了赔精力，还得看脸色。我无奈地笑笑，儿子却吵着要挣脱他妈妈的怀抱，他下到地上，抱住那个对他来说像擎天柱一样高的邮筒，快乐得不肯离去。

寄出那封信以后，我仿佛放下了一桩心事，日子又开始像火车轮子一样滚滚往前。直到有一天，报社的门卫叫住我，说有一封我的信，我才突然记起来，半个月前给田老写过一封信。只是那天收到的那封信并不是田老写来的，而是一个热心的市民写来的，他大约经常看我写的新闻稿，写信来向我爆料，让我去他们那里曝光一家电镀厂，说污染已经让他们那里很多人生癌了。结尾处，他用加粗的黑笔写道：救命，还有三个木棍似的惊叹号。

放下那封信后，我惦记起田老来。我给他家里打了电话，这回的电话彩铃是一个男歌手的歌，我猜测田老的老婆会不会来接电话，电话接通了，果然是个女人的声音。我犹豫了一下说，是彭娜老师吧？她很惊讶，问我是谁。我说我是报社的三七，曾经采访过田老。她在电话里拉长了声音，"哦——"了一声，仿佛经过长时间的搜索，想起了我。我听到田老在旁边问她是谁打电话来，她说是报社的三七，田老竟然听清楚了。我至今也很诧异，田老的老婆对田老说话声音也不大，她的嗓音也不尖，只要她说话，田老好像每句都能听出个大概来。

我说，半个月前我给田老写了一封信，他收到了吗？田老的老婆表示不知情，她转头问田老，三七给你写的信你收到了吗？田老很明确地说，没有啊，什么时候寄出的？我听到田老的老婆说，半个月前。田老嗓门大了起来：没有啊，这怎么回事？

我连忙在电话里说，没关系的，也不是什么要紧的事情，田老上次让我给他写封信，讲讲近况，我就啰啰嗦嗦地写了一封，可能寄丢了。实在不行，我到时候再寄一封。田老的老婆说，你别去听他的，你们工作忙，又不像他，整日闲在家没事。她紧接着又在电话那边抱怨田老，说人家工作那么忙，你怎么好意思去打扰人家。我说，没事的，这么多年了，我也惦记他老人家，他身体好吗？

田老的老婆说，一切都挺好的，你工作忙，真的别为他的事操心了。后来我听到田老接过了电话，他在电话里说，三七，娜娜说得对，如果你工作忙，就不要给我写信了，我上次也只是随口一说，没想到你真的放心上了，我抽时间给你写信。你们打电话来，我也听不清楚，只能这样自说自话了，就这样啊，代我问候你家人。

挂了电话后，我感到很气愤，邮局现在都是些什么人在送信！我去了寄信的那个邮局，要求查询我的信。我说半个月过去了，寄出的信还没收到，走走都该走到了。窗口的服务员轻描淡写地说，不是挂号信没法查的。我一下子来气了，说这不是邮局的本职工作吗？服务员又添了一句，平信是没法保证的。

我说，这是信啊，没有电话、电脑的时候，不都是寄信的吗？烽火连三月，家书抵万金，你们小时候没学过课文吗？现在怎么能这么没有责任心？服务员开始充耳不闻，装出一副很忙碌的样子。我忍无可忍，"啪"的一声把记者证拍在了窗口的大理石柜台上，我想那架势跟军人掏枪耍狠一个模样。

亮出记者证后，里面的绿衣服们慌作一团，最后他们的值班经理出来了。她五十岁上下，长得很和蔼，出来前脸颊已经火烧一般。她很诚恳，说平信寄丢确实时有发生，因为随着物流行业的兴起，邮政投递行业已经风光不再，以前把这个职业引以为豪的老员工都慢慢地退出了投递行业，现在新雇的投递员职业素质参差不齐，有的把信塞到楼梯，没放入收信人信箱就走了，也有个别甚至找不到地址，就把信扔了，他们也在查这样的投递员，一发现问题，就及时处理。她还说，他们也主张贵重、紧急的信件尽量用挂号信，挂号信可以倒查每一个环节，谁那里出错都可以被查出来。

我说那怎么办，我那封信是找不到了？她关切地问我，那封信要紧吗？是不是耽误了你重要的信息？我没好气地说，不重要谁现在还写信？她为难了一阵，说要么我说个价，她私人赔偿我损失，我只好放弃了争执。

之后，我又给田老写了一封信，把去邮局闹的事说了一通，为了防止收不到，白忙活一场，只写了一张打印纸。这次我故意寄了平信，还是南山路上的邮局，窗口里面有几双眼睛都认识我，但她们都装作不认识，我当着她们的面慢悠悠地封信口，贴邮票，然后若无其事地把信塞进邮筒，听到空荡荡的邮筒里传出信件落地的"哐啷"声，才慢慢地踱步出了邮局。

三天后，田老给我打来了电话，他说信已经收到了，他觉得难为我了，为了迁就他一个老人家，还让我用这么古老的方式交流。几天后，他给我回了封信，是用挂号信寄来的，里面除了洋洋洒洒的文字以外，还有一大堆照片，照片很精彩，有一张是前几年他骑电瓶车买菜时拍的，他在照片背后都注了文字，说那时还有一颗四十岁的心，电瓶车开到三十多迈，从九十三岁开始，就彻底不骑了。有一张是他趴在画室的那张老桌子上打盹，背后的文字这么写着：白天要神游三回，仿佛又回到婴儿时期，大部分时间都在朦胧中度过，一到了晚上，尤其是子时一过，就再也没有觉了。

他在信中说，这些照片都是他老婆给他拍的，这几年，她拍照的水平日益精进，给他拍下了海量的照片，从中他选好了百年后的照片，已经叮嘱了他老婆，在葬礼上一定要用。

我们一来一往，在接下去的三年里陆陆续续地写了一些信，其中有些信在寄的过程中丢失了，有些信辗转了一些地方，耗去了一些时间，又各自找到了收信人。我似乎重新喜欢上了这种交流的方式，满腔热情通过书信寄出，直到几天后才收到回音，仿佛在一个山头朝幽谷里喊话，那种缓慢的回声让时间安静了下来。

电脑、互联网刚出现的那会，曾经有人大喊，我们进入了一个新时代，那时候我还觉察不到，等这种变化深入到生活中的每一个细节，我才意识到它是多么的汹涌，我们都被裹挟进了一股急流里，匆忙地向前赶。我很庆幸，还有田老能让我慢下来，重新回归到从前的生活。

田老在最后的几封信中跟我谈到了死亡，他说活得太久其实也不是一件轻松的事，尤其是自己的父母和兄弟姐妹们都走了以后，他对另一个世界早已充满了向往。他还说，其实他也能感觉出来，他老婆嫁给他的时候，至少是没有考虑到他还能活这么久的。一个女人的青春是很宝贵的，活着活着她也步入了中年，当初结婚的念头还是草率了些，毕竟两个人的年纪相差太多了。

田老在信中说，现在他老婆越来越依赖他了，希望他能活得尽可能的长寿，但人的寿命就那么多，他已经属于凤毛麟角，再下去，终究是要先她而去的。他前几年还带着她去上海走走，让她多认识一些人。

剩下的话，田老没有在信中说出来，我想我能明白他的意思。

田老过世的时候，整整一百岁，我去参加了他的追悼会。追悼会很简朴，除了彭娜娘家的亲人，还有一些田老生前的朋友。鲁班跟我说，他看着田老走的，走得很安详。这几乎是每一个寿终正寝的人过世后，亲朋好友间约定俗成的话，像句虚假的客套话，但这次不一样，我对鲁班的话深信不疑。田老走了，我觉得一个时代结束了，在他那个时代里，我们对远方是有距离的，所有未知是可以寻找的，思念也无时不刻在发生着，衍变成了乡愁、爱情等等。而现在，我们失去了这些东西。有一瞬间，我觉得眼前这个朴素简单的葬礼变得盛大而沉重起来。

追悼会上，彭娜一身黑衣，全程都没哭。从殡仪馆回来后，彭娜按照田老生前的遗愿，捧着骨灰盒到了他们家旁边的那条江。她说，本来田老打算树葬的，也就是把骨灰盒埋在一棵樟树底下，临终前他又改了主意，说一定要把他的骨灰撒在那条江里，撒得一点都不要剩下。骨灰必须得拌着玫瑰花瓣，由彭娜亲手撒。

我看到彭娜一把一把地抓起骨灰，慢慢地撒向江里，旁边是她的弟弟，捧着田老的遗像，那张照片上田老戴着鸭舌帽，眼睛被帽檐遮住了，只露出了半副眼镜框，但能感觉到有一股目光正安详地看着远方。

送完田老最后一程，彭娜把一叠厚厚的信件交到了我手里，她说是田老生前交代的，这些信件很宝贵，他不忍心和他的遗体放在一起，一把火都烧了。我接过来一看，发现都是我写给他的信，每一封信上都编了编号，封口整整齐齐，是用剪刀剪过的。

我回到省城后，以为再也不会有田老的消息了。后来，鲁班给我打来了电话，他说彭娜把田老生前的所有房产都卖了，连衣物都送人了，她还把田老年轻时的照片送给了他。鲁班问她为什么，彭娜说她要移民去国外了。鲁班很纳闷，接过照片的时候，他说，你自己留一张吧。彭娜随手抽走了一张，一转身就掉眼泪了。

鲁班跟我说，他到现在还没弄明白为什么彭娜要把田老年轻时的照片也送人，这些照片多珍贵呀，比现在电影银幕上的明星帅多了。我说，这可能是跟过去告别。

再后来，我收到了一封国外寄来的信，从信封上的邮票来看，好像是从埃及寄来的，金字塔和狮身人面像赫然在目。我拆开那封信，是彭娜写的，她写了一个非常客气的开头，意思是突然给我写这封信，这种唐突和冒昧让她觉得很过意不去。之后她切入了正题，说我是田老生命最后的历程中交流最多的一个人，从某种程度上甚至超越了她，而基于这种原因她觉得非常有必要给我写这封信。

她说了移民的各种理由，除了雾霾、食品安全、人情世故等等大众的理由以外，有一条是这么写的：田老师没了以后，我试着到别的地方去生活。离开共同生活的那个城市后，我回过娘家，感觉已经不再属于那个家了，连母亲的关怀都感到了陌生；我也去过上海，到处都是与他两个人的回忆，站在这么繁华的大都市里，我却沉湎于一个已经走远的背影，那种巨大的孤独感让我浑身战栗；我后来又去了大西北，以为距离能让我安静下来，但他活着的时候说过，希望带着我一起走遍祖国的大江南北。哎，这个愿望最终因为他年事已高，也未来得及付诸实施。我发现他的影子遍布了幅员辽阔的祖国，所以我选择了离开……

读到这封信的时候，我正在南山路上的邮局门口，发现那里还有一个投币的公用电话亭。电话凌乱地挂在那里，电话线上结了一层浅褐色的锈，大概已经很久没人去用它了，我很奇怪市政公司为什么不把它拆了？更奇怪的是这个电话亭显然在那里很久了，我多次经过邮局门口，却一直没注意到它的存在。

　　我在那个废弃的电话亭旁站了很久，盯着电话听筒出神，陷入到了一种虚无的情境中，再后来我被一股奇怪的感觉牵引住了，情不自禁地走上前去，把那个笨重的黄色电话听筒摘了下来，放在耳朵旁边，跟想象中一样，没有任何声音。

　　它仿佛死了。

　　我又把电话挂了回去，一转头又看到了那只刷着绿色油漆的信筒，它像个陌生人一样突然矗立在我跟前，我无所适从地摸了摸信封上的地址，思忖着，是不是该给她回封信？

平原上的摩西

双雪涛

教你这一篇，是让你知道，只要你心里
的念是真的，只要你心里的念是诚的，
高山大海都会给你让路，那些驱赶你的
人，那些容不下你的人，都会受到惩罚。
以后你大了，老了，也要记住这个。

庄德增：

一九九五年，我正式从市卷烟厂脱离了关系，带着一个会计和一个销售员南下云南。离职之前，我是供销科科长，学历是初中文化，有过知青经历，返城之后，接我父亲的班，分配到卷烟厂供销科。当时供销科是个摆设，一共三个人，每天就是喝茶看报。我因为年轻，男性，又与厂长沾点表亲，几年之后，提拔为科长，手下还是那两个人，都比我年岁大，他们不叫我科长，还叫我小庄。我与傅东心是通过介绍人认识的，当时她二十七岁，也是返城知青，长得不错，头发很黑，腰也直，个子不高，但是气质很好，清爽。她的父亲曾是大学老师，新中国成立之前在我市的大学教哲学，哲学我不懂，但是据说她父亲的一派是唯心主义，"反右"时被打倒，藏书都被他的学生拿回家填了灶坑或者糊了窗户。"文革"时身体也受了摧残，一只耳朵被打聋，"文革"后恢复了地位，但已无法再继续教书。他有三个子女，傅东心是老二，全都在工厂工作，没有一个继承家学，且都与工人阶级结合。

我与傅东心第一次见面，她问我读过什么书，我绞尽脑汁，想起下乡之前，曾在同学手里看过《红楼梦》的连环画，她问我是否还记得主人公是谁。我回答记不得，只记得一个女的哭哭啼啼，一个男的娘们唧唧。她笑了，说倒是大概没错。问我有什么爱好，我说喜欢游泳，夏天在浑河里游，冬天去北陵公园，在人造湖冬泳。当时是一九八〇年的秋天，虽然还没上冻，但是气温已经很低，那天我穿了我妈给我织的高领毛衣，外面是从朋友那里借的黑色皮夹克。说这话的时候，我和她就在一个公园的人造湖上划船，她坐在我对面，系了一条红色围巾，穿一双黑色布带鞋，手里拿着一本书，我记得好像是一个外国人写的关于打猎的笔记。虽然从年龄上说，她已经是个老姑娘，而且是工人，每天下班和别人一样，满身的烟草味，但是就在那个时刻，在那个上午，她看上去和一个出来秋游的女学生一模一样。她说那本书里有一篇小说，叫《县里的医生》，写得很好，她在来的路上，在公交车上看，看完了。她说，你知道写的是什么吗？我说，不知道。她说，一个人溺水了，有人脱光了衣服来救她，她搂住那人的脖子，向岸边划，但是她已经喝了不少水，她知道自己要死了，但是她看见那人脖子后面的汗毛，湿漉漉的头发，还有因为使劲儿而凸露出来的脖筋，她在临死之前爱上了那个人，这样的事情是会发生的，你相信吗？我说，我水性很好，你可以放心。她又一次笑了，说，你出现的时间很对，我知道你糙，但是你也不要嫌我细，你唯一看过的一本连环画，是一本伟大的书，只要你不嫌弃我，不嫌弃我的胡思乱想，我们就可以一起生活。我说，你别看我在你面前说话挺笨，但是我平常不这样。她说，知道，介绍人说你在青年的时候就是个头目，呼啸山林。我说，但凡这世上有人吃得上饭，我就吃得上，也让你吃得上；但凡有人吃得香，我绝不让你吃次的。她说，晚上我看书，写东西，记日记，你不要打扰我。我说，睡觉在一起吗？她没说话，示意我使劲划，别停下，一直划到岸边去。

婚后一年，庄树出生，名字是她取的。庄树三岁之前，都在厂里的托儿所，每天接送的是我，因为傅东心要买菜做饭，我们兵分两路。其实这样也是不得已，她做的饭实在难以下咽，但是如果让她接送孩子就会更危险。有一次小树的右脚卡在车条里，她没有发觉，纳闷为什么车子走不动，还在用力蹬。在车间她的人缘不怎么好，扑克她不打，毛衣她也不会织，中午休息的时候总是坐在烟叶堆里看书，和同事生了隔阂是很正常的事情。八十年代初虽然风气比过去好了，但是对于她这样的人，大家还是有看法，如果运动又来，第一个就会把她打倒。有天中午我去他们车间找她吃饭，发现她的饭盒是凉的，原来这样的情况已经持续了一段时间了，每天早上她把饭盒放进蒸屉，总有人给她拿出来。我找到车间主任反映情况，他说这种人民内部矛盾他也没有办法，他又不是派出所所长，然后他开始向我诉苦，所有和她一个班组的人，都要承担更多的活，因为她干活太慢，绣花一样，开会学习小平同志的讲话，她在本子上画小平同志的肖像，小平同志很大，像牌楼一样，华国锋同志和胡耀邦同志像玩具一样小。如果不是看在我的面子上，早就向厂里反映，把她调到别的车间了。他这么一说，倒让我有了灵感，我转身出去，到百货商店买了两瓶西凤酒，回来摆在他桌上，说，你把她调到印刷车间吧。

傅东心从小就描书上的插图，结婚那天，嫁妆里就有一个大本子，画的都是书的插图。虽然我不知道画的是什么，但是挺好看，有很高的大教堂，一个驼子在顶上敲钟。还有外国女人穿着大裙子，裙子上面的褶子都清清楚楚，好像能发出摩擦的声音。那天晚上吃过饭，我拿了个凳子去院子里乘凉，她在床上斜着，看书，小树在我跟前坐着，拿着我的火柴盒玩，一会儿举在耳边摇摇，一会儿放在鼻子前面，闻味儿。我家有台黑白电视机，但是很少开，吵她，过了一会儿傅东心也搬了个凳子，坐在我旁边。

明天我去印刷车间上班了，她说。我说，好，轻巧点。她说，我今天跟印刷的主任谈了，我想给他们画几个烟盒，画着玩，给他们看看，用不用在他们。我说，好，画吧。她想了想说，谢谢你，德增。我不知道该说什么，就笑笑。这时，小斐她爸牵着小斐从我们面前走过。我们这趟平房有二十几户，老李住在紧东头，在小型拖拉机厂上班，钳工，方脸，中等个，但是很结实，从小我就认识他。他们家哥三个，不像我是独一个，老李最小，但是两个哥哥都怕他，"文革"那时候抢邮票，他还扎伤过人，我们也动过手，但是后来大家都把这事儿忘了。结婚之后他沉稳多了，能吃苦，手也巧，是个先进。他爱人也在拖拉机厂，是喷漆工，老戴着口罩，鼻子周围有一个方形，比别处都白，可惜生小斐的时候死了。老李看见我们仨，说，坐得挺齐，上课呢？我说，带小斐遛弯去了？他说，小斐想吃冰棍，去老高太太那买了一根。这时小斐和小树已经搭上话，小斐想用吃了一半的冰棍换小树的火柴盒，眼睛瞟着傅东心，傅东心说，小树，把火柴盒给姐姐，冰棍咱不要。傅东心说完，小树"啪"的一声把火柴盒扔在地上，从小斐手里夺过冰棍。小斐把火柴盒捡起来，从里面抽出一根火柴，划着了，盯着看，那时候天已经黑了，没有月亮，火柴烧到一半，她用它去点火柴盒，老李伸手去抢，火柴盒已经在她手里着了，看上去不是因为烫，而是因为她就想那么干，她把手里的那团火球向天空扔去，"呲呲啦啦"地响，扔得挺高。

蒋不凡：

从部队转业之后，我跟过几个案子，都和严打有关。抓了不少人，事儿都不大，跳跳舞，夜不归宿，小偷小摸，我以为地方上也就是这些案子，没什么大事儿。没想到两年之后，就有了"二王"，大王在严打的时候受过镇压，小王在部队里待过，和我驻扎的地方离得不远，属于蒙东，当时我就听说过他，枪法很准，能单手换弹夹，速射的成绩破过纪录。两兄弟抢了不少地方，主要是储蓄所和金店，一人一把手枪，子弹上千发，都是小王从部队想办法寄给大王的，现在很难想象，当时的一封家信里夹着五发子弹。他们也进民宅，那是后期，全市的警察追捕他们，街上贴着他们的通缉令，两人身上绑着几公斤的现金和金条，没地儿吃饭，就进民宅吃，把主人绑上，自己在厨房做饭，吃完就走，不怎么伤人，有时还留点饭钱。再后来，两人把钱和首饰扔进河里，向警察反击。我们当时都换成便衣，穿自己平常的衣服，如果穿着警服，在街上走着就可能挨枪子儿。最后，那年冬天，终于把他们堵在市北头儿的棋盘山上，我当时负责在山脚下警戒，穿着军大衣，枪都满膛，在袖子里攥着，别说是有人走过，就算是有只狍子跑过去，都想给它一枪。后来消息传下来，两人已经被击毙了，我没有看到尸体，据说两人都瘦得像饿狗一样，穿着单衣趴在雪里。准确地说，大王是被击毙的，小王是自己打死自己的。那天晚上我在家喝了不少酒，想了许多，最后还是决定继续当警察。

一九九五年刚入冬，一个星期之内，市里死了两个出租车司机，尸体都在荒郊野外，和车一起被烧得不成样子。一个月下来，一共死了五个。但是也许案子有六起，其中一个人胆小，和他一个公司的人死了，他就留了心，有天夜里他载了一个男的，觉察不对，半道跳车跑了，躲在树丛里。据他的回忆，那人中等个，四十岁左右，方脸，大眼睛。但是他不敢确定这人是不是凶手，因为他在树丛里看见那人下车走了，车上的钱没动。这个案子闹得不小，上面把数字压了下去，报纸上写的是死了俩，失踪了一个。我跟领导立了军令状，二十天内破案。我把在道上混的几个人物找来，在我家开会，说无论是谁，只要把人交出来，以后就是我亲兄弟，在一口锅里吃饭，一个碗里喝汤。没人搭茬，他们确实不知道，应该不是道上人，是老百姓干的。我把这五个司机的历史翻了一遍，没有任何交集，有的过去给领导开小车；有的是部队转业的运输兵；有的是下岗工人，把房子卖了，买了个车标，租房子住。烧掉的汽车我仔细勘察了几回，两辆车里都发现了没烧干净的尼龙绳，这人是把司机勒死，拿走钱，然后自己开车到荒郊，倒汽油烧掉。有了几个线索，杀人的人手劲不小，会开车，缺钱，要弄快钱。因为和汽车相比，他抢的钱是小头，但是他没关系，车卖不出去或者他没时间卖，一个月作案五起，不是缺钱的话不会冒这么大的险。回头跟技术那头的人又开了一个碰头会，他们说，光油箱里那点油不能把车烧到这么个样，这人自己带了汽油或者柴油。

又多了一条线索，能搞到汽油或柴油。

这时候已经过了十天。我到领导的办公室，坐下，说，领导，这个案子不好破。领导说，你是要钱还是要人？上面给的压力很大，最近晚上街上的出租车少了一半，老百姓有急事打不着车。军令状的事儿放在一边，案子破了，甭管是什么方法，提你半格。我说，领导，我觉得干警察就是给人擦屁股。领导说，你啥意思？我说，没啥意思。你跟上面说一下，全市出租车的驾驶位得加防护罩，凶手使的是绳子，就算有点别的，估计也是冷兵器，加了防护罩，安全百分之九十，就算这个人逮到了，以后说不定还有别人，防护罩必须要有。领导说，这可是不少钱，不一定能批下来。我说，最近满大街都是下岗工人，记得我们前一阵子抓的那个人吗？晚上专门躲在楼道里，用锛子敲人后脑勺，有时候就抢五块钱。你把这几个案子的现场照片带去，让上面看看脑浆和烧焦的骨头。他说，我想想办法吧，说说现在这个案子的思路。我说，我手下有六个人，有一个女的不会开车不算，剩下五个，你找五辆车，不加防护罩，晚上我们开出去。

几天之后，我给手下开了个会，我说，这事儿有风险，不想干的可以不干，干成了，能记功，也有奖金，干不好，可能把自己搭进去，跟那五个出租车司机一样，让人烧了。你们自己琢磨。赵小东说，头儿，奖金多少？我知道他媳妇正怀着孕，这十几天他基本没着家，我最担心他退。我说，奖金没说死，五千起吧。几个人干几个人分。他点点头，没再说话。

一九九五年十二月十六日晚上十点半，我们五个人，全都是男的，正式出车，每人带了两把枪，一把揣在腋下，一把藏在驾驶位的椅子底下。我提了几个注意点：第一，一个或者一个以上成年男子，打车要去僻静处；第二，孤身一人成年男子，上来就坐驾驶座正后方；第三，身上有汽油或者柴油味的人。如果是女人或者带小孩儿的，就推说是新手，不认识路，不拉。最后一点，如果发生搏斗，不要想着留活口，因为对方是一定想着要你命的。

我们在路上跑了三天，没有收获。小东说拉过三个有嫌疑的男的，要去苏家屯，他就小心起来，听他们说话，是本市口音。其中一个半路要到路肩尿尿，小东就把枪掏出来插在棉鞋里，结果那人尿完回来，三个人继续说话，好像是兄弟三个，回去给父亲奔丧，其中一个上车之前和女人喝了酒，尿就多。到了苏家屯，灵棚已经搭好，小东下车抽了支烟，看他们两个扶着一个走进灵棚去跪下，然后上车开了回来。

　　第八天，十二月二十四日夜里十点半，下点小雪。我把车停在南京街和北三路的交口，车窗开了一条缝，抽烟，抽完烟准备睡一会，那段时间觉睡得断断续续，不一定什么时候就困得不行。路边是一个舞厅，隐约能听见一点音乐声，著名的平安夜歌曲，铃儿响叮当，坐在雪橇上。前面一辆车拉上一个穿着貂皮的中年女人走了，我把车往前提了提，把烟头扔出窗外，车窗摇上。这时从舞厅南侧的胡同里，走出两个人。一个中年男人领着一个十二三岁的女孩儿，男的四方脸，中等个，两只手放在皮夹克的兜里，皮夹克是黑的，有很多裂缝，软得像一块破布；女孩儿戴着白口罩，穿着一条蓝色的校服裤子，上身是一件红色羽绒服，明显是大人的衣服，下摆在膝盖上面。

　　她还背着一个粉色书包，书包的背带已经发黑了。头发上落着雪。

男的走过来敲了敲车窗，我把窗户摇下来，他朝里看了看，说，走吗？我摆摆手，不走，马上收了。他指了指那个孩子，去艳粉街，姑娘肚子疼，那有个中医。我说，看病得去大医院。他说，大医院贵，那个中医很灵，过去犯过，在他那看好了，他那治女孩儿肚子疼有办法。我想了想说，路不太熟，你指道。他说，好。然后把后面的车门拉开，坐在我后面，女孩儿把书包放在腿上，坐在副驾驶。

艳粉街在市的最东头，是城乡接合部，有一大片棚户区，也可以叫贫民窟，再往东就是农田，实话说，那是我常去抓人的地方。

男人的手还放在兜里，两只耳朵冻得通红，女孩儿眼睛闭着，把头靠在座椅上，用书包抵着肚子。开了一会，在转弯处他都及时指路。又过了一会，我说，大哥有烟吗？借一根。他从兜里摸出一根递给我，我用自己的打火机点上。我说，大哥做什么的？他说，原先是工人，现在做点小买卖。我说，现在工厂都不行了。他说，有个别的还行，601所就挺好。我说，那是造飞机的。他说，嗯，有个别的还行。我说，现在做点什么买卖？他看了一眼后视镜，说，一点小买卖，上点货，卖一卖，卖过好几样。我说，你爱人呢？他说，你在前面向右拐，一直开。眼看着要从艳粉街穿过，向着郊区去了，女孩儿一直闭着眼，不动弹，男人眼睛看着窗外，好像是不想再说话了。我说，现在干什么都不容易。他说，嗯。我说，就像开出租车，白天警察多，开不起来，晚上倒是松快，还怕人抢。他说，没什么事儿吧。我说，你是不看新闻，前一阵子夜班司机，死了五个。他又看了看后视镜，肩膀动了动，说，抓着了吗？我说，没啊，那哥们不留活口，不好抓，我算看明白了，人要狠就狠到底，才能成点事儿，撑死胆大的，饿死胆小的。他没回答，拍了拍女孩儿肩膀，说，好点了吗？女孩儿点点头，手把书包紧紧攥着，说，前面那个路口右拐。我说，右拐？你不是要去艳粉吗？她说，右拐，我要去艳粉后面。我打了个轮，把车慢慢停在路边，说，大哥不好意思，憋不住了，只要不抬头，遍地是茅楼，你和大侄女在车里等一下。他说，左拐，马上到了。我说，你们爷俩商量一下，到底往哪儿拐。我要尿裤子了。他说，马上到了。我转过头看他，手顺势伸进怀里，说，这一片黑，哪有诊所啊？女孩儿突然把眼睛睁开了，一双大眼睛，瞳仁几乎占据了所有的地方，她说，爸，我刚才放了屁，好了。男人的下巴僵着，说，好了？她说，是，刚刚我偷偷放了一个屁，不臭，然后就好了，我想下车。男人看了看我，说，爸也要上趟厕所，你先在车里等着。然后拉开车门出去，我把钥匙拔下来，也下了车，把车门锁好。这时的雪已经大了起来，风呼呼吹着，往脖子里钻，远处那一大片棚户区都看不清了，像是在火车上看到的远处的小山。他慢慢走到杂草丛，撒了泡尿，我把枪掏出来，站在他背后。他转过身来，一边系裤腰带，一边看着我说，哥们，你弄错了。我说，甭跟我说这个，别系了，把裤子脱了。他说，你去厂里打听打听，我是什么人。我说，把嘴闭上，裤子脱了。他把裤子褪到脚腕子，我从后腰拿出手铐，准备给他铐上。他说，别让孩子看见，这叫什么样子？我照着他内裤踢了一脚。他没躲，说，那诊所就在前面，是我朋友开的，你可以查一下。这时一辆运沙子的大卡车靠右侧驶来，我突然意识到，我的车没打双闪，路面上都是雪。卡车似乎犹豫了一下，还是撞上了，出租车的尾部马上烂了，斜着朝我们这边的草丛翻过来。就在我被一片手掌大的车灯玻璃击中的瞬间，我朝那个男人站立的方向开了一枪。

李斐：

到底从什么时候开始，我的记忆开始清晰可见，并且成为我后来生命的一部分呢？或者到底这些记忆多少是曾经真实发生过，而多少是我根据记忆的碎片拼凑起来，以自己的方式牢记的呢？已经成为谜案。父亲常常惊异于我对儿时生活的记忆，有时我说出一个片段，他早已忘却，经我提起，他才想起原来有这么回事，事情的细枝末节完全和事实一致，而以我当时的年龄，是不应当记得这么清楚的；有时他在闲谈中提起不久前发生的事情，可能就在一周前，而我已经完全忘记，没有任何印象，以至于他怀疑此事是否发生过，到底是谁的记忆出了问题，是谁正在老去。

母亲去世的情形，我没记忆。后来我看过母亲的照片，没什么特别的，一个陌生女人而已，这让我经常感到愤慨，是什么让我和她成了陌生人？父亲的解释令人沮丧，没什么特别原因，不但一个女人生孩子有生命危险，即使是一个健康人走在马路上，也可能被醉酒的司机撞死。

父亲一直没再娶。在托儿所，阿姨帮我洗屁股并且有效地控制我上厕所的时点，如果我无所顾忌地拉屎或者和别的孩子厮打，还会揍我。哭，一个嘴巴，再哭，一个嘴巴，我看你再哭。没错，这应该就是母亲的职责，如果有妈妈，也是如此这般。这让我有些欣慰，没什么大不了，晚上别的孩子有妈妈来接，我就会去想，你要倒霉了，回家也是这套。可惜，这样的错觉没有持续太久，在我六岁的时候，我认识了小树一家。

小树是我家的邻居，在我们家那趟平房里面居中，我家在最东头，每天父亲从厂子下班，去托儿所接上我，都要推着自行车从小树家门前走过。父亲是钳工，手艺很好，和他一起进厂的人，都叫小赵、小王、小高，而父亲别人叫他李师傅。每天父亲推着我走在厂子里，都有人和父亲打招呼，李师傅走了？李师傅回家做饭啊？李师傅过冬的煤坯打了吗？要不要帮忙？还有人过来逗我，和我说话，父亲都笑着回应，但是车子很少停下。有人给父亲织过围脖，织过毛衣，红的、藏青的、深蓝的，父亲收下，都放柜子里，扔上一袋樟脑球。据说父亲过去是个相当硬朗的人，但是结婚之后对母亲好得不行，很少和人起争执，宁可自己吃亏也不愿意闹不愉快。母亲死后，他一度瘦了两圈，后来又胖回来了，还自己学会了做饭，在车间他升了班长，带着两个徒弟，都是男的，他不用徒弟给他沏茶，也不用他们帮着洗工作服，但是他把自己会的东西都教给他们，他能自己一个人用三把扳子，装一整个发动机，时间是二分四十五秒。如果有人看见父亲绷着脸，中午吃完饭没有看别人打扑克，而是去托儿所看我午睡，那一定是他的徒弟，没把作业做好。

我六岁的时候，第一次和小树说上话。过去我们见过，我比小树大一岁，已经从托儿所毕业，进入学前班，转过年来就要上小学，而小树，还在托儿所的大班里，因为调皮捣蛋，很有名号，左邻右舍都知道。据说有次小朋友们在一起玩皮球，大家都用手抱着，你扔给我，我扔给你，小树接过球，飞起一脚，把棚顶的日光灯踢碎了。好几个孩子的头发里都落上了荧光粉。阿姨没有打他，而是到了供销科，把小树他爸找来了。小树他爸看了看，和阿姨们说了会话，把那几个吓了一跳的小朋友都找来扒开头发看看，出去买了两支新的日光灯，一大包大白兔奶糖。然后站在椅子上，装上灯管。阿姨们帮他扶着椅子，然后拉他坐下，嗑了会儿瓜子，有说有笑，把他送走了。

小树他爸是有名的活跃分子，不知道哪来的那么些门路，反正他总是穿得很好，能办别人办不成的事儿。

我之所以能和小树说上话，是因为那个夏天的傍晚，我想用手里的冰棍去换小树手里的火柴。

那个夏天的傍晚，在日后的许多个夜晚都曾被我拿出来回想，开始的时候，是想要回想，后来则变成了某种练习，防止那个夜晚被自己篡改，或者像许多其他的夜晚一样，消失在黑暗里。

我喜欢火柴，老偷父亲的火柴玩，见着什么点什么。其实平时我是个挺老实的孩子，话也没有多少，阿姨不让上厕所，我能一直憋着，有一次憋得牙齿打战，昏了过去。但是就是喜欢火，一看见火柴就走不动，有一次把母亲过去写给父亲的信点了，那是父亲有数的几次，给了我两下。家里就再也看不见火柴了。那次我把小树的火柴抢到手中，马上就把火柴盒变成了火球，实在憋得太久了，手指烧掉了皮都没在意，火球从空中落下，熄灭了。我突然哭了起来，不是害怕，而是我突然意识到，这样玩太奢侈了。

父亲有点挂不住，又舍不得打我，说，这孩子，小傅，你看这孩子。傅东心说，你喜欢火柴啊？我低头弄手上的皮不说话。傅东心说，为啥？我不说话。父亲用手指点了一下我肩膀，小傅，阿姨和你说话呢。我说，好看。傅东心说，啥好看？我说，火，火好看。傅东心说，你过来。我走过去，傅东心拉住我的手看了看，抬头跟父亲说，这孩子将来兴许能干点啥。父亲说，干点啥？傅东心说，不知道，有好奇心，小树太小，坐不住，教他啥他回头就忘。父亲说，四岁的孩子，让他玩吧。傅东心说，你要是信得过我，晚上吃完饭，让她到我这儿来，周末白天来，我这儿书多，我小时候就爱玩火。父亲说，那哪行？给你和德增添多少麻烦。庄德增说，麻烦啥？现在就让生一个，让俩孩子搭个伴，你也松快松快。东心那一肚子东西，你让她跟我说？父亲说，还不谢谢叔叔阿姨？我说，谢谢叔叔阿姨。这时小树正蹲在地上，研究那根冰棍，冰棍上面已经爬满了蚂蚁，绝大部分都被黏住，下不来了。

第二天是工作日，我一直盼着晚上赶紧来到，可是到了晚上，父亲并没有提这茬，还是像过去一样生炉子做饭，然后在炕上摆上小炕桌，两个人对着吃，没说什么话。睡觉的时候，我在被窝里哭了一场，用手悄悄地抠墙皮放在嘴里，抠着吃着哭着，睡着了。转过天来，是礼拜日，早上醒来的时候，父亲没在家，门反锁着，一般礼拜日父亲要出去办事，都把我这样锁在家里。我窗帘都没拉，洗脸刷牙，然后在灶台找点东西吃了。父亲回来的时候，一身的汗，带回来一堆东西，半扇排骨，两袋子国光苹果，一盒秋林公司的点心。他给我换了身干净的衣服，拉开窗帘，外面一片耀眼的阳光，自己换上洗得发白的工作服，穿上新发的绿胶鞋。然后拿着东西，拉着我的手，来到小树家。

小树他爸正给皮鞋打油，小树在旁边玩肥皂泡泡，傅东心坐在炕上，在一张白纸上画东西。小树他爸抬头说，来了？父亲说，忙呢？然后他走进屋里，把东西放在高低柜上，跟我说，叫傅老师。

傅东心

一九九五年，七月十二日，小树打架了，带不少人，将邻校的一个初一学生鼻梁骨打折，中度脑震荡。是昨天晚上的事，我今天早上知道的，知道的时候我正在给李斐上课，讲《旧约》的《出埃及记》: 耶和华指示摩西: 哀号何用? 告诉了民，只管前进! 然后举起你的手杖，向海上指，波涛就会分开，为子民空出一条干路。小树的班主任走进院子，跟我讲了一下小树的情况，小树当时没在家，抱着球出去了。我跟李斐说，小斐看家，先读读，无须信，欣赏行文中的元气，小树回来，让他别出去，在家等我。然后我拿出存折，去银行取了一千五百块钱，两百块钱给老师，老师没收，说逢年过节，庄树他爸没少照顾，男孩子打个架正常，只是这种群殴，以后得避免，半大小子出手没有轻重，容易惹出大祸。小学生连初中生都敢打，以后咋办? 然后我跟着老师去了挨打的孩子家，他刚出院，我递上水果，把钱塞到家长手里，坐下聊了会儿天。夫妻俩在五爱市场卖纱巾，条件不差，人也能说通，最后他们送我走，在门口说，看你文质彬彬，你儿子怎么那么浑? 我没说什么，坐公交车回家了。

到家的时候，小树正拉着李斐陪他玩球，他在院子里用两块石头摆了个门，让李斐帮他守门，然后他一脚把球踢在李斐脸上，一个大球印子，李斐晃晃脑袋，跑去把球捡过来，又扔给小树。我把小树叫住，让他跟我进屋，小树把球踢给李斐说，你玩吧，好好练练，别跟大脑炎似的。李斐抱起球，跟在小树后面，也进了屋。我坐在板凳上，让他站着，说，我给你爸打了个电话，他明天回来。他说，妈，你别唬我，我爸刚走没几天。我说，你给我站好，你刚才说小斐什么？他说，没说什么，笨还不让人说啊。我说，你给她道歉。李斐还抱着球，说，傅老师，他不是故意的，我确实笨。小树说，你看。我说，你给她道歉。他说，不介，你教过我，做人要真，我给她道歉，就是不真。我说，我让你真诚地道歉。他说，那不可能。李斐说，小树，还玩球吗？小树没看她，说，不玩，以后再也不和你玩了。我说，小斐，你从小就跟着他屁股玩，你还比他大，你没玩够啊？李斐没有反应。我说，庄树，明天你爸回来，让他跟你说，我打不动你。一个钟头之前，我用公共电话给德增打了个电话，跟他说小树又惹祸了，这回还知道伙人，一大帮打一个。德增急了，说，明天就从云南回来。我说，你该办你的事儿办你的事儿。德增说，云南那边的关系现在已经夯实了，给他们看的烟标，他们很满意。我说，他们觉得还行？他说，他们说从来没见过画得这么好的。我说，那你就趁热打铁吧。孩子我再跟他谈谈。他说，小树我还不知道？谈没用。我正好也得回去，云南这边的厂子我们拿技术入股，咱们家那边的，反正现在企业也都承包，我回去跟他们谈谈承包印刷车间的事儿。咱们得有自己的厂子。

小树看我不像骗他，有点慌了，说，妈，是那小子先打的我，好几个打一个，我再去打的他。我说，你知道打人有罪吗？说这话的时候，我感觉到自己的手抖了起来。他说，啥？我说，无论因为什么，打人都有罪，你知道吗？他说，别人打我，我也不能打回去吗？那以后不是谁都能打我？我看着他，看着他和德增一样的圆脸，还有坚硬的短发。在我们三个人里，他们那么相像。

我按住自己的手，让它不抖，说，不说这个了，说你张嘴就说小斐的事，你怎么就不知道尊重人？他冲着李斐说，小斐姐，我错了。我说，你什么意思？当你妈是傻子？他说，妈，我不是认错了吗？我说，你那叫认错吗？你小斐姐内向，你得保护她，你还欺负她，你是什么东西？这要是"文革"，你不得把你妈也绑了？他说，啥是"文革"？我说，不用知道，你给我好好道歉。他转过身正对着李斐说，小斐姐，我错了，不是故意的，以后你踢球，我给你守门，让你踢我，长大了，谁敢欺负你，我就弄死他。我说，意思对了，事情说歪了。李斐说，我记住了。我说，你去院子吧，我给你小斐姐上课。他说，妈，你能替我兜着点吗？要不我也坐这儿听听？我说，你出去玩吧。

然后我领着李斐，坐在炕上把《出埃及记》读了一遍，讲了几个她能够理解的典故，然后我问她，小斐，跟我学了几年了？她说，六七年了。我说，觉得有意思吗？她说，有意思，每天都盼着晚上。我说，从第一次见你，就知道你是好苗子，我没看错，你现在的程度，一般初中生不如你。她说，我不知道。我说，无论什么时候，你就按照你想的方式读、写，多读书，多写东西。她说，嗯。我说，你马上要考初中了，一定要考上。她说，就算考上也要交九千块钱。我爸也说让我考，但是我不考了。我说，没关系，你让你爸跟我说，我帮你出，你爸现在下岗，没工作，是稍微紧一点，将来会好的，能还我们，记住，只要有知识，有手艺，什么都不怕。你现在赶上好时候，我那时候想念书没有地方念。她说，不能管你要。我说，我估计教不了你几堂课了。她抬起头说，为啥？我说，我们这趟房要动迁了，咱们都得搬走，再找房子住，就不是邻居了，知道今天为什么教你这个《出埃及记》吗？她说，那我以后就见不着小树了吗？我说，教你这一篇，是让你知道，只要你心里的念是真的，只要你心里的念是诚的，高山大海都会给你让路，那些驱赶你的人，那些容不下你的人，都会受到惩罚。以后你大了，老了，也要记住这个。李斐没有说话，朝窗户外面看着，我不知她听明白没有。

李斐：

记忆里的礼拜天，总是天气晴朗。父亲会打开所有窗子，放一盆清水在炕沿，擦拭每一片玻璃。然后把脏水泼在院子里，开始浆洗床单被罩。他用双手一截一截把床单被罩拧干，展开，挂在院里的晾衣绳上，院子里都是肥皂的香味。然后他坐下抽一支烟，开始清洗屋里的锅台、地面，他粗壮的胳膊像双桨一样，划过家里的每一个角落。最后一项，是给挂钟上弦。他打开红色的盖，拿起锃亮的钥匙，"嘎嘎"地拧着。他跷着脚，伸着脖子，好像透过钟盘，眺望着什么。

工厂的崩溃好像在一瞬之间，其实早有预兆。有段时间电视上老播，国家现在的负担很大，国家现在需要老百姓援手，多分担一点。父亲依然按时上班，但是有时候回来，没有换新的工作服，他没出汗，一天没活。

父亲接到下岗通知那天，我在家里生炉子。对于生炉子，我是非常喜欢的，看着火苗一点点从炉坑里渗出来，钻进炉膛，好像是一颗心脏在手中诞生。父亲进门的时候，我没有看他。炉子里的烟飞出来，呛进我的眼睛里，我用手抹了抹眼泪，这时我发现父亲已经蹲在旁边，帮我往里面续柴火。他的下巴歪了，一只眼睛青了一圈，嘴也肿了。我说，爸，怎么了？他说，没事儿，骑车摔了一跤。今天我们吃饺子。他把脸伸到水龙头底下，洗净嘴角的血。然后烧了一大锅水，站在菜板旁边包饺子，他的手虽然粗，但是包饺子很快，"咚咚咚"剁好馅，把馅揉进皮里，捏成饺子，放在盖帘上，一会儿就是一盖帘。

晚上吃饭的时候，他喝了一口杯白酒。父亲极少喝酒，那瓶老龙口从柜子拿出来的时候，上面已经落了一层灰。快喝完的时候他说，我下岗了。我说，啊。他说，没事儿，会有办法的，我想办法，你把你的书念好。我说，嗯，你今天没摔跤。他说，没有。我说，那是怎么了？他说，我在想，我能干什么。我说，嗯。他说，我想，我也许可以卖茶叶蛋。广场旁边，卖茶叶蛋的，我过去见过，一会儿就能卖出一个。我说，为什么是你下岗了呢？他说，没什么，几乎所有人都下岗了，厂子不行了。我说，嗯。他说，我下班之后，就去广场看他们卖茶叶蛋。要走的时候，来了一伙人，穿着制服，把他们的炉子踹了。一个女的，抱着锅不撒手，其中有个小子，拽住她的头发，把她往车上带。我就过去，把那小子抱住了。我说，爸。他说，他们人多，如果是我年轻的时候，也没什么事，现在老了。他摊开自己的右手看了看，说，打不倒人了。我说，爸，你有我呢。他说，本来我是回家取刀的，看见你在生炉子，嗯，你蹲在那生炉子，我怕死啊。我说，爸，初中我不考了，按片儿分吧。他站起来说，我说过了，你把你的书念好，别让我再说一遍。然后喝光酒，收拾碗筷，晚上再没说话。

庄德增：

有一年夏天，具体哪年有点记不清了，那几年一晃就过去了，好像都是一年一样。应该是在千禧年前后吧，我在北京谈事儿，接到一个电话，电话里头说，庄厂长，他们要把主席拆了，你想想办法。是厂子里一个退休的老工人，当时我接了厂子，把这些人一起都接了。我说，哪个主席？他说，红旗广场的主席，六米高那个，后天就要给毁了。我知道那个主席，小时候我住得就离他很近。老是伸出一只手，腮帮子都是肉，笑容可掬，好像在够什么东西。夏秋的时候，我们在他周围放风筝，冬天就围着他抽冰嘎。我说，毁他干吗？他说，要换上一只鸟。我说，一只鸟？他说，是，叫太阳鸟，是个黄色的雕塑，说是外国人设计的，比主席还高两米。我说，我不是市委书记，找我没用，活人就别跟死人较劲了，在家好好歇着吧，不差你退休金就完了。说完我把电话挂了。

第二天我飞回家，晚上又出去接待了一拨人，弄到很晚，在洗浴中心睡了，醒过来的时候已经是中午，和我一起来的人都走了。到了前台，小姐端出一堆手牌，我挨个结了账，打电话把司机喊来，给我送回家。开到半路，我下车吐了一次，隔夜的酒从胃里涌出来，好像岩浆一样把食道熨了一遍。有一群老人，穿着工作服，形成一个方阵，在路中间走着，不算整齐，但是静默无言。司机说，咋回事儿？跑这儿练健身操来了？我也纳闷，摆了摆手，上车歪在后座，到了家门口，我突然想起来，是主席，他们是奔着主席去的。我让司机先走，自己在马路牙子上坐了一会儿。看着自己的裤腿，干干净净，皮鞋，干干净净，就在几年前，我穿着西裤和皮鞋，走在云贵高原的土地上，皮鞋几天就长嘴了，西裤的裤腿永远蒙着黄土。我抬起手看了看表，这个钟点，庄树在学校上课，傅东心应该在睡午觉。自从她辞职之后，她的午觉就变得十分漫长，好像一天的主要工作是睡觉。我站了起来，拦了一辆出租车，说，去红旗广场。

出租车司机坐在防护罩里，戴着一顶灰色的帽子，穿着司机制服。奇怪的是他还戴着一个口罩，那可是八月份的正午，烈日高照。我朝他面前的后视镜看了一眼，他的一双眼睛正在其中，也在看我。一个眼角突兀地向下弯折。我便把眼睛挪走了。

"红旗广场？"他的一只手放在"空车"二字上，我说，是。他手指一勾，牌子一倒，"空车"熄灭。行了两站地，已经看见主席无依无靠的大手，路却突然拥堵起来，原来刚才看见的老人，只是其中一支，眼前是另一队方阵从路中间缓缓通过。不同的是，他们穿着另一种颜色和款式的工作服。司机把半个膀子搭在车窗外面，看着眼前的老人，没按喇叭，也没干点别的，就是平淡地看着。我说，也是闲的。他说，谁？我向前指了指。他说，那你去干吗？我一愣，说，我去附近办事，和主席像没关系。他点点头，说，也是，你没穿工作服。我又一愣，说，咱们认识吗？他说，不认识。你什么意思？我说，没什么意思，就是觉得话头有点怪，好像咱俩见过。他说，你是个板正人，我是个卖手腕子的，你可别抬举我。我一时语塞，可能是昨晚喝多了，脑子不太对劲儿。

终于蹭到了广场周围的环岛，他说，你到哪？我一边朝广场上看一边说，你绕着环岛走走。他说，你没瞧见都堵死了？我说，你就走你的，耽误你的时间我给你折成钱。他说，哦，钱是你亲爹。我一下火了，说，你这人怎么说话呢？他说，我是开出租的，不是你养的奴才，你下去。我望向后视镜，他没看我，而是小心地避过前车摆动的车尾。这个疤脸。一般这种人不是话痨，就是犟驴脾气。一旦我下了车，再想打车回去，基本上没有可能，所有路口都插死了，还不断地有老人从车缝里向广场走去，好像水流一样。我说，天热，咱都别急，你帮我绕一圈，咱就原路返回。

他没说话，开始向环岛内侧打轮，透过车窗，我看见红旗广场上，围着主席像，密密麻麻坐满了人。施工队的吊车和铲车在一角停着，几个民警拎着大喇叭，却没有喊话，正在喝水。老人们坐在日头底下，有些人的白发放着寒光，一个老头，看上去有七十岁了，拿着一根小木棍，站在主席的衣摆下面，指挥老人们唱歌。在他的右手边，另一个老头坐在马扎上，拉着手风琴，嘴里叼了一棵烟卷，时不时翘起嘴巴的一角换气。"北京的金山上光芒照四方，毛主席就是那金色的太阳，多么温暖，多么慈祥，把翻身农奴的心儿照亮。我们迈步走在，社会主义幸福的大道上，哎，巴扎嘿。"

主席的脖子上挂着绳子，四角垂在地上，随风摆动。几个工人坐在后面的阴影里，说着闲话。似乎眼前的这一幕和他们没什么关系，等他们闹完，动动手指主席就倒了。我想起小时候，我和几个小子就站在他们的位置，看着主席的后脑勺。一个人说，你说主席的脑袋真这么大？另一个人说，胡扯，这么大的脑袋不是怪物？他哥马上给了他一嘴巴，你他妈的见过主席？嘴是棉裤腰？我当时寻思，如果主席的脑袋真这么大，那他戴的军帽能成多少顶我们戴的军帽，他穿的军裤能成多少条我们穿的军裤？我又想，不对，主席的脑袋应该是正常大小，也许是大，但是大不了这么多。他接见红卫兵的时候，和红卫兵小将的脑袋差不多大，如果他的脑袋果真这么大，那千千万万的红卫兵的脑袋岂不是也这么大？这怎么可能，因为我们学校有人去过，脑袋就和我一样大。

车流缓缓地向前挪动，车里的司机和乘客，无论是私家车、运货车，还是出租车，都有足够的时间向广场上张望。大家歪头看着这群老人。我已经很久没回来过，搬走之后，几乎没回来过。那个建筑好像我故乡的一棵大树，如果我有故乡的话。上面曾经有鸟筑巢，每天傍晚飞回，还曾经在我的头上落过鸟粪。有好多个傍晚，我年纪轻轻，无所事事，就站在这儿看夕阳落山。那些时光在过去的几年里，完全被我遗忘，好像从来没有发生过，好像一瞬间，我就成了现在的样子。

"你知道那底下有多少个？"我说，"什么？"已经几乎绕了一圈了，我感觉到了后半圈，他的速度比其他车子都慢。"没什么，你现在去哪？"我看了一眼广场上，好像图画一样静止了。"回刚才来的地方。"我说。他换了一个档位，把速度开了起来。"你说，为什么他们会去那静坐？"过了一会他问我。我说："念旧吧。"他说："不是，他们是不如意。他们觉得，如果毛主席活着，那些人他们敢？"我说："嗯，也许吧。他们是借着这事儿，来泄私愤。"他说："他们让我想起来海豚。"我说："什么？"他说："新闻上报过，海水污染了，海豚就游上海岸自杀，直挺挺的，一死一片。"我没有说话。他说："懦弱的人都这样，其实海豚也有牙，七十多岁，一把刀也拿得住。人哪，总得到死那天，才知道这辈子够不够本，你说呢？"我说："也不是，也许忍着，就有希望。"他说："嗯，也对。就是希望不够分，都让你们这种人占了。"我越发觉得他认识我。我很想让他把口罩摘下来，让我看看，可是那是不可能的事情。我坐在出租车的后座，拼命回忆，他的音调，他的体态，但是总有些东西不那么统一，从中作梗，像又不像。

到了目的地，他抬起"空车"二字，说，二十九。你知道那底下有多少个？我一边拿钱包，一边说，什么？他说，主席像的底座，那些保卫主席的战士有多少个？我说，我记得我数过，但是现在忘了。他接过我的钱，没有说话，等我拉开门下车，他从车窗伸出头说，二十六个，二十个男的，六个女的，戴袖箍的五个，戴军帽的九个，戴钢盔的七个，拎冲锋枪的三个，背着大刀的两个。说完，他踩下油门，开走了。

庄树：

我虽然完全违背了我爸的意愿，但是他多少还是帮了一点我的忙。他断了我的退路。在我妈去英国旅行的时候，我和他达成了协议，最初五年，除非我辞职，否则我不能管他要钱。这其实是一个单方面的协议，只对他有意义，因为我本来也是这么想的，我给自己的期限更久，比这久得多得多。我得承认，我和我爸妈的关系比较奇特，我妈从小和我不亲近，她和另一个孩子待的时间更长，是一个我小时候的邻居。因为我没兴趣读书，她就把时间花在那个孩子身上，教她读书，把她压箱底的东西都教给她，结果到了那女孩儿十二岁的时候，我们搬了家，从此失去音信，我曾经偷看过她的日记（她藏得并不隐秘，当然她自己不这么觉得），这么多年，她花了不少精力，去打听那个女孩儿的下落，可是没有一点线索，就好像从来没有这个人一样，那些两人一起在炕上，在小方桌旁边读书的岁月，好像被什么人用手一扬，消散在空气里。后来她爱上了旅游和收藏，我们家有好多画、瓷器和旅行的纪念品，我爸给她弄了一间大屋子，专门放这些东西。昂贵的，独一无二的艺术品，和廉价的，可以无限复制的旅游区玩偶放在一起，看上去也不怎么别扭。我爸从印制烟盒起家，在某一段时期，因为他的运作疏通而造成的垄断，他的印刷机器和印钞机差不了多少，后来他又进入房地产、餐饮、汽车美容、母婴产品。在我大学第三年，有一次陪女孩儿去看电影，正在亲吻时，余光看见电影片头的出品人里，有他的名字。他这一辈子干干净净，对我妈言听计从，自从做了烟盒，就把烟戒了。对于生意上的朋友和对手，他很少在家里提及，我感觉，在他心里，这些人是一样的，他们相互需要，也让彼此疲惫。在我印象里，即使他喝得烂醉，只要想回家，总能独自一人找回来，前提是我妈也要在家，帮他校准方位。我妈通常不会说他，给他煮碗面，有时候他进门一头栽倒，她就把他拖到床上，然后关上门。我爸常说我叛逆，也常说我和他们俩一点都不像。其实，我是这个家庭里最典型的另一个，执拗、认真、苦行，不易忘却。越是长大越是如此，只是他们不了解我而已。

高中一次斗殴，作为头目，我在看守所待了一宿，其他人都走了。其实我也受了点轻伤，眉骨开了个小口，值班的民警给我拿了一板创可贴，坐在栅栏外面和我说话。你知道混混以后有什么出路吗？他说。我记得他很年轻，胡子好像还没有我的密。我没有说话，自己把创可贴贴上，在眉毛上打了个叉。他说，要么变成惯犯，要么成为比普通人还普通的人。我没有说话，他说，你以为你多牛逼呢？你将来能干什么？我没有说话。他跷着二郎腿，不断打响手里的打火机。他说，你知道每天全国要死多少警察吗？我没有说话。他说，我看了你的档案，你隔三岔五就得进来一回，都是为别人出头，你说你将来能干啥？你那帮朋友，从这里出去的时候，哪个回头看你一眼，哪个不是溜溜地赶紧走了？我说，操你妈，有种你进来和我单挑。他说，单挑？我一枪就打死你。我开枪不犯法，你会开枪吗？你知道枪怎么拿吗？傻逼。我把手从栅栏里伸出去，抓他的衣服，他没动，衣服被我紧紧攥着，他说，你好好摸摸，这叫警服，昨天有个毒贩，把自己的父母都砍死，抢了六百块钱，他爸临死之前还告诉他钱藏在哪儿，让他快点跑，你这个臭傻逼，你敢吗？你敢动这种人吗？告诉你，今天收拾完你，我明天就把他抓回来，你们这帮傻逼。说完，他把我的手腕 拧，我咬紧牙没有出声，松开了他的警服。他没有回头看我，我听见他开门出去的声音，然后走远了。

　　我一直记着他的样子和他的警号，他是一个辅警，没有编制的辅警。后来我知道，他也没有用枪的权力。大约两年之后，我的一个朋友，因为伤人进去，我在我爸那拿了点钱，去看守所帮他，那年我十九岁，正在念高四，复读，好几个警察都认识我。一个警察看见我说，有日子没来了，跟你爸做生意了？我说没有，然后说了一个警号，还有他的样子，问他在吗？我想让他看看我，不知道为什么，我一直记着他，好几次有人找我去打架，我都想起他。一个人说，你找他干吗？我说，没事儿，问问。那人说，他让人报复了。我盯着他看，等着他往下说，他说，死在自己家楼下，让人从背后捅死了。媳妇饭都做好了。说完，他接过我的钱，进了别的屋，我想问人抓住了吗？可是嘴唇动了动，发现喉咙发不出声音，有什么东西堵在那里。我把事情办完，我的朋友看见我，笑着向我走过来，我转身走了。

从考上警校，到从警校毕业，我妈没跟我说什么话，但在我报考之前，有一天我妈突然问我，真想当警察？我说，是。她说，别逗能。我说，没有。她说，为什么想当警察？我记得那是一个早晨，就我们两个人坐在餐桌旁边喝牛奶，她喝了一口，用手指轻轻擦掉嘴边的白色沫子，抬起头问我。我说，人迟早要死的吧？她说，嗯，要死。我说，想干点对别人有意义，对自己也有意义的事儿，这样的事儿不多。她说，挺好。然后不再说话，低头继续喝自己的牛奶。后来我爸告诉我，她跟我爸说，如果我考不上，让我爸找找关系，让我念上。我不知道她是基于何种心理。也许在她眼中，我做什么都无所谓，都不是她想要的那种人。警校四年，她从来没去学校看过我，即使是毕业时，我成了优秀毕业生，这可是有生以来第一次，但她还是没出现，倒是我爸开车到了学校，参加了我的毕业典礼，还请我吃了顿饭，西餐。他说我妈去了南非，他都联系不上，但是她送给我一个礼物，是一幅画，上面一个小男孩站在两块石头中间守门，一个小女孩正抡起脚，把球踢过来。画很简单，铅笔的，画在一张普通的A4纸上，没有落款，也没有日期。

那顿饭，我爸想要说服我，去市局坐办公室，做文职工作。我拒绝了，结果我爸提前结了账，把我扔在饭桌旁走了。

和他达成协议之后，趁他俩不在，我回了趟家，收拾了自己的一些东西，搬到局里安排的宿舍。我的申请获得了批准，成了一名实习刑警。开始的半年里，我参加了几次相对轻松的行动，那阵子搞逃犯清理，我和几个老警察一起，走了七八个省市，在村庄，在工地，在矿井，把逃了几年或者十几年的杀人犯带回来。没有一点危险。我记得其中一个人刚从矿下上来，看见我们在等他，说，我洗个澡。老警察说，来不及了，车等着呢。走过去给他上了手铐。他的头发上都是煤渣，我年少时的玩伴，随便哪个，看着都比他强悍多了。他说，回去看一眼老婆孩子。老警察说，让他们去看你吧。在奔机场的路上，他只说了一句话，你们早来就好了，我把那娘俩坑了。

二〇〇七年九月，我正式成为刑警，出警时可申请配枪，若是要案，可随时配枪。九月四日晚，和平区行政执法大队的一个城管，喝了些酒穿过公园回家，遭到枪击，尸体被拖到公园的人工湖里。市局的刑警开了动员会，骨干们又单独开了案情分析会，这是这个月里，第二个遭到袭击的城管。第一个被钝物砸中后脑，倒在自家的楼洞口，再没起来。我因为毕业成绩还可以，实习期间的表现也过得去，分析会时允许旁听。枪是警用手枪，子弹也是警用子弹，64式7.62毫米手枪，64式7.62毫米子弹。被枪击的城管，也曾先被钝物击中后脑，从法医鉴定和现场分析，这一击并未致命（怀疑是锤子或扳子），他负伤逃走，袭击者追上再给予枪击。那个城管我不认识，和我也不是一个系统，但是葬礼我还是参加了。因为上面的要求，葬礼比较简单，遗像也没有着制服，而是穿着休闲装，看上去很轻松的样子。作案的手枪，有记录可查，十二年前属于一个叫蒋不凡的警察，那是一次不成功的钓鱼行动，凶手逃脱，他成了植物人（不知是幸运还是不幸。他的脑袋被车玻璃击中后，又被钝物击打），因为是工伤，所有费用都由市局承担。受伤时他还未成家（虽然已经三十七岁），去世之前一直由父母照顾，一九九八年在病床上停止了呼吸。从未醒来，也从未留下只言片语。那次行动的另一个后果，是他携带的两把警用64手枪，两个弹夹，一共十四发子弹，丢了。

当时的案子是一起劫杀出租车司机的串案，一直未能侦破，不过蒋不凡出事之后，这起系列案件也随之停止了。而这两起袭击城管的案子，有着内在的联系，因为这两个城管比较著名。他们在上个月的一次行政执法中，没收了一个女人的苞米锅，争执中，女人十二岁的女儿摔倒在煤炉上，被严重烫伤面部，恐怕要留下大片疤痕。两人因此登上了报纸网络等各种传媒，而有关部门对这起事件的定性是，女孩属于自己滑倒，她自己的母亲负有主要责任，两人并无重大过失，内部警告，继续留用。

在第二次的案情分析会上，会议室烟雾缭绕，主抓这个案子的大队长叫赵小东，当年的钓鱼行动有他一份，那时他的妻子怀孕待产，现在他的儿子已经十二岁，念初一，而他的战友蒋不凡没有子嗣，死了近十年。蒋父已去世，只剩下一个老母亲，住在女儿家。他每年都要去几回，局里发东西，或多或少，带过去一点。他说，没想到过去那个死案又有了活气儿。如果在退休之前，还破不了这个案子，退休之后他就自己调查，如果在他死前还破不了，就让他儿子当警察继续破。会议室里静悄悄，我相信大部分人一方面在想着这个案子为什么这么难，现在到处都是摄像头，可是在这个案子上毫无用处；另一方面想着，那两把枪里，还有不少子弹。

自从参加工作之后，这是我第一次主动发言，我说，领导，各位，我是新人，我瞎说两句，请大家指正。赵队说，不用客套，说。我说，我看了当年的卷宗，也看了卷宗里的现场照片，还去了事发的现场。赵队打断我说，什么时候去的？我说，前天，参加完城管的葬礼，坐公交车去的。赵队说，谁让你去的？我说，我自己想去看看。赵队说，继续讲。我说，当年的高粱地，现在都盖上了楼，卖七千块钱一平方米，那条土路，已经变成四排车道的柏油路。蒋不凡被发现的草地，现在是沃尔玛超市。照片上的地形一点也看不出来了。赵队说，你他妈是想干房产中介？我说，没这个意思，我查了当年的报纸，并且问了周边的人，有一个发现，距离当年事发地点向东两站地，有一个私人诊所，是中医，十二年前就在，现在还在。我在诊所门口等了半天，问了从里面走出来的一个上岁数的患者，他告诉我这里原来的大夫孙育新，曾经是工人，下乡的时候在村里跟着一个江湖郎中学过一阵中医，一九九四年下岗，第二年自己开了个诊所，没想到就一直开下来了。他二〇〇六年春天得胰腺癌去世，现在坐诊的是他儿子孙天博。

所有人都看着我，赵队把烟掐在烟灰缸里，瞪着我说，继续说。我说，当年那起案子，一死一伤，死的是蒋不凡，伤的是卡车司机刘磊，他当时前额撞上方向盘，大量出血，晕厥，什么也没看见，只记得突然看见一辆红车的车尾，而车祸之前，他属于疲劳驾驶，据他所说，眼前只有一片黑夜，所以他连个目击证人都不算。出租车内有血迹，当时也做了检验，不是蒋不凡的，推测属于凶手，但是蒋不凡被车碎片击中的位置在车外，所以我做了一个推测，除了凶手和蒋不凡，出租车上还有另一个人。赵队说，你叫什么名字？我说，我叫庄树。他说，小庄，从今天起，你跟这个案子，和家里打个招呼。继续讲。我说，那个人在蒋不凡和凶手离开车后，还在车中，坐在副驾驶位置，卡车撞上出租车后，车倾覆到路边，他受到重创。蒋不凡倒下后，凶手拿走蒋不凡的手枪，把那人从车中救出，离开现场。这就可以解释，为什么蒋不凡藏在车中的手枪也被拿走了，如果车里没人，他怎么能发现那把手枪呢？赵队站起来说，你的意思是他们去了那个诊所？我说，我只是推测，怕打草惊蛇，没敢去诊所里面调查，但是我感觉，有这种可能。

孙天博：

我爸去世之后，我又见过他两回，一次是去市图书馆帮小斐借书。我有一张图书卡，最贵的那种，一次可以借出十本书。对图书馆的构造我已经十分熟悉，这个图书馆是新建的，外面有草坪，远看也相当美观，门前有长长的石阶，每个来看书的人拾阶而上，好像在拜谒山门。坐在阅读室里，如果夜幕抢在管理员下班之前降临，就能看见脚下一条宽阔的大街，路灯的光亮底下，爬行着无数的黝黯车辆。里面的设施相对简陋，文史类书籍基本集中在一层，不到一千平方米，二层以上便是多媒体阅览室，不知具体可以阅览何物，因为小斐要借的书无须上楼，所以我从来没有上去过。每次帮她借书，我都关门一天，上午来，把她需要的书找到，然后坐在阅览室，把每一本的前言和后记读一遍，如果觉得有趣，就随便翻开一页读上几十页。等管理员戴着白手套，在我身边逡巡而过，把其他人丢在桌子上和椅子上的书收走，我就知道是该离开的时候了。那天借出的十本书是《摩西五经》、《小鸟在天空消失的日子》《夜航西飞》《说吧，记忆》《伤心咖啡馆之歌》《世界尽头与冷酷仙境》《哲学问题》《我弥留之际》《长眠不醒》和《纠正》。我用一个下午，读了几十页《哲学问题》，主要是关于桌子，这人说个没完，但是并不无聊。"世界上有没有一种如此确切的知识，以至于一切有理性的人都不会对它加以怀疑呢？这个乍看起来似乎并不困难的问题，确实是人们所能提出的最困难的问题之一了。"似乎有些道理，但也说不上是确切的知识。

从图书馆出来，我把书分装在两个大袋子里，准备打车回家。

我爸他从旁边的面馆走出来，站在我旁边。我帮你拎一个，他说。我闻到他嘴里的蒜味，他一辈子都爱吃大蒜，说是防癌。我说，我拎得动，他说，给我，看你手勒的。我没给他，拉开车门，他让我往里头坐坐，和我并排坐在后面。他说，看你脸色，最近有些劳累，给你把把脉。我说，没事儿，睡得晚了。他说，最近附近动静不对。我说，知道。他说，跟你讲过我和你李叔的事吧。我说，讲过。他说，我再讲一遍。我说，好。他说，我下乡不久之后，就进了保安队，抓赌。你李叔是队长，小时候我们就认识，他们兄弟几个外号"三只虎"，我和他走得近，我比他大，但是愿意跟着他跑，他说话我听。下乡之后，我们在一个堡子，他让我抓赌挣工分，有一次我和你李叔刚走到窗户边，一个小子从窗户里跳出来，想跑。我伸手一拉，他捅了我一下。你李叔马上背着我去了老马头那，老头用针灸封住我的脉，给我止了血，救了我一命。后来他找到那小子，把他脚筋挑断了。我说，是这故事。他说，不能让他折进去，他折进去，小斐就成了孤儿。我说，我心里有数。他说，你和小斐的事儿别着急，她性格怪，也不怎么见人，就自己在那写字。我说，没急，我也没想怎么。他说，你是让你爸拖累了，接了爸的班，爸知道，但是有时候人生在世就是这么回事儿，那天老李跟我交了底之后，就是这么回事儿了。

我们是一代人。我说，跟你没关系，你和李叔是朋友，我和小斐也是朋友。他说，最近小斐再来，从后门进来，如果觉得不好，先别来，你也别去她家。我说，别操心了，该歇着了，都一辈子了。他拍了拍我的手，走了。

第二次见他，是在那两个警察来过之后，晚上，他把我推醒，说，儿子，别把自己搭进去。我说，你变样了，老了。他说，实在不行就脱身吧，你李叔能保你，以后你照顾好小斐就行。我说，爸，这事儿和你没关系了。然后闭上眼睛睡着了。

傅东心：

搬家之前，有天晚上德增没在家，我想找老李谈谈：一个是关于将来的事儿，关于小斐的教育；一个是关于过去的事儿。走到他家门口，看见老李在炕上修他家的挂钟，今天小斐也没在，学校联欢会。一九九五年初秋的夜晚，在市区还能看见星星。我站在他家院子里，看他把挂钟拆开，用一个小钉子把机芯的小部件捅下来，擦擦，又用一个小螺丝刀拧上。头上的猎户座系着腰带，不可一世。院子里堆满了旧东西，皮箱、炕柜、皮鞋、锅和大勺。是要卖的，搬家带不走这么多，也许钟也要卖，但是他要先把它修好。我敲了敲门，他在炕上抬起头，说，傅老师来了。

我说，小斐这么叫，李师傅就别这么叫了，跟你说过好几回了。他把钟的零件码好，下炕，站在地上，说，傅老师坐。我坐下，他用肥皂洗了洗手，走到院子里打开地上的炕柜，拿出一个铁罐，给我沏了杯茶。我说，你也坐，跟你聊聊小斐。他说，坐了半天了，站一会儿。我说，小斐上次模拟考试的成绩我看了，超过最好的初中三十分。他说，傅老师教得好。我说，我没教她考试的东西，是她自己上心。他说，这孩子能坐住。我说，择校费别太在意，我们这里有点闲钱。他说，没在意，孩子我供得起。傅老师的心意我领了。我说，古代徒弟学成下山，师傅还送把剑或者行路的盘缠，你别跟我客气，实在不行，回头你再还我，算我借你的。他拿起炕桌上我的茶杯，把水篦出去，又添了一杯热水。喝点热的，凉茶伤胃，他说，我也有徒弟，教完他们把我顶了，但是我不当回事儿。他们去广场静坐，我在家歇着，不丢那人，又不是要饭的。我伸手从裤兜想把准备好的纸包掏出来，他按住我的胳膊肘，说，傅老师别介，说说行，你拿出来我可就要轰你了。我看了看他的眼睛，很大，不像很多在工厂待久了的人，有点浑，而是光可鉴人。我松开纸包，把手拿出来，说，我明白了，毕竟是你和小斐的事情，我作为退路，这样行吗？他说，你也不是退路，各有各的路，我都说了，心意我领了。

一时没人说话，我听见炕桌上裸露的机芯，"嗒嗒"地走着。我说，还想跟你说个事儿，明天我就搬走了。他说，你说。我说，你能坐下吗？你这么站着，好像我在训话。那是九月的夜晚，他穿着一件白色的老头衫，露出大半的胳膊，纹理清晰，遒劲如树枝，手腕上戴着海鸥手表，虽然刚干了活，可是没怎么出汗，干干净净。他弄了弄表带，坐在我对面，斜着，脚耷拉在半空。我说，李师傅过去认识我吗？他说，不认识，你搬到这趟房才认识你，知道傅老师有知识。我说，我认识你。他说，是吗？我说，六八年，有一次我爸让人打，你路过，把他救了。他说，是我吗？我不记得了。他现在怎么样？我说，糊涂了，耳朵聋，但是身体还行。他说，那就好，烦心事儿少了。顿了一下，他说，那时候谁都那样，我也打过人，你没看见而已。我把茶杯举起来，喝了一口，温的。我说，我爸有个同事，是他们学校文学院的教授，美国回来的，我小的时候，他们经常一起聚会，朗诵惠特曼的诗，听唱片。他说，嗯。我说，"文革"的时候，他让红卫兵打死了。他说，都过去了，现在不兴这样了。我说，当时他们几个红卫兵，在红旗广场集合，唱着歌，兵分两路，一队人来我家，一队人去他家。来我家的，把我父亲耳朵打聋了，书都抄走；去他家的，把他打死了，看出了人命，没抄家就走了。

他说，是，这种事儿没准。我说，这是我后来知道的，结婚之后，生下小树之后。他说，嗯。我说，打死我那个叔叔的，是庄德增。他一下没有说话，重又站在地上，说，傅老师这话和我说不上了。我说，我已经说完了。他说，过去的事儿和现在没关系，人变了，吃喝拉撒，新陈代谢，已经变了一个人，要看人的好，老庄现在没说的。我说，我知道，这我知道。你能坐下吗？他说，不能，我要去接小斐了。你应该对小树好点，自己的日子是自己过的。我说，你就不能坐下？你这样走来走去，我很不舒服。他说，不能了，来不及了。无论如何，我和小斐一辈子都感激你，不会忘了你，但是以后各过各的日子，都把自己日子过好比什么都强。人得向前看，老扭头向后看，太累了，犯不上。有句话叫后脑勺没长眼睛，是好事儿，如果后脑勺长了眼睛，那就没法走道了。

日子"嗒嗒"地响着，向前走了。我留了下来。看着一切都"嗒嗒"地向前走了，再也没见过老李和小斐，他们也走了。

李斐：

我坐在窗边，看着杨树叶子上的阳光，前一天的这个钟点，阳光直射在另一片叶子上。这两片叶子距离很近，相互遮挡，风一吹，相互触碰，一个宽大，一个稍窄，在地下根的附近，漏出光影。秋天来了，叶子正在逐渐变少。我想把它们画下来，但是担心自己画得不像，那还不如把它们留在树上。这棵树陪伴了我很久，每次来这里治腿，完了，我都坐在这儿，看着这棵树，看着它一点点长大变粗，看着它长满叶子，盛装摇摆，看着它掉光叶子，赤身裸体。树，树，无法走动的树，孤立无援的树。

我想起第一次搬家，后来又搬过，但是人生第一次的印象最为深刻。搬家之后，大部分家具都没有了。房子比过去小了一半，第一天搬进去，炕是凉的，父亲生起了炉子，结果一声巨响，把我从炕上掀了下来，脸摔破了。炕塌了一个大洞，是里面存了太久的沼气，被火一暖，拱了出来。有时放学回家，我坐在陌生的炕沿，想得最多的是小树的家，那个我经常去的院子，想起小树用树枝把毛毛虫斩成两段，我背过脸去，小树说，怎么了？我说，没怎么。小树说，你知道什么？它吃叶子。我说，那也不是它的错。在搬离那条胡同之前，我对小树说，小树，快圣诞节了。小树说，闲的，还有三个月呢。我说，圣诞节的时候我们就不是邻居了。小树说，那有啥，该干吗干吗。我知道庄家是过圣诞节的，每年的平安夜傅东心都给大家包礼物，有一年送了我一个笔记本，扉页上写了一句话，谁也不能永在，但是可以永远同在。

我虽然不太清楚这句话的意思，但是喜欢傅老师的字迹，像男人的，刚劲挺拔。我说，你想要什么？小树说，你买得起？我不要，我妈骂我还少？我说，我可以给你做个东西。小树说，做啥？我说，烟花行吗？小树说，就像你点了那个火柴盒一样？我说，你还记得？小树说，那玩意太小了，没意思。我说，你想要多大的？小树说，越大越好。他伸开双臂，能多大多大，过年我妈都不给我买鞭，怕我给人炸了。我想了想说，我知道，在东头，有一片高粱地，我爸带我去一个叔叔家串门，我在那过过。冬天的时候，有没割的高粱秆，都枯了，一点就着，像圣诞树。小树说，你敢？我说，兴许能一烧一大片，一片圣诞树。小树拍手说，你真敢？我说，你会去看吗？穿过煤电四营，就能看见。小树说，你敢去我就敢去。我说，无论你在哪？他说，无论我在哪。我说，如果傅老师不让你去呢？小树说，不用你管，我有的是办法。我说，几点？小树说，太早会被人看见，十一点？我说，十一点，你别忘了。小树说，我记性好着呢，就看爱不爱记。我准到。

天博过来，跟我说话。好像在说腿的事，说腿怎么了，我没听清，因为我想起了另一件很遥远的事。很多年之前，傅老师在画烟盒，我跪在她身边看，冬天，炕烧得很热，我穿着一件父亲打的毛衣，没穿袜子。傅老师歪头看着我，笑了，说，你爸的毛衣还织得挺好。我也笑了，想起来父亲织毛衣时，笨拙的样子，我坐在那帮父亲绕毛线，毛线缠到了他的脖子上。傅老师说，你别动，就画你吧。我说，要把我画到烟盒上？傅老师说，试试，把你和你的毛衣都画上。我说，不会好看的。傅老师说，会的。我说，那我把袜子穿上。傅老师说，别动了，开始画了。画好草稿之后，我爬过去看，画里面是我，光着脚，穿着毛衣坐在炕上，不过不是呆坐着，而是向空中抛着"嘎拉哈"，三个"嘎拉哈"在半空散开，好像星星。我知道，这叫想象。傅老师说，叫什么名字呢，这烟盒？我看着自己，想不出来。傅老师说，有了，就叫平原。我也觉得好，虽然不知道玩"嘎拉哈"的自己和平原有什么关系，但就是感觉这个名字很对。

我还想起，很多年前的另一个夜晚，我从这里的一张床上醒过来，首先看见的是天博，过去我们见过，但是没说什么话，我俩都是挺闷的人。天博坐在床边，在床单上摆扑克，从K到A，摆了几条长龙，要从床上出去了，就拐弯放。我觉得迷糊，腰上疼得厉害，下面好像是空的。我说，天博，我爸呢？天博说，你醒啦，那没事儿了，他也没事儿了，和我爸在外面抽烟呢，你玩扑克吗？打娘娘啊？我说，我的书包呢？天博指了指。和我的血衣服一起，在另一张床上。我说，帮我扔了，别让我爸看见。

这次我听清了天博在说什么，他说，今天感觉，你的左腿胖了。我说，肿了吧。他说，不是，是胖了，我针灸的时候，感觉经络活分了一点，你动一动脚趾。我试着动了动，没动。我说，你弄错了。他说，感觉到脚后跟热吗？我说，有一点。他说，是好现象，再观察看看。我说，你老是抱有希望，这样不好。他说，这是有依据的，虽然这么多年，应该没希望了，但是从上个月开始，我觉得有些变化，你伤在脊椎，按理说，不容易好，但是最近你的脊椎好像恢复了一些，有一些过去没有的反应，很奇怪，万物自有它的循理，我们再看吧。我说，外面阳光很好，推我出去走走。他说，有个事跟你说一下，昨天来了两个警察。我说，你跟我爸说了吗？他说，说了。他说没事儿。对了，昨儿我在街上给你捡了一个烟盒，估计你没有。天博从白大褂的右兜里，掏出一个已经拆开摊平的烟盒。我接过来看了看，我真没有。你看这小姑娘，画得真好，他说。我把烟盒夹在手边的书里，说，昨天那两个警察都问你什么了？他说，一个警察四十岁左右，另一个二十七八岁，问我知不知道十二年前，这附近出过一起案子，车祸，然后一个警察让人打废了？我说不知道，那时我还小，早就睡了。他们问我，我爸说起过什么没，比如那天晚上是不是来过什么人？我说，没听他说起过，他也是早睡早起的人。他们问我有没有病人的病历，我说有，他们让我给他们看看，看完之后，他们说，让你妈和我们聊聊，我说我爸下岗之后，他们俩就离婚了，我妈现在在干什么，我都不知道。他们就走了。我说，你不害怕吗？他说，我是大夫嘛……最近你不要来了，也不要打电话，等过了这阵子再说，我会把后面三个月的药给你弄好带着，然后你自己给自己按摩，我教过你。我说，嗯。他说，你最近写小说了吗？我说，写了，还没写完。写好了给你看。他说，你歇着吧，我去前面看看病人，热敷了半个小时了，快熟了。

庄树：

我和赵队最后还是决定去一趟蒋不凡母亲那，就算是枯井，也要下去摸一摸。烫伤事件里的母女，我们都已经排查过，没有嫌疑，女人是单身母亲，女孩儿成绩不错，两人收到了大量的捐款，女孩的恢复也比预想得好，两人既无作案的能力，也无更深层次的作案动机，和旧案也无瓜葛。在孙天博那里，有一定的收获，这让赵队振奋。收获就是没有收获。孙天博的诊所极其干净，一尘不染，病历、锦旗、沙袋、针艾、草药和床，都在恰当的位置，还有两盆一人高的非洲茉莉。病历是整齐的十几本，两个人的字迹，前一个写得比较凌乱，后面的则字迹清秀，工工整整，情况也写得详细。从里面出来，回到车上，赵队说，有意思，这个姓孙的好像一点毛病没有。我说，是，太利整了。他说，说说你的想法。我说，得把他妈找着。赵队说，是，找人，用不着咱俩，让局里落实。我打个电话。他把电话打完，我们俩坐在车里抽烟，我说，蒋不凡留下什么东西了吗？他说，有，他当时穿的衣服，他妈都留着，上面还有血，没洗。她说这是他儿子的血，不脏。搬了几次家，都带着。我说，赵队，我想看看。他说，走吧。

　　蒋不凡母亲跟大女儿一起住，在市西面的砂山地区，属于三个行政区域的交界，发展得比较缓慢，三个区都想管，最后都没管。有一片地方想开发，平房推倒，挖了一个大坑，一直没有盖东西。十年过去，还是一个大坑，所以那个地方也叫沙山大坑。她的大女儿在大坑边上开了一间麻将社，不大，六张桌子，有一个小厨房，麻友可以点吃的，炒饭或者炒面两种。我们去的时候，她的大女儿去接孩子，蒋母自己看店，她坐在一张桌子旁边，一边嗑毛嗑，一边和其中一个老头说话。老头说，今年退休金涨了一百五，真不错，死了能多穿一件裤衩。赵队说，大娘，没玩？她转过头说，小东来了。我把买好的水果递上，她说，老了，吃不了几个，下回别买了。赵队说，这是小庄。咱们后屋说啊。她说，咋地？人抓着了？桌子上的四个人马上抬眼看我们，赵队说，没有，说点闲话，有日子没来了。大爷，该胡就胡吧，别憋大的啦，五万对死了。几个老人笑了，继续打牌。

蒋不凡的衣服果然在这儿，一件棕色夹克，一件深蓝色毛衣，一件灰色衬衣，一件白色跨栏背心，一条黑色西服裤子，一条藏青色毛裤，一条灰色衬裤，一条灰色三角裤头。蒋母用一个包袱卷包着，好像一盒点心。赵队说，看看吧。蒋母说，我想了，我这身体越来越不行，今年小凡忌日，这些东西我就给他烧去了，要是我死了，怕是得让人扔了。赵队说，嗯，我们再看看。我把每件衣物翻检了一遍，没什么东西，血迹已经发黑，兜里的东西应该早就拿出去了。我说，我再看一遍。赵队说，你别急，都已经来了。第二遍我翻到裤子，发现右裤子兜是漏的，顺着裤腿，我摸下去，发现在裤脚，有个东西。裤脚扦过，是两层。我借来剪子，把裤脚挑开，里面有个烟头。我把烟头拿出来，举起来，过滤嘴写着两个字：平原。我说，大娘，蒋大哥当年抽什么烟你还记得吗？她说，大生产嘛，我给他买过，一天两包。现在买不着了。我回头跟赵队说，是吧。赵队说，是，我也抽大生产，后来这烟没了，换成红塔山，又换成利群。我把烟头递给他，说，那这烟头是谁的？

回局里的路上，我们俩停了一次车，去了烟店，买了一包新出的平原，打开一人一根抽上。我看着烟盒，觉得奇怪，上面有一个玩"嘎拉哈"的小姑娘，虽然图案很小，面目不太清晰，但是感觉很亲切。从烟标来看，做工是很好的。赵队说，挺好抽，当年也有这种烟，但是不好抽，后来没了。我说，不好抽？他说，是，还挺贵，抽的人特别少。我们可以查一下，九五年，这种烟也许刚上市，抽的人更少。我说，那就明白了。他说，是，老蒋还是老蒋，可惜这么多年我们都不知道他兜里头有东西。我说，不怪你，那兜漏了。蒋哥在车上管凶手要了一棵烟，他也发现抽这种烟的不多，所以抽完之后，就把烟蒂放在裤兜里。他说，幸亏老太太没把衣服烧了。要不然老蒋就白死了。我说，不会的，不会有人白死的。

第二天赵队主持开了个会，烟头的事儿他没有通报，因为涉及过去的过失，等查出结果再说也不迟。他主要提了两件事儿：一个是密切监视孙氏中医诊所，二十四小时不能断人；一个是尽快找到孙天博母亲的下落。盯了一星期，孙氏诊所没什么动静，没有可疑的病人，孙天博也没有逃跑的动向，但是孙天博的母亲找到了。她叫刘卓美，现在在北京朝阳区东四环附近开了一家四川小吃店，卖面皮、麻辣涮肚、麻辣拌。老板是四川人，当年在本市走街串巷，推着一个两平方米的小车，四面缝着塑料，里面有口锅，常年煮着飘着大烟葫芦的老汤，她常上他的车吃麻辣烫，后来孙育新下岗，她就跟着他推着车跑了。我和赵队马上连夜飞到北京，当时北京正在弄奥运，一片乱糟糟，我们两个外地警察，也被人反复查了一阵。到了那家小店的时候，已是晚上十点多，饭店里没什么人，几个服务员围着一锅面条，一边吃一边看墙角挂着的小电视，里面正在播盖了一半的鸟巢，一片狼藉，好像被拆了一半。我们拿着照片，看见刘卓美坐在其中一张靠里的桌子上点账，左手拿着一棵烟。每翻开一页纸，就用拿烟的手蘸一下口水，头发花白，其实已经焗过，但是在亚麻色中间，到处可见成绺的白发。我们说明了来意之后，她没有惊慌，而是让服务员提前下班，说要和我们好好聊聊。她说，老乡啊，虽然我的口音已经乱套了，老乡还是老乡。她的丈夫从后厨出来，是一个个子不高的中年男人，穿着一双安踏运动鞋，鞋帮已经裂了。他给我们沏了壶茶，她说，他可以先回家吗？赵队说，可以，主要问你一些事情。她说，那你回吧。那个男人走出门去，却没有走，而是蹲在路边，背对着我们抽起烟。赵队说，你是哪年走的？她说，九四年十月八号。赵队，说说怎么回事。她说，老孙下岗了，第一批被裁了员，过去他在拖拉机厂当木工。下岗之后，他想开诊所，那时给了他一笔买断工龄的钱，但是我反对，租房子，进东西，投入太大，而且他的手艺平常觉得好使，真开起诊所说不定哪天就让人封了。他不干，我就不给他钱，咱们家的存折在我这儿，他就打我，我和他一直关系不好，他老打我，手劲还大。那时候我和小四川很熟，我问他，你愿不愿意带我走，我有点钱。他说，你没钱，咱们也走。十月八号的上午，是休息日，老孙没在家，我给天博做好饭，看着他吃完，问他如果有一天妈不想和爸过了，你是跟妈走还是跟爸走。他说，跟爸。然后继续吃饭。下午我拿上存折，就跑了。赵队说，说得很清楚，那就是说，九五年十二月二十四号，你已经不在老家了。她说，九五年？那时候我们在深圳打工。赵队看了我一眼，说，他们现在的诊所开得不错，你儿子接班了，老孙去世了。她没有表情，说，从走那天开始，我就和他们没有关系了。天博从小就是个心里有数的孩子。顿了一顿，她说，他结婚了吗？赵队说，没有。她说，嗯。这时我说，你当时把家里的钱都拿走了？她说，是，连他买断的钱我都拿了，就给天博兜里揣了十块钱。我说，那他拿啥开的诊所呢？父母能给不？她说，不可能，他父母早没了，兄弟姐妹比他还困难。我说，那他从哪来的钱呢？她说，这我哪知道？我说，你再帮着想想。她想了想说，他有个朋友，一直很好，如果他能借着钱，也就是他了，他们从小就认识，下乡，回城，进工厂都在一起。那个人不错，是个稳当人，不知道现在在干啥。我说，他叫什么你还能想起来不？她说，姓李，名字叫啥来着？他有个女儿，老婆死了，自己带着女儿过。我说，你再想想，名字。她说，那人好像姓李，名字实在想不起来，他那个姑娘，很文静，能背好多唐诗宋词，说是一个邻居教的，小时候我见过她，那孩子叫小斐。

赵小东：

孙天博很有意思，什么也不说。我找了几个经验丰富的人问过，也不行。只是不说话。不让他睡觉，他就不睡，跟你耗着，把我们几个都耗累了，他还能撑。我说，你要是不知道，可以说不知道，我们记录在案。他连不知道也不说，只是不时用手按摩自己的颈椎。

我们让诊所开着，从别处找了一个中医坐诊。从里到外翻了一遍，没有发现。其中一个人说，没见过这么干净的地儿，就不像有人住的。我问小庄，往下怎么弄。小庄从北京回来，状态有点萎靡，在飞机上想抽烟，憋得乱转，下飞机之后，到局里的路上，把半盒平原都抽了。

我们查了本市所有叫李斐的女性的社会记录，发现有一个和我们要找的人高度吻合。此人生于一九八二年，父亲叫李守廉，一九五四年生人，身高一米七六，原是拖拉机厂工人，钳工，会开手扶拖拉机，也会开车，下岗之后，就从社会上蒸发了。李斐有小学的档案记录，小学毕业之后就没有了。而这两件事情的时间点，都是一九九五年。综合我们掌握的所有情况，李守廉是一九九五年劫杀出租车袭警串案和二〇〇七年袭击城管串案的重大嫌疑人。李斐即使不是从犯，也是重要的证人。人活着就应该有记录，李斐是否还在世无法确知，但是李守廉一定在世，这中间社会上换了一次二代身份证，他一定有了新的名字和身份。

小庄说，应该是这样，那年李家发生了几件事，下岗、李斐升学、朋友孙育新想要开诊所，借钱。李守廉一向仗义，先把钱借给了孙育新，李斐升学就没有钱。我说，没明白。他说，我是经过那时候，考初中，就算你考全市第一，也要交九千块，我假设李斐这孩子考上了，但是李守廉的钱压在诊所里，所以他实施了对出租车司机的抢劫。我说，有道理。逻辑上可以成立。他说，第一起案子你还记着吗？那个出租车司机的储物柜里，有刀，他是转业兵，开夜班，防身带着，第一起案子也许是误杀，他本来是想拿点钱就走。后来手上已经有人命，就杀人抢劫了。我说，有这个可能，但是已经不重要了，第一起案子到底怎么回事儿，重要吗？他说，后来的袭警案，就和我过去假设的差不多，那天李斐应该在车上，他们不是要抢劫，而是去办什么事儿，也许就是去孙氏诊所串门或者看病，打的是蒋不凡的车，蒋不凡觉察出李守廉的嫌疑很大，中途两人下车，后面的事情我过去推论过了。我说，可能李斐也参与了抢劫，也有这种可能。小庄说，嗯，也有，但是可能性不大。我说，为什么？他说，从人性角度讲，父亲不应该这么干。我说，操，跟我说人性？他没有说话。

第二天我又带人去翻了一遍孙天博的家，的确收拾得很干净，应该是随时防备有一天我们会抓他。里屋是木地板，我让人撬开，什么也没有。我觉得既然如此，索性继续拆。所有能藏东西的地方全拆开，终于发现了一个中医枕头，里面有一层小石子，安眠用的。在石子底下，有一本带血的小学语文教材和七十多页复印的文稿。我把这些东西拿到孙天博面前，他像没看见一样，还是不说话，然后闭上眼睛，按摩自己的太阳穴。我看了一遍稿子，好像是小说，写的都是一趟房里邻居的事情，小孩儿之间的事儿，大人之间的事儿，玩毛毛虫啊，弹玻璃球啊，打趴几啊。看意思应该是作者小时候的事情。我把这些东西转给了小庄，让他看看。小庄看过之后，没有提什么决定性的想法，而是向我请了几天假，说是实在撑不住了，身体要垮了，我同意了，毕竟年轻，第一次跟这种案子，休息休息是合理的。我提议他可以先见见孙天博，毕竟是目前我们手上唯一可用的线索，他说不见了，实在是太累，他还说，这几天他好好想一想，也许会想出个眉目，再见不迟。

　　就在他请假的第三天下午，出现了新的情况，这是所有人都没有想到的。年初我们搞过一阵子追逃行动，其实有些劳民伤财，抓回来的，即使手上有过人命，大多早已成了废物，不是未老先衰，就是成了沉默寡言的木头疙瘩，或者因为酗酒成了废人。有一个人现年五十一岁，一九九六年抢劫岐山路建设银行未遂，用自制短筒猎枪打死一名保安，潜逃。今年年初将他从河南省舞阳县抓回，他承认他抢劫杀人，并提出希望能见到自己离异多年的妻子。我没把此事当回事儿，如果每天满足他们的愿望，我就不用干别的了。小庄找到了这人的妻子，也已经五十多岁，重新结婚生子后，生活不错，现在退休在家，帮儿子带孩子，不愿意与他见面。小庄征得对方同意，给她照了一个半身像，带给案犯看了，并把实际情况跟他讲了。他收下照片没说什么。可就在这几天，他突然说有重要事情汇报，我去了。他要见小庄，我说小庄休假了，病了，我是他上级，可以代表他。他认识我，把情况讲了一遍，我听后，让他写下来，然后召集了专案组，拿着他所写材料的影印版，又让他讲了一遍。这人记性极好，无论是所写材料，还是两遍的供述，没有任何矛盾之处，而且十几年前的细节，很多都还记得。此人叫赵庆革，无业，酗酒嗜赌，麻将花面冲上摆着，他扫一眼，揉乱砌出城墙，所有牌的位置基本上都在心里亮着。可是就是这样，还是输钱，欠了不少外债，为了翻本，他就动了抢劫出租车司机的念头。他身高一米七五，手劲极大，据他自己说，年轻时吃核桃有时是用掰的。尼龙绳、柴油，上车之后坐在司机正后方，行到偏僻处实施杀人抢劫，然后焚车逃走。一共五起，每一起的时间地点人物，甚至连司机的大致相貌、年龄，甚至有的人的口头禅，他都记着。其中有一个司机上衣兜揣着一把梳子，一边开车一边梳头，说送完他就去跟相好会面，相好三十二岁，丈夫常年出差。他把他勒死后，梳子拿走，一直用到现在。

但是他说一九九五年十二月二十四号，他并不在蒋不凡那辆车上，他去了广州买枪（但是没买到），那时出租车的案子他做了五起，没有纰漏，就准备向前走一步，去抢银行。我把李守廉和李斐的照片给他看，他说不认识，从没见过。

我看到了那把梳子，然后给小庄打了电话，他关机了。其实也没那么着急，只是案子的链条有了一个断缝，而我们需要做的工作并没有什么大的变化。

李斐：

看见报纸那天，我晚上失眠了。我把那份报纸放在枕头边上，夜里起来看了好几回。前两天父亲跟我说，天博出事了，那盆非洲茉莉不在窗户边上了。我就知道，很多事情要开始了。但是我没有想到，首先出现的竟然是小树。第二天一早，我叫住父亲，把报纸递给他。父亲看过之后，说，太巧了。我没有说话。父亲说，我知道你是怎么想的。我说，我怎么想的？父亲说，你想，也许没问题。我点头。父亲说，按道理，天博不会说，我知道他，而且如果他说了，也不用登寻人启事找我们。我点头。父亲说，但还是太巧了。我说，爸，你是不是有事情没告诉我？父亲说，我先出车，你让我想想。

父亲现在是出租车司机。

晚上父亲回来，我坐在轮椅上，还在看那份报纸。

寻人启事：寻找儿时的伙伴，失散多年的朋友、家人小斐。我一周后就要出国定居，请速与我联系。不可思议，我们已经长大了。下面是我的电话。

在电话的下面，附了一张画。上面一个小男孩站在两块石头中间，一个小女孩正抡起脚，把球踢过来。

　　父亲摘下口罩，把买好的菜拿进厨房。吃饭时，父亲说，广场那个太阳鸟拆了。我说，哦，要盖什么？父亲说，看不出来，看不出形状，谁也没看出来。后来发现，不是别的，是要把原先那个主席像搬回来，当年拉倒之后，没坏，一直留着，现在要给弄回来。只是底下那些战士，当年碎了，现在要重塑。不知道个数还是不是和过去一样。我说，哦。父亲说，我想好了。我说，嗯。父亲说，去见见吧。我原先想查查小树，但是怕反而会惹麻烦。索性就这么去吧。我从轮椅上向前跌下来，碗掉在地上，饭粒撒了一地。父亲把我抱起，放回轮椅上。我说，爸送我过去，我单独见他。父亲说，那得想个地方，你腿不方便，如果不好，能走的地方。我说，我想好了，船上。父亲说，船上好，一人一条船，挨着说话。我说，他也看不出我腿有毛病。父亲从腰上拔出一把枪，放在桌子上，说，你带着，放在包里，不到万不得已，不要用。一旦用，就不要手下留情。我看着枪。父亲从后腰又拿出一把，说，我们两个一人一把，你那里面有七颗子弹。在家等着，我去给你买张电话卡。

　　我用新的电话卡给小树发了短信，约第二天中午十二点，在北陵公园的人造湖中心见。发完短信，父亲把电话卡放在煤气上

310　　*我准备不发疯*

熔了。父亲说，明天中午，他来了就是来了，没来这事儿就算了，来了见完，这事儿也就算了，我们只能这么下去，你答应我。我说，我答应你。爸，我欠你的太多。父亲说，不说。你们两个总要见一下。以后还和以前一样。

庄树：

我上船的时候，看见一条小船漂在湖心。我向湖心划过去。不是公休日，湖上只有两条船。秋天的凉风吹着，湖面上起着细密的波纹，好像湖心有什么东西在微微震动。划到近前，我看见了李斐。她穿着一件红色棉服，系着黑色围巾，牛仔裤、棕色皮鞋，扎了一条马尾辫。脚底下放着一只黑色挎包，包上面放着一双手套。我向她划过去的时候，她一直在看着我。她和十二岁的时候非常相像，相貌清晰可辨，只是大了两号，还有就是头发花白了，好像融进了柳絮，但是并不显老。眼睛还像小时候一样，看人的时候就不眨，好像在发呆，其实已经看在眼里了。我说，等很久了吧。她说，没有，划过来用了一段时间。我笑了笑，说，你没怎么变。她说，你也是，只是有胡子了。来见老朋友，胡子都不刮。我说，你现在在做什么？她说，你怎么上来就问问题？你呢？我想了想说，说实话吗？她说，说实话。我说，我现在是警察。她收了笑意，闭紧嘴看着我，说，挺好，公务员。我说，我小时候挺浑的吧？她沉默了一会，说，是。我说，现在我长大了，能保护人了。她又许久没有说话，把围巾重新系了系，隔了一会，她说，傅老师现在好吗？我说，很好，地球都要走遍了。她说，那就很好？我说，说实话，我也不知道。她一直在找你。她说，让她别找了，我什么都不是。我说，我不觉得。如果你时间不急，我跟你讲讲这么多年我都干了什么。她说，你讲吧。我就开始讲，讲了自己在警校交的女朋友，也讲了分手之后自己很难过，喝多了在操场疯跑，还讲了因为当警察，和父亲搞得很紧张，一直讲到现在。她听得很认真，偶尔中途问一点事情，比如，她人有趣吗？或者，没听明白，我没上过大学，请你再讲一下。很少能得到这样的听众。讲完了，我好像洗了个澡。我说，无聊吧，这么多年的事儿，这么快就讲完了。她说，不无聊。如果让我讲，一句话就讲完了。我说，一会儿是你自己回去还是李叔来接你？或者他现在就在附近看着？她没有说话。我说，他现在忙什么呢？她没有说话。我说，李叔十二年前，杀了五个出租车司机，不久前又杀了两个城管，一个用锤子或扳子，一个用枪打。她没有说话。我说，我不是请你帮我，我是请你想想这件事本身。她说，没这个必要，不用你提醒我这个。我说，你告诉我在哪能找到李叔。然后到我的船上来，我们划到岸边，然后我们去找傅老师。她说，如果没有这事，你会来找我吗？我说，也许不会，但今天我是一个人来的，没人知道我来，而且这件事情已经有了，我也已经来找你了，都不能更改了。

她抓住桨，把船向后轻轻摇了摇，和我拉开了点距离，说，其实我可以说，我不知道你在说什么，但是你刚才很坦白，我也可以跟你坦白，谁也不欠谁最好。其实这么说不对，应该说，我欠你们家的，能还一点是一点。我说，不是，这事儿和你我。她伸出手，意思是这时不需要我说话，我突然意识到这么多年没见，她果真在某一个局部，有了不小的变化。她说，一九九五年那几起出租车的案子，和我爸没关系，信不信由你。我爸的钱借给孙叔一部分，然后他把他小时候攒的"文革"邮票，全卖了，我的学费是有的。但是十二月二十四号那天的事儿，我和我爸确实在。那人朝我爸开了一枪，他的左腮被打穿了。我说，嗯。她说，一辆卡车把我坐的车撞翻了。你知道吧？我说，知道。她说，然后那个人倒了，我爸满脸是血，把我从车里头拖出来，那时我没昏，腿没感觉了，但是脑袋清楚得很。他看了看我的腿，把我放在马路边，跑回去用砖块打了那个警察的脑袋。我说，哦，是这个顺序。她说，然后我跟他说，小树在等我啊。然后我就昏过去了。

这次轮到我沉默下来，看着她的眼睛，她一眨不眨，看着我，或者没有看着我。

然后她说，我爸什么也不知道，他以为我真的肚子疼。当时我的书包里装着一瓶汽油，是我爸过去从厂里带回来，擦玻璃用的。那个警察应该是闻着了。那天晚上是平安夜，白天我一直在想去还是不去，因为我有预感，你不会来。但是到了晚上我还是决定去，可我实在想不出什么办法，你说你总会有办法，可是我想不出来。孙叔叔的诊所离那片高粱地很近，我可以想办法下车，跑去用汽油给你放一场焰火，一片火做的圣诞树，烧得高高的。我答应你的。

我说，现在那里已经没有高粱地了。

她说，那天你去了吗？

我说，没有。

她说，是傅老师不让你去吗？

我说，不是。我忘了。

她说，你干什么去了？

我想了想说，也忘了。

她点了点头。

我说，当时我们都是小孩子，现在我们都长大了，对吧。

她说，你长大了，很好。

这时她指了指挎包，说，这里面有一把手枪，我不知道自己会不会使。我说，不会使我可以教你。她说，小时候，傅老师曾经给我讲过一个故事，说，如果一个人心里的念足够诚的话，海水就会在你面前分开，让出一条干路，让你走过去。不用海水，如果你能让这湖水分开，我就让你到我的船上来，跟你走。

我说，没有人可以。

她说，我就要这湖水分开。

我想了想，说，我不能把湖水分开，但是我能把这里变成平原，让你走过去。

她说，不可能。

我说，如果能行呢？

她说，你就过来。

我说，你准备好了吗？

她说，我准备好了。

我把手伸进怀里，绕过我的手枪，掏出我的烟。那是我们的平原。上面的她，十一二岁，笑着，没穿袜子，看着半空。烟盒在水上飘着，上面那层塑料膜在阳光底下泛着光芒，北方午后的微风吹着她，向着岸边走去。